로드 엘멜로이 II세의 사건부

10

「case.관위결의(하)」

산다 마코토

일러스트 사카모토 미네지

Characters

닥터 하트리스 …페이커의 마스터

루비아젤리타 에델펠트 …에델펠트 가문의 차기 당주

토키토 지로보 세이겐 …극동 출신의 승려 · 슈겐자

그레이
::엘멜로이 2세의 입실제자

로드 엘멜로이 2세
::시계탑 현대마술과 군주

'……신령 이스칸다르의 창조.'

몇 가지 추측의 결과, 스승님은 하트리스의 목적을 그리 단정했다.

그것 때문에 스승님의 성유물을 탈취하고 마안수집열차를 이용해 페이커를 소환했다.

오랜 기간, 여러 사건 뒤에서 암약하며 야망을 이루기 위한 준비를 쌓아왔다.

신령 이스칸다르.

마술사를 위한 신을 창조함으로써, 고대와 같은 양식의 마술을 되찾는다.

그러면 현대의 마술사들도 근원을 목표로 할 이유가 없어진다면서.

——제1장에서

로드 엘멜로이 II세 의 사건부

10

그랜드 롤
「case. 관의 결의 (하)」

Lord El-Melloi
II
Case Files

로 드
엘 멜 로 이
II 세 의
사 건 부

10 「case. 관위결의(하)」
그랜드 롤

목차 Contents

1

이 열차에 타는 것은 두 번째였지만, 기괴한 감각은 변함이 없었다.

배기음과 차바퀴 소리는 들린다. 편안한 정도의 진동도 있다. 그런데도 마치 하늘을 나는 융단에라도 탄 것만 같은 부유감. 상반된다고도 느껴지는 인상이 이 열차에는 당연하게 양립하고 있다.

마안수집열차.
레일 체펠린

무섭도록 아름다운 이름을 가진, 어둠의 세계에 유명한 열차였다.

"……실내장식이, 바뀌었어?"

"때때로 무늬 변경을 하고 있지요."

탑승한 후 무심코 감상을 입에 담자 차장 로댕이 그리 대답해주었다.

여전히 그의 표정은 읽을 수가 없다. 여윈 얼굴은 왠지 악마 같이 보여서 세계에 둘도 없는 이 열차에 어울렸다.

"그렇다고는 해도 그 점을 알아채는 손님은 좀처럼 없습니다. 사역마로 오시는 단골은 계셔도 실제로 두 번 이상 승차하시는 분은 소수니까요."

"……그런, 가요."

그의 말에 희미한 친밀감이 든 것은 차장으로서의 서비스 정신이 때문일지 어떨지.

어쨌든 간에 열차 그 자체와 마찬가지로 그 또한 평범한 인간과는 거리가 멀다.

사도(死徒).

그리 불리는 자들의 권속이라고 한다.

영령이나 마술사와는 또 다른, 신비에 관련된 자들. 내가 배워 온 망령이나 사령과도 다르며, 그렇기에 두렵지는 않지만 기이한 심경이기는 했다.

닥터 하트리스가 일으킨 파문이 그만큼 컸다는 시사이기도 할 것이다.

'……신령 이스칸다르의 창조.'

몇 가지 추측의 결과, 스승님은 하트리스의 목적을 그리 단정했다.

그 때문에 스승님의 성유물을 탈취하고 마안수집열차^{레일 체펠린}를
이용해 페이커를 소환했다. 오랜 기간 몇 가지 사건 뒤에서
암약하며 야망을 이루기 위한 준비를 쌓아왔다.

신령 이스칸다르.

마술사를 위한 신을 창조함으로써, 고대와 같은 양식의
마술을 되찾는다. 그러면 현대의 마술사들도 근원을 목표로
할 이유가 없어진다면서.

'……그러니까 영묘(靈墓) 알비온에 들어갔어.'

논리는 이해하겠다.

그러나 그 규모는 상상을 초월했다. 솔직히 말해 아직도
나로서는 그 의미를 파악했다고 하기 어렵다. 여태까지 만
난 많은 마술사들을 돌아보아도, 아무래도 그들의 2000
년 정도의 망집을 뒤집을 만한 절대적인 무게가 있는 듯하
다……고나 생각할 뿐이다.

이번에 하트리스를 막기 위해서 생각지도 못한 사람들이
모인 것은 스승님이 거친 여행의 결실이기도 하지만 동시에
하트리스가 한 행위의 반작용이기도 하다는, 그런 감상을
나는 품고 있었다.

분명히 양쪽 여행 모두 몹시 길었으리라.

본인의 뜻에 위배되게 군주^{로드}라는 지위에 떠밀려서 숱한 사
건과 조우하게 된 스승님. 현대마술과의 학부장^{널리지}에서 벗어나
10년, 아니 어쩌면 훨씬 더 장대한 세월을 이 계획에 바친

하트리스.

그것은 한낱 거울 같다는 형용보다 더 삐뚜름한, 뫼비우스의 고리 같은 인상을 띠고 있었다. 마술사로서의 기량이든, 빈틈없고 치밀한 계획이든, 전혀 일치하지 않을 두 사람인데도 차근차근 해명하다 보면 뭔가 결정적인 곳에서 같은 지점으로부터 출발한 것만 같다는 망상을 떨쳐낼 수 없었다.

'……이대로.'

이대로 하트리스를 쫓아가면, 그 남자가 있는 연옥에 스승님도 밀려 떨어지는 게 아니냐는 공포가 내 심장을 거머쥐고 있었다.

두려워서 딱딱하게 굳은 내 어깨에 별안간 부드럽게 무언가가 닿았다.

"걱정 말게."

옆에 앉은 스승님의 손이었다.

그 손도 희미하게 떨고 있었지만, 그래서 확고한 온기가 가슴에 깃든 것처럼 느껴졌다.

덩달아서.

"……창밖은 안 보이는구마이."

중얼거린 것은 안대를 찬 외팔의 승려였다.

토키토 지로보 세이겐. 극동의 나라에서 찾아온 슈겐자라고 불리는 종교인이었다. 산악신앙과 불교가 복잡하게 어우러진 종교 형태라고 스승님의 강의에서 배운 적은 있었지만, 나도 자세한 내용까지는 기억하지 못한다.

"보이지 않는 편이 낫지 않나. 이 열차, 정상적인 공간을 달리지 않는 데다가 이번에는 영묘 알비온이잖아."

나이프를 저글링하며 말한 것은 점술사 플뤼다.

머리에 지저분한 천을 감고 햇볕에 탄 근골 우람한 몸을 몇 겹이나 되는 천으로 감싼 장한이다. 열차 내부여도 사막의 메마른 바람이 연상되는 남자다.

"만에 하나, 우리가 지각할 수 있는 이상의 정보량을 쑤셔 넣으면 단박에 뇌가 망가질걸. 일부러 위험을 무릅쓸 필요는 없잖아. 지금부터 세계 톱클래스의 위험지대에 뛰어들 거건만."

"어머, 그런 혼돈의 정보야말로 우리 마술사가 추구할 것이 아닌가요? 근원에 이르려고 하면서, 고작해야 그 정도의 위험을 꺼릴 필요를 모르겠군요."

또 다른 대꾸는 금발 롤 머리 소녀의 것.

세이겐과 플뤼만으로도 너무나 세계관이 다르다 보니 패치워크라는 인상을 면할 수 없는데, 이 소녀는 격이 달랐다. 한눈에 고급품임을 알 만한 파란 드레스, 어느 각도로 봐도 흠이 없는 우아한 몸짓, 천상의 조각가가 정을 들고 깎은 것이 아닐까 싶은 단정한 이목구비. 일반인에게, 사실 이 소녀는 마술사라고 털어놓아도 이만큼 생김새가 다르면 선뜻 납득하지 않을까.

루비아젤리타 에델펠트.

세 사람 모두 스승님과 나의 초기 사건── 박리성(剝離城) 아드라에서 만난 인물이었다.

그리고 지금, 영묘 알비온에 도전하고자 마안수집열차^{레일 체펠린}에 탑승한 팀이기도 하다.

"하, 타고난 엘리트 아가씨와 용병 마술쟁이가 서로 이해하지 못하는 것이야 당연하지. 그건 그렇다 치고, 알비온에 어택하는 팀 편성은 어쩔 셈이야?"

"틀림없이, 나는 경계용 멤버겠지."

스승님이 말했다.

"그렇다기보다 다른 역할^롤로는 쓸모가 없어. 안타깝지만 신비를 다루는 기량을 따진다면 이 중에서 제일 아랫줄이니까."

"흠. 순수한 마술이라면 몰라도 신비를 다룬다고 하면 댁네 입실제자는 특별하니 말이지."

납득한 표정으로 플뤼가 끄덕였다.

영묘 알비온에 도전할 때, 일반적으로는 다섯 명이서 팀을 꾸린다고 한다.

알비온에서 다양한 자원을 채굴하기 위한 발굴용 멤버.

미궁에 발발하는 위기를 가장 먼저 발견하고 주의를 촉구하기 위한 경계용 멤버.

그리고 영묘에 도사린 무시무시한 괴물로부터 신변을 지

키기 위한, 전투용 멤버.

"이번 경우, 돌파만 할 뿐이니 발굴용 멤버는 필요 없어. 대신에 지도용 멤버라고나 해두고, 나머지는 경계용, 전투용 멤버로 각자의 범위 주변을 결정해두면 되겠지. 그리고 나는 자동적으로 지도용 멤버, 아가씨는 전투용 멤버가 확실해. 영묘 알비온의 경험자는 나 정도뿐일 테니."

"네가 생환자^{서바이버}일 줄은 몰랐는데."

플뤼의 말에 스승님이 끼어들었다.

그것은 나도 신경 쓰던 부분이었다. 이전 사건에서 안 경력으로는 그런 낌새가 전혀 보이지 않았기 때문이다.

"텔레비전에서 광고는 하지 않을 테니까."

"농담은 관둬. 영묘 알비온의 생환자^{서바이버}라고 선전하면 용병으로서는 충분하고도 남을 관록이 붙지. 광고로 쓰지 않을 이유는 없어."

스승님이 그리 말하자 플뤼는 잠시 침묵했다.

그러고 나서.

"내 별명을 알고 있잖아?"

이렇게 말했다.

그에 따라 그 답은 내 입술에서 튀어나왔다.

"……사부 살해자."

자세한 사정은 모른다. 하지만 이 마술사가 그런 이명으로 불리고 있음은 박리성에서 일어난 사건 중에도 들었다.

"맞아. 그래서 잠잠해질 때까지 영묘 알비온에 틀어박혔던 거지. 그 판국에 생환자(서바이버)라고 광고를 해봐, 이유를 억측해서 잠잠해질 것도 잠잠해지지 않잖아. 그래서 입 다물고 있었던 거야."

"……그렇군."

납득했는지 스승님도 살짝 끄덕였다.

마술사에게 사제 관계는 극히 중대한 것이다. 혈연이 있으면 마술각인의 이식이라는 일도 가능하고, 없다고 해도 그 유파의 신비를 밝히는 이상, 관계가 극히 농밀해지는 것은 지금까지 겪은 사건을 통해 나도 잘 아는 바다.

'……아아.'

문득 묘한 생각이 들고 말았다.

마술사란, 요컨대 연면히 이어지는 시간 그 자체가 아닐까 하는.

그렇기 때문에 사부 살해자도 제자 살해자도, 유독 음울한 색조로 부각된다. 그것은, 유구하다 여기던 시간의 흐름을 끊어내는 행위이기 때문이다. 과거를 죽이든(스승), 미래의 생명을 앗든(제자), 그 정체성은 어딘가 마술사와 모순되고 만다.

물론 근원에 이르기 위해서는 뭐든지 하는 것이 마술사이므로 그런 것은 사소한 일이라 여기는 마술사도 있겠지만, 그래도 내가 만나온 사람들에게는 조금 전 같은 연상을 하게 할 만한 무언가가 있었다.

어쩌면 지금 이 열차에 모인 마술사들에게도.

잠시 뒤에 열차는 속도를 늦추기 시작했다.

승객들을 배려한 부드러운 감속과 함께 칠흑으로 닫혀 있던 차창으로 파란 빛이 들었다. 지상의 햇빛과는 다른, 기이한 빛이었다. 어딘지 그리워서 가슴이 동요할 듯한 빛.

"……자, 도착했습니다."

차장이 엄숙하게 고했다.

그 말은 흡사 계시와 같았다.

"영묘 알비온. 그 최상층입니다. 아쉽지만 당 열차로도 안전하게 당도할 수 있는 곳은 여기까지입니다."

아주 흐릿하기는 했지만 그 목소리에 원통한 마음이 서린 것처럼 들린 것은, 내 착각일까.

열차의 문이 천천히 열리고, 한 박자 늦게 차장은 깊이 묵례했다.

"주제넘은 말이기는 합니다만, 여러분의 무운을 기원합니다."

*

산악의, 기슭에 해당하는 곳이었다.

마안수집열차는 바로 운행을 시작하여 어렴풋한 안개 속으로 사라졌다. 그 안개 또한 열차에 수반한 현상이었는지 몇 분도 되지 않은 사이에 사라져서 알비온의 경관을 우리의 눈에 아로새겼다.

"……하늘이, 아니네요."

입에서 처음으로 나온 것은 그런 말이었다.

아득히 높은 곳에 펼쳐진 것은 옅게 발광하는 천개였기 때문이다.

대체 반경 몇 킬로미터, 아니 몇십 킬로미터가 되는 것일까. 물론 이만큼 거대하고도 광대한 천개를 보는 것은 처음이었다. 아마도 영묘 알비온을 제외하면 다른 어디에도 존재하지 않을 경관.

반대로 대지를 둘러보니 이번에는 산이 여럿 이어지고, 강이 흐르며, 이형의 도시가 붙어 있다.

'저것이…… 채굴도시?'

열차를 타고 있을 때 플뤼로부터 언뜻 들은 장소다.

영묘 알비온에 마술사들이 쌓은 교두보. 더 심층에 도전하기 위해 만들어낸 도시의 원경에 희미하지만 가슴이 뜨거워지는 것을 느꼈다.

아아, 이것이 런던에서 몇 킬로미터나 지하의 광경이라니, 누가 믿을 수 있을까.

"이것 참, 오랜만에 지하 세계라 이건가."

왠지 지긋지긋한 눈치로 플뤼가 목을 뚜둑뚜둑 꺾었다.

천천히 천개 및 식생을 내다보더니 이렇게 덧붙였다.

"그래, 틀림없어. ……과연 마안수집열차.^{레일 체펠린} 이쪽이 지정한 장소에 내려주었군."

"플뤼 씨가, 지정하신 거였나요."

"엉. 아무리 그래도 저 열차로 채굴도시 한복판에 내릴 수는 없다 보니 말이야. 그렇지만 현재 시간은 귀중품이지. 너무 먼 곳에 내릴 수는 없어. 일단 옛날에 썼던 장비에 관해서는 마안수집열차^{레일 체펠린}에 타기 전에 챙겨왔다마는."

검은 피부의 마술사는 등에 진 허름한 자루를 가리키고 턱을 문질렀다.

주위를 둘러보다가 귀찮다는 양 입을 열었다.

"자, 이 틈에 확인해두겠는데, 목표 층까지 남은 시간은 22시간 50분 안팎. 최저한의 휴양은 마안수집열차^{레일 체펠린}에서 취했을 테지만, 전원 마지막까지 수면과 배설을 할 필요는 없나?"

"거야 산악 수행에서는 필수 항목이니까네. 사흘 밤낮 동안 먹지도 싸지도 않는 게 기본이다 아이가."

세이겐이 맨 처음 대답했다.

다음으로 루비아가 가볍게 눈썹을 찌푸리면서 대꾸했다.

"입 밖에 내고 싶지도 않습니다만, 당연하잖아요. 『강화』의 초보에 불과합니다."

"……괘, 괜찮, 습니다."

귀가 확 붉어지는 것을 느끼면서 나도 말했다. 나는 엄밀히 말하면 마술사가 아니지만 그런 신체 기능의 조정은 블랙모아의 묘지기로서의 훈련에 포함되어 있었다. 생각해보면 성당교회의 대행자 등도 그런 기술을 구사하던 것 같다. 신비에 관련된 인간에게는 기본적인 능력이라는 뜻일까.

"……미안하지만 수면이 불필요하다고는 말하기 힘들겠어."

마지막으로 스승님이 소태를 씹은 표정으로 발언했다.

"오늘까지, 그럭저럭 뇌에 피로를 강요했다. 모종의 흥분제를 사용하면 지장 없이 행동할 수 있겠지만, 노멀한 정신 상태를 유지하기 힘들어."

"OK. 시계탑의 군주(로드)답지 않은, 실로 정직한 신고 고마워."

플뤼가 두 손을 들고 한쪽 눈을 찡긋했다.

"어차피 알비온의 탐색 중에 전혀 휴식이 없으면 그 편이 훨씬 더 위험해. 가능하다면, 이라는 전제가 붙지만 약 24시간 중에 두 번 내지 세 번, 각각 20분가량의 휴식이 기준이야. 이거라면 문제없겠나?"

"괜찮군. 명상(메디테이션)으로 휴식 효과를 증폭할 수 있어. 부작용은 있지만 수용 가능한 범위 내겠지."

찌푸린 낯으로 스승님이 말하자 루비아가 키득 하고 입가를 가렸다.

"어머나, 힘드시겠어요. 그 정도로 부작용이 일어나서야 평소 수면 부족 때문에 고생하시는 게 아닌가요?"

"전적으로 맞는 말이지만 너무 들볶지 말아주게, 레이디. 우리 의붓여동생이 떠올라서 말이야."

"후후, 이전의 복수랍니다."

초승달 모양으로 만든 고운 입술을 루비아가 손가락으로 눌렀다.

"설마, 당신과 팀이 될 줄은 생각하지 못했지만요."

정말이지 같은 생각이다. 그 박리성 아드라로부터 우리는 얼마나 먼 곳까지 온 것일까. 마안수집열차(레일 체펠린)에 타서 땅속인 영묘 알비온까지 와서, 급기야 쫓는 상대는 고대의 마술사인 페이커와 그 마스터인 현대마술과의 전 학부장인 판국이다.

상황을 정리하기만 해도 현기증이 이는 것을 탓할 이는 없으리라.

그 뒤로.

"그러면, 전원 이걸 뒤집어써 줘."

플뤼가 등에 지고 있던 허름한 자루를 내려놓고 안에서 끄집어낸 천을 각자에게 건넸다.

"뭔가요! 이 지저분한 천은!"

"이 아가씨가, 좀 봐주셔. 아가씨의 그 행색으로 도시(시티)에 들어갈 수는 없잖아. 물론 군주(로드)도 말이야. 슈겐도 정도까지 가면 되레 신경을 안 쓰겠지만 너희는 지나치게 눈에 띈다고."

플뤼의 말에 으극, 하고 루비아가 침묵하고, 잠시 뒤에 마지못한 기색으로 아름다운 머리카락과 가녀린 어깨를 그 천으로 가렸다.

이런 모습을 보면, 납득만 하면 자신의 방식이 아니어도 선뜻 수용할 수 있는 아가씨이기는 하다. 물론 고상한 아가씨이기만 할 뿐이라면 아무리 강대한 마술을 다루더라도 마술사의 세계에서는 통하지 않을 것이다.

세이겐과 스승님도 따라서 천을 뒤집어쓰고, 나는 쭈뼛쭈뼛 물었다.

"……소제(小弟)는, 괜찮을까요."

"음, 아아, 그레이는 평소부터 후드 쓰고 있으니까 문제없을걸."

"그런, 문제인가요."

"이히히히히! 다 같이 맞춰 입는 쪽이 좋았냐! 건방지게 어디서 충격을 받고 있어!"

"그, 그런 게 아녜요."

내가 고개를 내젓자 키득키득 웃는 소리가 솟았다.

세이겐이었다.

외팔에 안대를 찬 슈겐자는 어흠 헛기침한 뒤에 턱짓을 했다.

"보소, 안내해줄 수 있긋나. 플뤼 씨."

"그래. 그러면 따라와 줘."

그렇게 말한 플뤼가 빠른 걸음으로 걷기 시작했다.

당연히 전원이 『강화』된 걸음걸이라 스승님이 몇 번쯤 뒤처질 뻔했지만(실제로 숨이 찬 상황에서는 내가 업어서 커버하고) 놀라운 속도로 산기슭에서 평원을 답파했다.

그 결과, 약 20분도 걸리기 전에 보이던 도시 말단에 도착했다.

"이건……."

세이겐이 작게 신음했다.

멀리서 보았을 때는 중동 사막의 도시 같은 인상을 받았지만, 이렇게 가까워지니 또 다른 풍경이었다.

구태여 말하자면 벌집이나 개미집과 비슷할까.

건물과 건물을 나누고 있는 것은 근대적인 콘크리트 등이 아니라 저절로 솟아오른 것만 같은 흙벽이며, 일종의 원시적이라는 생각마저 드는 그 건축이 극히 입체적인 도시를 형성하고 있었다.

시끌벅적 많은 사람들이 중앙 도로를 걷고 있다.

지표의 런던이 그렇듯이—— 어떻게 보아 계급 사회의 구현인 시계탑 이상으로 많은 인종이 섞여 오가고 있었다. 공통점이라면 너무 나이가 많은 자는 없으며, 많은 이들이 조금 전 플뢰가 건네준 것과 비슷한 천을 두르고 있는 정도다.

그리고 자동차 대신에 오가고 있는 것이 기괴한 생물이었다.

지상의 기마경찰과 비슷하게 코뿔소와 비슷한 뿔이 달린 생물이, 또는 거북이 같은 등껍질이 달린 거대한 짐승이 유유히 길거리를 활보하고 있다. 과연 저들이 신비를 띤 환상 종인지, 단순히 지저에서 완전히 새로운 진화를 거친 생물 종인지는 모르겠지만 지상에서 찾아볼 수 없는 동물임은 확실했다.

"……이것이, 도시^{시 티}인가요. 저런 생물이 여기서는 당연한 것처럼?"

"구획에 따라 다르지만 말이야. 중앙부로 가면 약간 변장을 했어도 군주^{로 드}나 아가씨는 주목받을지도 모르겠는데 이 주변이라면 어떻게든 될걸."

기괴한 짐승과 사람들이 오가는 길옆에는 노점이 여럿 줄지어 있다.

이쪽 또한 국제색이 풍부하다고 할지, 단순히 고기나 생선을 굽고 있는 것만이 아니라 독특한 스파이스 및 그을린 소스 등, 다양한 냄새로 가득했다. 거기에 조금 전 짐승 냄새나 다른 곳에서 느낄 수 없는 독특한 달콤한 향이 섞여 있다.

'허브, 향?'

그렇다면 내가 모르는 종류일 것이다.

몇몇 노점에 진열된 허브에는 아마도 지상에서는 상상할 수 없는 약효가 있는 것이 다수 있을 것이다. 혹시 수업에서 배운 적밖에 없는 정령근(精靈根) 등의 주체(呪體)도 태연히 섞여 있지는 않을까.

"…………으."

덤으로 약간 떨어진 노점에서 소란스러운 소리가 들렸다.

아무래도 무슨 분쟁이 일어난 듯하다. 순간 마력의 율동이 느껴진 것은 어느 한쪽이—— 혹은 양쪽 모두가 『강화』 등의 마술을 써서 그럴까. 먼지가 휘날리고 순간 번갯불 비슷한 것이 튀었지만, 그조차도 일상다반사인지 사람들은 신경 쓰는 기색도 없이 지나쳤다.

"너무 두리번거리지 않는 편이 좋답니다."

루비아가 옆에서 작은 소리로 충고했다.

"초행길이라고 보면 호구 잡히는 것은 당연해요. 조금 전부터 세 종류 정도는 시선을 느끼고 있어요."

"하, 아가씨는 아주 이골이 나셨구만."

"알비온 정도는 아니어도 이국을 방문한 적은 많아서 말예요. 어느 토지든 간에 에델펠트는 합당한 긍지와 함께 있어야 하지요."

"뭐, 정답이야. 돈으로만 그치면 좋겠지만 여기 날치기는 피나 내장 쪽을 더 선호하거든."

플뤼의 말에는 단순한 으름장으로 그치지 않는 실감이 담겨 있었다.

"마술사의 피는 어데서나 쏠쏠한 값에 팔리지만도, 내장까지 파는 기고……."

세이겐이 학을 뗐다는 투로 말했다.

실제로 그런 말을 듣고 보니 주변의 노점 뒤에서 신장이나 간장이 뽑힐 기분이 든다. 물론 마안수집열차가 마안의 이식으로 장사하고 있듯이, 알비온에서의 장기매매도 그만한 전문가가 관련되어 있겠지만.

거기서 갑자기 깨달았다.

"혹시, 이 주변의 건축물이 흙덩이로 만들어진 것처럼 보이는 것도……."

"오오, 알아챘나. 그러고 보니 주적(呪的) 감수성이 높았지. 그렇다면 한 가지 알기 쉬운 예를 보여줄까."

플뤼가 근처 벽을 만지고 한쪽 눈을 찡긋했다.

주먹이 딱딱 벽을 두드렸다.

곧바로 그 손은 플뤼 본인의 허리춤으로 돌아가 거기에 꽂혀 있던 점술용 나이프를 뽑더니 대뜸 벽에 푹 박았다.

그러나 놀라운 것은 플뤼의 해괴한 행동이 아니었다.

칼이 뚫은 구멍이 우리 눈앞에서 즉시 메워진 것이다.

"어……!"

"대단하지 않나. 중국 신화의 시육(視肉) 같은 거라서 말이지. 약간의 훼손은 즉시 메워지지."

말문을 잃고 있는 나에게 플뤼는 어깨를 으쓱였다.

"거의 표층이라고는 해도 여기는 영묘 알비온—— 죽은 대룡(大龍)의 꼬리에 해당해. 단순한 흙덩이도 옛 용의 속성을 띠고 변질지지. 특히 이 구획은 현저해서 말이야. 대부분의 건축물은 이런 흙덩이의 습성을 마술로 제어해서 만들어지지."

플뤼의 해설은 결코 충격을 누그러뜨리지 못했다.

왜냐면 그것은 너무나도, 지금까지 들었던 마술 및 신비의 정체성과 달랐기에.

"분명히, 마술은 대량 생산에는 적합하지 않다고⋯⋯."

"그건 지상의 논리지."

스승님이 설명을 덧붙였다.

"이 지하에서는 다소 달라져. 물론 강도 등등을 희생한 것도 많지만, 지상에서 크레인을 반입할 수도 없어. 반대로 방금 플뤼가 말했듯이 대원(大源)은 과도할 만큼 짙어서 말이야. 신대(神代)와 같은 차원이 다른 정밀도는 성립하지 못해도, 상당한 대마술을 가볍게 행사할 수 있지. ⋯⋯물론 마술사 쪽의 머릿수와 실력도 그만큼 필요해지지만."

마지막 대목에서 미간의 주름이 깊어진 것은 이 자리에서도 스승님다웠다.

"우수한 마술사는 몰라도, 우수한 마술쟁이는 지상의 시계탑 이상으로 많겠지."

"여하튼 알비온이어야 가능한 복합공방이란 것도 있거든. 더해서 채굴도시 중심부는 몰라도 여기 같이 주변부는 지형도 허구한 날 바뀌어. 그래서 금방 다시 지을 수 있게 원소변환입네 골렘입네 하는 것을 이용해 이런 즉석 도시를 쭉쭉 뽑고 있단 소리지."

나는 플뤼의 말을 망연히 받아들이고 있었다.

지상의 시계탑에서도 부자인 제1과 등이라면 골렘을 하인으로 사역하기도 한다. 그러나 그렇다 해도 간단히 거주지를 건설할 만한 규모는 아니다.

아아, 여기는 정말로 별세계다.

명색이 시계탑에 소속되어 고향 및 지금까지 겪은 사건 중에도 웬만큼 신비를 목격했던 내가, 그럼에도 경악하게 되는 이경.

'그러고 보니……'

라이네스가 모은 데이터에서, 하트리스의 제자 중에는 알비온에서 나고 자란 이도 있다고 들었다. 예를 들어 그 비해부국(秘骸解剖局)에서 만난 아셰아라 등은 알비온 출신이었을 것이다.

이 이경에서 자란 인간이라면, 오히려 지상을 말도 되지 않는 별세계라 느끼지 않을까.

현대에 소환된 신대의 마술사처럼.

그, 페이커처럼.

"어쨌든 간에, 어느 구획의 경제권이든 알비온이라는 대미궁에 의해—— 이름도 모르는 죽은 용에 의해 성립되고 있어. 썩어 문드러진 시체를 물고 늘어져 살도 머리털도 빼앗으며 끓어오른 구더기를 잡아먹으며 살아남고 있는 도시지."

"어머, 호감이 가는 말인데요."

플뤼의 말에 루비아가 미소 지었다. 그러고 보니 에델펠트의 별명은 지상에서 가장 우아한 하이에나라고 하던가. 그녀라면 '스캐빈저 행위는 귀족의 소양이랍니다'라고 할 만큼 당당하게 호언할 것 같다.

"그라모 플뤼 씨는 알비온에 들어가기 전에 어데 갈 생각이가?"

세이겐이 묻자 장한은 한순간 얼굴을 찌푸렸다.

그 뒤에.

"우리 스승님이 있는 데로."

플뤼는—— 사부 살해자라고 불리던 마술사는 그렇게 내뱉었다.

*

플뤼가 안내한 곳은 개밋둑 같은 도시 중에서 변두리에 자리한 장소였다.

인기척이 적은 길거리를 지나고 복잡하게 구부러진 계단을 올라가면서, 마치 이 도시 자체가 미궁의 일부 같은 착각을 억누르며 점술사의 다부진 등을 쫓아갔다.

"사부 살해자, 라는 이야기를 들었는데요."

"쉬……."

플뤼는 입술에 검지를 대고 루비아의 발언을 제지했다.

주의 깊게 허리띠로 손가락을 뻗는다. 날카롭게 빛나는 나이프가 그 허리띠에 꽂혀 있었다. 검은 피부의 손가락 사이로 슬쩍 그 나이프를 끼고 공중에 내던졌다.

인도할지어다
"Lead me."

원 카운트
영창은 1소절.

하늘의 별을 점치는 플뤼의 나이프는 이 지하에서도 정확하게 효과를 발휘했다.

허공에 호를 그린 칼날이 공중에서 한순간 부자연스럽게 정지했나 싶더니―― 날카롭게 근처의 벽으로 가속했다.

조금 전 벽이 재생했을 때와는 또 다른 결과가 기다리고 있었다.

벽에 박힌 줄 알았던 나이프가 그대로 통과해 건너편 지면을 깊이 파헤친 것이다.

벽이었던 곳은 백일몽으로 화해 있었다.

대신에 다른 통로가 뻥 뚫려 있었다.

"아아, 우리 스승님이지만 여전히 귀찮은 환술을 걸고 있구만."

"당신이 죽였다던, 스승이?"

다시 한번 루비아가 질문하려던 순간이었다.

"――그래, 이 멍청한 제자에게 죽었지!"

들은 적 없는 갈라진 목소리가 활달하게 반응했다.

플뤼가 참으로 꺼림칙한 표정을 지은 뒤에 새로이 나타난 통로 모퉁이를 돌았다.

걸려 있던 천을 한 손으로 들어 올리자 내부에는 작은 공간이 있었다. 벽과 벽장에 중동 것 같은 장식이나 여러 천체도, 플뤼가 쓰던 것과 비슷한 나이프가 걸려 있다.

그리고 중앙에는 갈라진 목소리의 주인이 있었다.

실밥 풀린 융단 위에 책상다리로 앉은 왜소한 체구의 노인이었다.

피부와 근육에 탄력이 있기에 뚜렷한 나이를 판단하기 어렵지만 아마 일흔은 넘었을까. 머리털은 한 가닥도 없으며 누런 이도 듬성듬성하다. 그러면서 찌든 냄새는 나지 않고 오히려 향수와 비슷한 달콤한 냄새가 감돌고 있다.

근처에는 물담배 병이 놓여 있고, 거기서 뻗은 관을 한손으로 유지하고 있었다. 아무래도 혼자서 끽연하고 있었던 모양이다. 노인의 신기한 향도 그 물담배가 원인일까.

"그래, 누가 접근하고 있구나 했더니, 이젠 얼굴 볼 일도 없겠다 싶던 멍청한 제자가 다른 손님까지 데리고 올 줄이야."

노인이 클클클 웃자 세이겐이 눈을 동그랗게 뜨고 물었다.

"댁은……"

"겔라프라 불러라. 그 이름 말고는 퍽 옛날에 버려서 말이야."

그 말에 세이겐은 눈을 끔뻑거리다가 물었다.

"역시 플뤼 씨는 안 죽인 기가?"

"하, 마술사로서는 멋지게 살해당했고말고. 마술회로고 뭐고 다 엉망이거든. 지금은 장자(長子)의 애송이만한 마력도 못 다룬다."

"……또 건강에 좋지 않은 짓만 골라 하시나 보오."

플뤼가 언짢게 노인의 물담배를 쳐다보고 작게 혀를 찼다.

"오냐, 그래. 늙은이의 소박한 낙에다가 꼬장꼬장하게 토를 달 셈이냐. 과연 사부 살해자는 하는 말이 다르군."

"우리 스승님은 보다시피 남의 원한을 사는 데 일가견이 있어서 말이야. 이만큼 약해졌으면 마무리는 내가 짓겠다는 줄이 유원지의 간판 놀이기구 급으로 설지도 몰라."

플뤼가 큼직한 손으로 얼굴을 가리고 고백했다.

그 전에, 제자에게 살해당했다던 노마술사가 또 물담배의 흡입구를 물었다. 즐겁게 입술을 뒤튼 노인을 쳐다본 플뤼는 한숨을 쉬었다.

"그래서 내가 죽었어. 정확히는 죽었다는 취급으로 공방입네 유산입네 받아간 다음에 이 영묘 알비온에 처박은 거지."

"하하, 여하튼 영묘 알비온은 나갈 때의 보안은 철통같지만, 들어갈 때는 자못 느슨해서 말이야. 그게 아니어도 젊은 시절에는 여기서 단련한 생환자였으니 불편한 점은 없었지.”

각지에서 영묘 발굴을 하려는 마술사를 모집하고 있다니, 들어갈 때 체크가 느슨하다는 것도 당연한 노릇이리라. 그렇기 때문에 시계탑의 파벌이 일회용 스파이를 알비온에 보냈다는 스승님의 추리로 이어졌었다.

“하지만 그러면 플뤼 씨는…….”

“그러니까 열차에서 말했잖아. 이유를 억측당하지 않게 잠잠해질 때까지 이 알비온에서 지냈다고.”

지긋지긋하다는 듯이 플뤼가 어깨를 으쓱였다.

“케케케, 감사나 해라. 허우대만 좋은 멀대가 화려하게 재데뷔한 셈이지 않느냐.”

“잘도 선수를 쳤다며 원망받은 적도 많았다고.”

“그 원망도 새로운 마술의 연으로 삼아야 마술쟁이로 먹고 사는 법이 아니냐…… 그런데 그런 네가, 어슬렁어슬렁 새 팀까지 데려오고 웬일이지? 지금부터 알비온의 발굴로 한탕 더 땡기려는 구성은 아니다 싶은데. 그렇지 않나? 에델펠트의 공주에, 엘멜로이의 젊은 군주^{로드}.”

한순간 날카로운 눈빛으로 노마술사가 루비아와 스승님을 노려보았다.

잠시 사이를 두었다가 스승님 쪽이 입을 열었다.

“……지하에 있어도 지상의 추세를 잘 아시는 모양이구려.”

"케케케, 마술회로가 못 쓰게 된 이상, 다른 쪽으로 보충하지 않으면 마술쟁이는 못 해 먹거든. 정보라는 것은 그중 하나지. ……그런데 말이야, 구태여 내게로 멍청한 제자와 같이 방문할 이유란 것을 모르겠더군. 갖은 원한은 다 샀지만 거기 에넬펠트의 하이에나가 나 따위 늙다리의 은닉 재산을 찾고 있는 것도 아니잖아?"

"스승이시여."

플뤼가 격식을 차려 말했다.

"23시간── 앞으로 22시간 내로, 영묘 알비온의 옛 심장까지 도달하고 싶소이다."

"……뭐어?"

노마술사는 마른 떡갈나무처럼 주름이 깊어지며 잠시 입을 쩍 벌리고 있었다.

그 뒤에 관자놀이 언저리에서 짧은 검지를 빙글빙글 돌렸다.

"뭐냐. 지상에서 고생한 끝에 드디어 어디 이상해졌냐? 뇌수를 저주에 침범당했다면 사제의 정으로 저주과의 옛 지인 정도는 소개해주겠다만."

"내려가기만 할 뿐이라면 수단이 있다……고 당신 옛날에 말했잖아."

끈기 있게 플뤼가 호소했다.

"일반적인 팀으로 채굴하고 싶으면 100계층 이후로 내려갈 의미는 없다. 귀환할 수단이 없기 때문이지. 그렇지만 그냥 내려가기만 할 뿐이라면 몇 가지 수단이 있단 말이지……하고."

"진담으로 여기지 마라. 그까짓 소리야 술 마시다 나온 시답잖은 헛소리지. 애초에 자살지망이라면 더 나은 방법이 얼마든지 있을걸."

다시 물담배 관을 끌어당겨 한 모금 빨았다가 내뱉는다.

방에 피어오른 연기를 느릿느릿 검지로 휘젓는 노인은 제자의 부탁일랑 전혀 개의치 않는 것 같았다.

그 시선이 천장에서 스윽 내려왔다.

스승님이 앞으로 나선 것이다.

"내일, 옛 심장에서 관위결의가 거행됩니다."

"……헹. 근원에 다다르지도 못한 채로 신비의 극치에 이르렀다고 착각하는 녀석들의 학급 모임 아닌가. 좋을 대로 실컷 하고, 좋을 대로 타락하고, 좋을 대로 세계를 휘두르면 그만이야. 네 현대마술과가 어떻게 되든 내 알 바가 아니지. 애초에 내가 알비온에서 여생을 보낼 것을 받아들인 이유도 그런 하찮기 짝이 없는 분쟁에 아예 염증이 났기 때문이야."

"……그렇다면 이것으로 만족이겠지요!"

이번에는 여태 잠자코 있던 루비아가 스승님 옆에서 오연히 앞으로 나섰다.

소녀가 내리친 것은 딱 봐도 고급스러운 보석이 달린 목걸이였다. 알비온에서도 필요할지 모른다며 들고 다니던 것이리라.

노인은 슬쩍 그 목걸이를 들어 올려서 물담배 몇 모금 빨 시간 동안 관찰한 뒤에 원래 자리에 놓았다.

"괜찮군……이라고 말하고 싶지만, 이런 걸 지하에서 환금할 수 있겠냐. 마술의 촉매로 쓰기에는 에델펠트의 버릇이 지나치게 붙었어."

"큭……!"

"이보쇼, 할아범……."

난감해하는 플뤼가 끼어들려던 순간이었다.

"스승님?"

두 번째 말은 내 입에서 흘러나왔다.

스승님이 등을 곧게 굽히고 있었다.

비단결 같은 길고 검은 머리카락이 귓전에 흘러 옆얼굴을 가리고 있었다.

"……뭐 하는 건데, 그건."

"당신에게 답례할 만한 것이 없습니다."

머리를 숙인 채로, 스승님은 고했다.

"결코 돈으로 바꿀 수 없는 것은 저에게도 있습니다. 당신에게도 당연히 있을 테지요. 그런데 갑자기 찾아와서 당신의 자존심만 굽혀달라는 식의 말버릇은 그저 오만일 뿐일 겁니다. 그러니까 저는 이럴 수밖에 없습니다."

"군주가 함부로 머리를 숙이지 말라는 소리는 못 들었 나."

"여러 번 들었지요. 매도당한 기억은 셀 수도 없고, 존경하는 분도 역사가 탁해진다고 타일렀지요. 그럴 겁니다. 저는 도저히 군주라는 지위에 어울리지 않습니다. 이 지경에 이르러서도 이런 방법밖에 떠오르지 않는 어리석은 자입니다."

"이런 곳에서 쓸데없는 시간을 허비하고 늙은이에게 머리를 숙일 바에는, 설령 자살 행위라도 얼른 미궁에 돌입하는 편이 낫다는 생각이 들지 않나?"

"플뤼가 저를 여기로 데려왔습니다."

머리를 숙인 채로 스승님은 점성술사의 이름을 말했다.

"이 남자와의 인연은 길지 않습니다만 충분한 수준의 농도가 있었지요. 그런 이 남자가, 미궁을 헤쳐 나가기 위해서 당신의 협력이 필요하다고 판단했다면 저는 그 판단에 몸을 맡기고자 생각합니다."

"…………."

잠시 침묵이 내려앉았다.

노마술사는 물담배 흡입구에서도 손을 떼고 스승님을 쳐다보고 있었다.

"……안목이 있군."

"안목?"

앵무새처럼 되물은 내 쪽을 무시하고.

"군주가 말이지. 그래, 군주가 내게 머리를 숙이나. 시계탑의 군주가."

노인의 목소리는 어째선지 연기가 떠오르는 것과 반대로 지면에 응어리지는 것 같았다.

그러고 나서.

"이봐, 제자."

노인이 플뤼를 불렀다.

"뭔데, 할아범."

"확실히, 대마술회로를 오로지 내려가기만 할 뿐이라면 수단은 있다. 그래도 말이다, 나는 산 채로 내려갈 수 있다……는 소리는 하지 않았어. 그런 각오는 한 거겠지?"

"그런 의뢰니까, 별수 있겠냐고."

물어뜯듯 플뤼가 대꾸하자 눈썹을 찌푸린 노인은 턱을 문질렀다.

"의뢰…… 아하, 의뢰라고. 내 제자는 퍽 싸게 목숨을 팔게 되었네 그려."

"미안하지만 문답이나 나눌 여유가 없어. 이러는 중에도 귀중한 시간이 축나."

"하, 느닷없이 남의 집에 쳐들어와서 제 할 소리나 하기는. 그래서, 전원 분의 탐색용 장비는 준비해두었고?"

그 말의 의미는 나도 알 수 있었다.

몇 초 늦게 스승님 쪽이 뜻밖이라는 표정으로 물었다.

"……괜찮겠습니까, 겔라프 님."

"됐으니까 확인이나 하자. 내게로 온 이상 가져왔을 테지, 멍청한 제자야."

"내가 내려가던 시절 것이라면."

"이리 내놔봐."

플뤼가 내민 자루 안을 보고 부스럭부스럭 뒤진 뒤.

"낡았군."

그렇게 단정했다.

바로 천천히 일어나서 쯔쯔쯔 하고 제자와 아주 비슷한 투로 혀를 찬 뒤에 이리 지시했다.

"여기서 30분쯤 기다리고 있어."

"30분이라니! 플뤼 씨도 말했지만도, 앞으로 23시간도 없다 안카나!"

가만있지 못하고 세이겐이 외쳤다.

그러나.

"30분 기다리면, 너희가 한나절은 통째로 절약할 수 있게 해주마. 열심히 감사의 눈물로 땅바닥이나 적셔봐."

세이겐의 말에 그리 응수하고, 겔라프라고 이름 밝힌 노 마술사는 현관의 직조물을 젖히고 유유히 자취를 감추었다.

2

아마도 내일은 지금까지 인생 중에서 가장 긴 하루가 되리라.

나에게는—— 라이네스 엘멜로이 아치조르테에게는, 그런 확신이 있었다. 단순히 관위결의가 있기 때문이라는 이유만이 아니다. 하트리스를 쫓아 오라비가 알비온에 들어갔기 때문도 아니다.

체스말의 움직임이 그런 식이다, 하고 갑자기 생각이 난 것이다.

세계를 반상으로 치환한다는 것은 딱 봐도 어린아이가 할 법한 망상이지만, 결국 마술사란 그런 치들일 것이다. 일반인이 어릴 때 금방 거두는 초인환상에 실수로 손끝이나마 닿고만 이상 빠져나가지 못하는 가엾은 무리다.

구제할 도리가 없는 것은 그런 서글픔을 포함해서 즐기고 있는 점이다.

어차피 누구 인생이든 평등하게 어리석다.

그렇다면 나는 손끝이나마 초인에 닿은 쪽이 더 재미있다. 하찮은 음모로 누군가를 함정에 빠트리거나, 누군가의 함정에 빠지거나, 무의미하게 근원 따위를 쫓아다니며 굴욕으로 몸부림치는 편이 더 좋다. 이제 와서 정상적이고 건전한 인생은 사절이다. 그런 것을 떠넘길 바에는 얼른 이 심장을 뜯어가라지.

'……정말이지, 이제 와서야.'

그런 사색에 잠긴 것도 오랜만에 누군가가 부재중일 탓일까.

필드워크니 뭐니 해서 노상 런던 밖에 나가고 있었지만, 오라비가 돌아오지 않을지도 모른다……고 진지하게 생각한 적은 사실 없었다. 담보로 마술각인은 진즉에 징발했고, 그 인간의 쓸데없이 강한 책임감은 잘 알고 있다.

그렇지만 이번만큼은 예외일지도 모른다는 생각이 영 떠나지 않는 것이다.

여태까지도 다양한 사건과 맞닥뜨리기는 했지만, 영묘 알비온은 격이 다르다는 감각을 떨칠 수가 없다. 어떻게 보아 우리와 친근하기 때문에(여하튼 물리적으로 이 발 아래에 묻혀 있으니) 그 두려움을 더할 나위 없이 깨우치고 있었다.

얼마나 많은 마술사가 들어갔다가 지상에 돌아오지 못했는지, 떠올리지 않을 수 없다. 하트리스를 쫓을 수단이 달리 없던 것은 사실이지만 다른 이가 들으면 말문을 잃거나 나에게 욕설을 퍼부을 수밖에 없는 폭거다.

'……나 자신도 태반의 카드를 잃는 처지가 되었고 말이지.'

밤도 한참 깊어졌지만 지금도 대량의 서류와 눈싸움하고 있는 것도 그런 이유다.

이미 관위결의(그랜드롤)는 오라비 없이 출석할 수밖에 없다. 만약 모종의 연락 수단이 있다고 해도 회의장에 오라비의 모습이 없는 것은 타격이다. 오라비는 전혀 자각이 없겠지만 『신세대에 대한 영향력이 크다는 엘멜로이 2세(뉴에이지)』라는 간판은 상당한 의미를 지니고 있다.

가뜩이나 카드가 적은 현대마술과가 추가로 절반을 게임 개시 전에 내버린 꼴이다. 대전 상대 입장에서는 그야말로 웃음이 그치지 않겠지. 물론 관위결의(그랜드롤)의 문제는 자리에 앉은 누군가가 적인지 확실하지 않다는 점에도 있지만.

'지금부터 민주주의로 갈아타는 방법도 있나……?'

자못 진지하게 고려하고 싶지만 문제는 귀족주의 톱인 바르토멜로이로, 이런 타이밍에 그 시계탑 톱 파벌의 체면을 망치면 틀림없이 엘멜로이파(派)는 파멸한다. 자칫하면 시계탑의 역사에서 모조리 삭제될지도 모를 수준의 대파멸이다.

그렇다고 이것이 인생이라는 양 아무 작전도 마련하지 않다가 회의에서 무능함을 드러내면 이건 이거대로 얕보여서 이내 어느 파벌이 코너로 몰아붙이겠지. 중대한 회의에서 제대로 존재감도 보이지 못하는 상대를 안정적인 지위에 놔둘 만큼 시계탑의 권력 항쟁은 호락호락하지 않다.

"……이거 참."

의붓오라비에게 떠넘기던 위통을 오랜만에 느꼈다.

슬러의 집무실 의자에 힘껏 등을 기댄 순간이었다.

"──어때, 어때! 교수님들, 영묘 알비온에 도착했어?!"

더는 못 참겠다는 듯이 플랫이 소파에서 몸을 쭉 내밀었다.

그렇다고는 해도 이 소년이 같은 내용을 입에 담은 것은 어젯밤부터 벌써 열일곱 번째다. 슬슬 내가 진절머리가 난 것도 무리는 아니라고 제형께 동정을 바라고 싶다.

"일단 도착은 한 모양이다."

대답하고 나는 눈썹을 꽉 찌푸렸다.

"최대한 강력한 통신용 술식을 부여해두었지만 그래도 토막토막 끊기는군. 심층까지 내려가면 상황은 거의 알 수 없겠지."

"아~ 진짜! 나도 마안수집열차에 타고 싶었어! 이번에는 경매하지 않는다고 그러지만 마안을 두고 팍팍 경합해보고 싶었는데! 그럴 줄 알았더라면 한 번 더 펨의 선상연회에서

힘쓸걸!"

"이번에는 네 성대를 담보 삼도록. 아마 비싸게 팔릴 거다."

"괜찮네요, 그거! 말을 못 하게 되면 곤란하니까, 이틈에 새 성대를 만들어둘까요! 아, 그렇지, 새로 만들 거라면 목에 구애될 필요가 없겠네요. 아예 오른손이면 어때요! 말하거나 변형하는 오른손이라면 멋지지 않나요, 최고잖아요!"

"그래, 마음대로 해라."

오른손을 오므렸다 폈다 움직이기 시작하는 천재 바보로부터 시선을 떼었다. 평소라면 이것도 의붓오라비에게 떠넘길 일인데, 이러니 장난감이 자리를 비우는 게 못마땅한 것이다.

뿌예진 시야에 기합을 넣고자 미간을 손가락으로 눌렀다.

물론 마력으로 『강화』하면 얼마든지 손쓸 수 있지만, 어차피 회의 때는 과도한 스트레스와 긴장 때문에 다 죽어갈 테니, 되도록 온존해두고 싶다.

그러는 김에 완전히 식은 홍차를 손에 들려고 하니.

"──공주님. 이쪽을 드시길."

스빈이 새 티컵을 내밀어주었다.

거 정말이지, 우등생 덕을 톡톡히 보고 있어.

"너희 상황은 어떻지?"

"일단 엘멜로이 교실의 학생이라면 동요도 있기는 하나

계속해서 슬러의 재건을 도와주고 있습니다. 특히 샤르댕 옹이 헌신적인 데에 이끌려서 거리를 두고 지켜보던 다른 강사진도 쭈뼛쭈뼛 돌아오는 기색입니다."

다 읽은 서류를 정돈하면서 스빈이 대답했다.

물론 플랫도 그 일을 돕느라 이곳저곳 뛰어다니고 있을 것이다.

엘멜로이 교실의 쌍벽은 뜻밖에 인망이 두텁다. 스빈은 물론이거니와 플랫 또한 무심코 손을 뻗고 싶어지는 분위기를 두르고 있기 때문이리라. 이것만은 내가 두 손을 드는 분야라서 살짝 부러운 감도 있다.

그 뒤에, 이런 질문이 나왔다.

"관위결의에는 공주님 혼자서 가실 겁니까?"

"트림마우만은 데려가겠지만, 뭐 그런 셈이지. 그 야박한 오라비 같으니."

나는 힘껏 밉살맞다는 양 말하고 입술을 뒤틀었다.

그렇다고는 해도 멜빈이 준비한 마안수집열차도 그렇거니와 영묘 알비온에 어택하기 위한 팀을 모은 것은 나 자신이다. 여기서 꼬리를 말고 포기할 만한 남자라면 애초에 내 오라비로 선택받지 못했을 것이다.

"호위로 따라갈게요!"

"너를 데리고 갈 수 있겠냐!"

플랫의 발언에 무심코 반사적으로 고함을 치고 말았다.

시무룩하니 손가락을 콕콕 맞대기 시작한 소년을 내버려 두고, 나는 따뜻한 홍차를 한 모금 머금고 나서 일단 설명을 덧붙였다.

"······흥. 관위결의_{그랜드 롤}쯤 되면 오히려 육체적으로는 안전해. 거기서 습격이라도 하면 시계탑의 지위는 크게 하락하니까 말이야. 그래서 샤르댕 옹에게도 같은 말을 했지만, 그사이에 지상은 너희에게 맡기마."

"와, 맡겨주세요! 그냥 떡하니 타이타닉호에 탔다는 마음가짐으로! 빙산이라면 꽝꽝 다 때려 부수겠습니다!"

"어느 세계의 타이타닉호냐, 그건."

딴죽을 걸면서 나는 몰래 한 가지 불안 요소를 염두에 두고 있었다.

'······멜빈 녀석은 어쨌지?'

마안수집열차_{레일 체펠린}를 수배한 직후, 그가 트란벨리오파와 접촉한 것은 알고 있지만 이후로는 연락이 두절되었다.

'민주주의파에 포섭되었나?'

물론 가능성으로 따지면 높다. 원래부터 멜빈은 민주주의의 중핵인 트란벨리오의 분가다. 일단 귀족주의에 속한 엘멜로이에게 이런저런 편의를 봐주던 쪽이 이치로 따지면 이상하다.

그렇지만 그 멜빈이다.

생명보다 유열을 우선하는 그 성미로, 단순히 권력에 꼬리를 칠 리는 없다.

'하물며 저래 봬도 웨인즈에서는 그럭저럭 대표격이지. 갑자기 살해당할 리는 없어. 그렇다는 말은…….'

트란벨리오의 두목인가, 하고 그 장한이 머리에 스쳤다.

로드 트란벨리오—— 맥다넬이 무슨 수작을 부렸다면 멜빈도 움직임이 막힐 만하다.

'본래라면 로드 유리피스가 대책을 취해줘야겠지만.'

나는 노마술사의 얼굴을 떠올렸다.

로드 유리피스—— 루프레우스 누아다레 유리피스. 시계탑의 인습을 도맡아 오던 것 같은 노인이 보자면, 엘멜로이파는 일단 귀족주의의 동지라고는 해도 가능하다면 지워버리고 싶은 부류의 오점일 것이다.

또 하나의 군주 대리^{로 드}, 올가마리 역시 천체과^{아니무스피어}의 본거지가 멀다는 점과 그녀의 커넥션이 빈약하다는 점에서 그다지 기대를 못할 성싶다.

'……나 참, 사면초가라는 말이 가소롭게 느껴지는걸.'

동양의 고사를 떠올리면서 나는 절로 입술에 웃음기가 서리는 것을 참았다.

아니, 난처하게도 살짝 즐거워진 것도 사실이었다. 이 성질을 더 살릴 수 있을 입장이었으면 나는 꽤 골치 아픈 폭군으로 전락했거니 하는 생각도 든다. 어이쿠, 이미 그렇지 않느냐는 딴죽은 봐주었으면 좋겠군.

그때.

"······아가씨."

트림마우가 불렀다.

아무래도 학술동의 접수원으로부터 모종의 통신을 받은 모양이다. 곧 수은의 입술은 별로 듣고 싶지 않던 단어를 꺼냈다.

"비해해부국에서 보낸 리무진이 도착했습니다."

"해부국에서?"

"예. 관위결의 전날이 되었기에 지금부터 영묘 알비온으로 이동해 주시라고 합니다."

그만 미간에 주름을 잡았다. 장래를 보아 오라비처럼 얼굴에 고정되기 전에 대책용 마술이나 비약을 준비해두어야 할지도 모르겠다.

"이거 참, 야밤에 준동하는 것은 마술사의 상례지만, 명색이 군주 상대인데도 거리낌이 없는 것을 보면 실로 해부국다워. 더 이상 괜한 수를 놓을 시간도 내줄 생각이 없나."

너스레를 떨면서 땅을 치고 후회했다.

마안수집열차를 타고 독자적으로 쳐들어간 오라비와 달리, 이 마중에 따라가면 이후 거의 모든 행동이 구속될 것이다. 어쩌면 민주주의파의 누군가가 쓸데없는 짓을 막겠답시고 술수를 부렸을지도 모른다. ——젠장, 회의 자체를 앞당기는 상황도 있을 수 있겠는데, 이거.

"공주님."

"괜찮아? 라이네스."

스빈과 플랫이 각각 걱정하는 목소리를 건넸다.

나 참, 중요한 포인트만은 파악하고 있는 눈치가, 확실히 이 두 사람은 엘멜로이 교실의 쌍벽이다. 얄밉지만 귀엽다는 것도 부정하지 못하겠다.

"당당히 출동해야지. 뭐, 너희는 최소한 좀 더 빠릿빠릿한 표정으로 배웅하도록."

그렇게 말하고 남은 홍차를 비웠다.

십여 분 뒤, 나는 트림마우를 대동하고 어두운 밤에 서 있는 리무진에 탑승했다.

*

겔라프라고 이름 밝힌 노마술사가 돌아온 것은 딱 30분이 지나 애간장이 탄 세이겐과 루비아가 슬슬 출발하는 편이 낫지 않겠느냐고 제안을 꺼낸 시점이었다.

"옳지, 내빼지 않고 남아있었나."

"댁 말이여!"

언성을 높인 세이겐을 상대하지 않으며 겔라프는 표표히 어깨를 으쓱이기나 했다. 그런 모습은 제자인 플뤼와 닮은 느낌이 든다. 다만 무의미하게 떠돌고 있었을 뿐은 아니라는 증거로 등에 바구니를 지고 있다는 사실도 다들 눈치채고 있었다.

"잔말 말고 따라오기나 해."

몸을 돌린 노인이 걷기 시작했다.

이번에는 우리가 왔을 때와 같이 『강화』된 걸음걸이였다. 밖에서 보면 거의 바람에 탄 것처럼 보이리라.

그렇게 노인이 데려온 곳은 도시 밖의, 야트막한 언덕의 기슭이었다.

황야였다.

마안수집열차에서 내린 산악과 그다지 멀지 않은데, 초목 종류는 거의 나지 않았다. 대신에 금이 쩍쩍 간 언덕 표면이 용 비늘처럼 보인 것은 단순한 착각일까. 이곳은 죽은 용의 꼬리에 해당한다……고 들은 지금, 내가 밟고 있는 지면도 정상적인 흙이라고는 생각할 수 없었다.

메마른 바람은 지표의 겨울만한 추위가 아니지만 희미한 마력을 머금어서 따끔따끔 이쪽의 마술회로를 자극해댄다. 천개로부터 드리우는 기이한 빛도 어우러져서 나는 자연히 침을 꿀꺽 삼키고 말았다.

영묘 알비온은 한낱 토지조차 이토록 기이하다.

이토록, 현대의 인간을 거절하고 있다.

"들어서는 거야 늘 그 자리를 지났을 테니. 이쯤이면 되겠지."

혼자 알아서 수긍한 겔라프는 비로소 우리를 뒤돌아보았다.

근처 돌 위에 바구니를 내려놓고 삼백안을 희번덕거리며 우리를 노려보고 있다.

"이봐, 거기 슈겐자."

그리고 불렀다.

"거기 언덕 꼭대기, 몇 번 뛰면 갈 수 있어?"

"허?"

질문 받은 슈겐자가 노인이 턱짓한 언덕을 쳐다보았다.

정상까지 약 20미터 이상은 될까. 공중으로 치솟은 언덕의 꼭대기는 무섭도록 거대한 원시의 코끼리 같은 인상까지 있었다.

"두 번이굿네."

불만스러운 표정으로 슈겐자가 살짝 무릎을 굽혔다.

펼친 외팔에 거대한 까마귀 같은 날개가 난 것처럼 착시를 일으켰다. 두 번이라고 말한 이상, 아마 언덕 도중에 한 번 더 어딘가를 박찬 것이겠지만, 내 눈으로도 그 체술은 완전히 감지하지 못했다.

정신이 들었을 땐 세이겐의 몸이 가뿐히 언덕 정상에 올라가 있었다.

뛰어내린 세이겐이 돌아오자 겔라프가 나지막이 신음했다.

"……나쁘지 않군. 텐구 뛰어치기의 술법인가."

"하모야. 이것만큼은 아버지한테도 칭찬받았다카이."

"그렇다면 편하게 됐지. 알비온을 탐색할 때는 최대한 높은 곳을 확보해. 원래부터 슈겐자의 수행에는 알비온에 적합한 훈련이 꽉 찼어. 단식이든 호흡법이든 산중생활이든, 거의 다 필수적인 기술이거든. 이전에 한 번 팀을 짠 적이 있었지만 확실히 실력은 좋았지."

겔라프의 말에 세이겐이 몇 번 눈을 깜빡였다.

"슈겐자하고? 알비온에 슈겐자가 들어온 적 있는 기가?"

"어떻게 보면 여기는 지상의 시계탑 이상으로 많은 마술사와 마술쟁이가 모이는 곳이야. ……한쪽 팔을 잃은 것은, 마술의 대가에라도 바친 건가."

"그런 셈이데이."

나는 쓴웃음 지은 세이겐에게서 그만 눈을 돌리고 말았다. 그래서는 안 되는 줄 알았음에도.

왜냐면 그것은, 내 성장이 앗아간 팔이니까.

"잃은 것은 최근이군. 아까 도약도 약간 균형이 무너졌었어. 본래는 그쪽도 인(印)을 맺어서 마술을 제어하는 것일 테지."

"우짜란 기고. 없어진 거 보채봤자 뭔 의미가 있다꼬."

세이겐의 쓴웃음에서 애달픈 기색이 짙어졌다.

"그런 짓은, 인자 관뒀데이."

잃은 것을 찾아서 세이겐은 그 박리성에 왔었다. 진짜 후계자가 되어야 했을 형과 함께 훼손된 마술각인. 그리고 마술각인이 복원된 것과 맞바꾸어 성 주인에게 자신의 인격을 빼앗겼다.

우리와 싸우고 오른손을 잃은 것도 그 결과다.

그렇기에 경위를 설명하려고 하지 않고 '이제 관뒀다'고만 고한 세이겐이, 내 쪽을 배려하는 것처럼 느껴져서 나는 도리어 고개를 숙이고 말았다.

그런 세이겐에게 겔라프가 말했다.

"내놔봐."

"엉?"

"됐으니까 그쪽 팔을 걷고 내놓으라고."

겔라프가 물고 늘어지자 세이겐이 마지못해 축 퍼진 소매 속을 드러내려 했다.

아직도 애처롭게 살이 봉긋 솟은 단면을 잠시 바라보던 겔라프는 꽉 움켜쥐었다.

"아파파파팍! 뭔 짓이고, 이 영감아!"

"아프겠지만 참아."

짧게 말하더니 팔을 질끈 뒤틀고, 내가 말릴 겨를도 없이 세상에나 단면에다 힘껏 손바닥을 눌렀다.

처절한 비명이 터졌다.

"세이겐 씨!"

달려가려던 나를 옆에서 뻗은 손이 제지했다.

"아서게."

"스승님! 그렇지만……."

항변하려던 나는 스승님의 시선이 살짝 어긋난 위치를 향한 것을 깨달았다. 노인도 슈겐자도 아니라, 방금 노인이 손바닥을 밀착시킨 팔의 단면── 그곳에서 불뚝불뚝 맹렬한 기세로 옅은 녹색으로 발광하는 나뭇가지 같은 무언가가 자라났다.

"정령근…… 저런 사용법이……!"

"아아아아아아아아아아악!"

비명에 촉진되는 것처럼 단면에서 단숨에 나뭇가지가 뻗었다.

꿈틀꿈틀 퍼진 나뭇가지에서 잎이 우거지더니 그 또한 눈 깜짝할 새에 시들고 떨어졌다. 불과 몇 초에다 수목의 일생을 응축한 것만 같은 광경.

그뿐만 아니라 남은 줄기와 가지는 그대로 세이겐의 팔 형상을 취하기까지 했다.

표면의 나무껍질이야 똑같지만 아무래도 세이겐의 뜻대로 움직이는 모양이었다. 반대쪽 손으로 잡은 채로 그 손가락이 어색하게 오므라지고 펴졌다.

"원래 정령근은, 석상에 심으면 그대로 움직여서 골렘이 되는 물건이거든. 궁합이 좋을 만한 녀석을 골라다가 마술회로와 잘 접합시키면 이런 곡예도 할 수 있다."

"……힉…… 윽…… 그런 걸…… 어데서……."

아직 아픔이 가시지 않는지 무릎을 꿇은 채로 더듬더듬 세이겐이 말했다.

"지상에서는 희귀한 주체지만, 알비온에는 변통하기 어렵지 않아. 너의 슈겐도와는 궁합이 좋을 테지. 전의 팔과 완전히 동일하지야 않겠지만, 그것대로 따로 사용법도 있어. 나머지는 쓰면서 경험을 쌓으면 되고."

겔라프는 흡사 헌 가구라도 내준 것처럼 말을 끝맺고 뒤돌아보았다.

"에델펠트."

"일일이 집안 이름으로 부르지 말아주시겠어요?"

루비아가 반발했지만 아무래도 방금 광경에 감명을 받았는지 음성에 상대를 내려다보는 느낌은 없었다.

"보석을 이용한 자동 색적의 마술은, 몇 가지 습득하고 있겠지."

"……네, 물론이지요. 마술사 노릇을 하는 이상, 원한을 살 일은 많으니까요."

지상에서 가장 고귀한 하이에나—— 아니 사냥꾼에게 어울리는 말이기는 했다. 물론 원한을 쏟아낸 상대의 피해는 곱절로 갚는 정도로 그치지 않을 것이다.

"그러면 아주 좋지. 그 마술은 알비온에서도 유용하지만 대마술회로에서는 마력에 너무 과하게 집중하지 않는 편이 낫다. 여하튼 마력이 넘치지 않는 장소가 없어. 항상 반응하고 있으면 의미가 없잖아. 다소 정밀도는 떨어지겠지만 반응 대상을 한정하는 것이 기본이다."

"반응 대상을?"

노인의 말에 흥미가 갔는지 루비아가 되물었다.

"예를 들면, 속성을 한정해서 사용하면 문제없어. 이때 대상이 되는 속성은 1초마다 바꿔가면 완벽하고."

그렇게 말한 뒤에 노인은 갑자기 한 손을 쳐들었다.

확, 하고 움켜쥐던 무언가를 주위의 황야에 뿌린 것이다. 아무래도 알비온에서 캘 수 있는 광석 같다……고 깨달은 것은 나중 일이다. 손가락이나 손목을 뒤트는 데에 요령이 있는 듯해서 똑바로 팔을 올린 것으로만 보이던 손바닥에서 일제히 광석이 사방에 흩어졌다.

"몇 개, 어디에 뿌렸지?"

"……아아, 이렇게 말이군요."

드레스 속에서 파란 보석을 꺼내고 고운 입술이 속삭인다.

깨어나라
"Call."

루비아의 주문 하나로 보석의 광채는 그 깊이를 바꾸었다. 몇 초 만에 이번에는 그 색이 파랑에서 빨강, 빨강에서 노랑, 노랑에서 초록으로 이행하고 아름다운 소녀는 아무렇지도 않게 이리 대답했다.

"일곱. ……아니, 그늘에 가려져 하나 더 있네요. 위치는 이렇고요."

검지로 보석을 튕기자 튀어나간 빛이 방금 노인이 뿌린 광석에 깃들어 대지로부터 띄워 올렸다.

겔라프는 얼굴을 찌푸리고 쳇, 쳇, 하고 혀를 찼다.

"징글맞군. 15분은 고사하고 고작 몇 마디, 20초도 되지 않고 끝내냐. 내 제자들에게 이만한 재능만 있었으면."

"시끄럽수다, 할아범."

플뤼가 물어뜯듯이 말하자 스승님이 갸웃거렸다.

한 발짝 앞으로 나서서 의문으로 여긴 점을 묻는다.

"플뤼 말고도 제자를 더 두고 계셨습니까."

"오오, 나는 마술쟁이니까 말이야. 정상적인 마술사처럼 일자상전에 구애될 필요도 없잖아."

자못 당연하다는 듯 수긍한 뒤에 겔라프는 벗겨진 머리를 찰싹 때렸다.

"하기야 저기 멍청한 제자 외에는 다 죽었지만."

"……죽었다?"

"시시한 이야기야. 그야말로 그런 잡담에 쓸 시간은 없을 텐데. 아무튼, 당신에게는 이쪽이 좋겠군."

팔락, 하고 종이 한 장을 내밀었다.

싸구려 복사용지였다. 일단 보호용 마술은 걸린 것 같지만, 그 이상의 촉매라거나 술식이 새겨진 예장 같지도 않다. 팔랑팔랑 황야의 바람에 흔들리는 모습은 참으로 미덥지 못했다.

그러나 받아든 스승님은 그 내용에야말로 눈을 부릅떴다.

"이건——!"

"알비온의 최신 지도다. 덤으로 알고 지내는 녀석들에게 한 바퀴 묻고 왔어. 요 몇 개월 사이에 괴물들을 발견한 루트를 체크해 놨다. 플뤼가 보면 저층에서는 조우를 최저한으로 억누르며 진행할 수 있을 거다."

그 말에 옆에서 듣던 플뤼도 낯빛을 바꾸었다.

"이봐, 할아범! 그런 걸 어떻게 한 거야!"

"멀쩡히 마술도 쓰지 못하게 된 늙은이가 채굴도시 구석에 살고 있잖냐. 이 정도 물건을 준비할 정도의 연줄은 있어. 지도에 나온 루트를 이용하면 대마술회로에 도사린 환상종들과의 전투쯤은 최저한으로 끝날 가능성이 있지. 없는 것보다는 나은 수준이겠지만."

"그런 의미가 아냐!"

노인의 설명에 제자인 점성술사는 일갈했다.

"아까 정령도 그렇고, 이 지도도 그렇고, 간단히 손에 넣을 만한 것이 아닐 텐데. 내가 들어가던 시절이라면 거의 1년 몫의 벌이가 날아갔을 거라고!"

꿀꺽, 하고 침을 삼키고 말았다.

실제로 그 말에 납득이 갔기 때문이다. 대미궁에 의해 이 장소가 성립되었다고 플뤼는 설명했다. 그렇다면 어떤 괴물이 나오느냐, 어떻게 배회하고 있느냐는 정보는 웬만한 황금보다 더 값질 것이다.

무심코 나도 말이 새어 나왔다.

"어째서, 그런……."

"멍청한 제자의 말마따나, 나는 진즉에 죽은 신세거든."

겔라프는 참으로 심드렁하게 내뱉었다.

"망자에게 재산이 뭔 소용이겠어. 마술사가 아닌 마술쟁이인 이상, 물려줄 상대도 없지. 어디선가 털어내려 생각을 했던 것을 이 기회에 털어냈을 뿐이야. ……이봐, 군주(로드)."

"말씀하십시오."

노인이 부르자 스승님이 시선을 보냈다.

그렇다고는 해도 표정은 역시 딱딱하다. 노인이 내민 것의 가치를 쓰라리도록 스승님도 알고 있기 때문이었다.

"아까 그건 볼 만하더군. 마술사의 세계에선 늘 멸시받던 나에게 시계탑의 군주(로드)가 머리를 숙였으니 말이야. 옛날 지인들에게 말해봤자 아무도 믿지 않을걸. 아니지, 애초에 그 녀석들은 신세대(뉴에이지)의 마술사가 군주(로드)가 되었다는 잠꼬대 쪽을 믿기 어려울 테지만."

크크크, 하고 유쾌하게 노인의 목이 울었다.

갑자기 뚝 떨어진 선물^{기프트}에 주위의 마술사들도 하나같이 말을 잇지 못하고 있었다. 혼란에 빠졌다고 해도 되리라. 설마 이만한 것을 노인이 아낌없이 내줄 줄 누가 알았으랴.

스승님은 고개를 숙이고 낮은 목소리를 밀어냈다.

"……분에 넘치는 말씀입니다. 그럼에도 투정을 거듭하겠습니다만, 하나만 더, 전언을 부탁해도 괜찮을까요."

"하, 내키면 해보지."

메모를 받아든 노인이 한쪽 눈썹을 들었다.

'……어째서?'

무심코 의문으로 여기지 않을 수 없었다.

몹시 신기한 관계였다.

노인과 스승님이 만난 지 불과 한 시간도 채우지 못했다. 그런데도 노인은—— 플뤼의 말이 확실하다면, 가산이 기울 만한 출자를 아끼지 않았고, 스승님도 그것을 예측하던 것처럼 여겨졌기 때문이다.

나도 모양새나마 동석하고 있었을, 지극히 짧은 대화 중 어디에 그만큼 감명을 줄 요소가 있었을까.

"——이봐, 플뤼, 너는 이쪽이다."

겔라프가 재차 바구니에서 등짐자루를 꺼내 건넸다.

"요즘 쓰이고 있는 탐색용 도구를 적당히 골라다가 넣어놨다. 너라면 딱히 설명하지 않아도 쓸 수 있겠지. ……그리고 이것도 받아가. 옛날에 미처 주지 못한 건데. 내가 현역 시절에 쓰던 나이프다."

"……괜찮은 거야? 할아범. 옛날에 몇 번 말해도 양보해 주지 않던 거잖아."

"알면서 왜 물어. 이미 쓸 수 있는 몸뚱이가 아니야. 단순히 미련 때문에 남겼을 뿐이지."

플뤼는 등짐자루를 메고 잠시 나이프를 내려다보다가 품속에 갈무리했다.

"알았어. 은혜로 여기지."

"여길 필요 없어. 자, 벌써 시간 많이 갔을 텐데. 얼른 가라."

귀찮은 내색으로 노인은 획획 손을 내저었다.

겨우 골칫거리를 쫓아냈다는 투의 몸짓이었지만 이제 와서는 단순히 그런 감정에 발로한 행동이라 여길 수 없다.

잠시간의 간격 뒤에, 플뤼는 나직이 중얼거렸다.

"할아범, 금방 죽지는 마."

"새삼스레 뭔 소리야. 나 따위야 지상에선 다 잊었을 텐데."

이를 드러내며 노인이 케케케 웃었다.

애드와 비슷한 웃음소리였다. 결코 고상하지 않지만, 상대를 배려하는 자의 태도. 오른쪽 어깨의 고정구(後크)에 들어 있는 상자가 달그락달그락 움직인 느낌이 들었다.

빙글 뒤돌아선 플뤼는 스승님의 어깨를 안고 앞길을 촉구했다.

"가자고, 2세."

"……상관없겠나."

"그래."

한 번 끄덕인 뒤로 플뤼는 잰걸음으로 걸어갔다.

루비아와 세이겐도 딱 한 번 노인에게 묵례한 다음 그 뒤를 따라갔다.

"플뤼! 엘멜로이 2세!"

꽤 멀어졌을 즈음 목소리가 등을 두드렸다.

"꼭 돌아와라! 너희들의 칙칙한 낯짝은 보여줄 것 없어! 꼭 알비온에서 돌아와!"

뒤돌아보지 않는다. 대신에, 점성술사의 다부진 손이 올라갔다.

3

플뤼를 따라가자 앞길은 구릉지였다.

수목 등이 나지 않은 것은 여전하며 대신에 금이 간 원기둥이 여럿 이어져 있다. 스톤 서클처럼 보이지만 아무래도 인공물이 아니라 바람 등에 의한 침식 작용 때문에 그런 형상으로 변화한 모양이다.

노인은 내내 움직이지 않으며 우리 쪽을 바라보고 있었다.

황야에 남겨진 석상 같기도 했다.

나무들처럼 늘어선 돌기둥으로 그 모습이 끝내 사라졌을 즈음, 플뤼가 나직이 중얼거렸다.

"……저 할아범이 마술사로서 죽은 것은, 뭐, 반은 자업자득이지만 남은 반 정도는 내 탓이었어."

"무슨 말이지요?"

돌기둥 사이를 걸으며 루비아가 물었다.

"아까, 나 외의 제자는 죽었다고 말했잖아."

겔라프의 제자.

즉, 플뤼의 동문에 해당하는 마술사—— 마술쟁이들을 말하는 것이리라.

"그거 말이야, 거짓말은 아니지만 정확하지도 않아. 나 외의 제자는 한꺼번에 살해당했어."

"살해당했다? 그기 뭐꼬?!"

뒤숭숭한 말에 새로 생긴 팔을 쥐었다 폈다 하던 세이겐이 반응했다.

충격받은 나도 그만 귀를 기울이고 말았다.

"할아범은 원래 알비온의 생환자^{서바이버}인데 말이야."

처음에 만난 노인의 방에서도 그런 말을 했었다.

"마술사로서의 연구라면 지표의 시계탑이 제일이지만, 마술쟁이로서의 실전이라면 이 알비온 이상 가는 곳은 없어. 생환자^{서바이버}로서 지상에 나온 할아범은 실력을 발휘해 상당히 이름을 날렸지. 저래 봬도 의외로 뒷바라지하길 좋아해서 말이야. 사정이 비슷한, 기댈 상대가 없는 마술사 낙오자를 곧잘 거두곤 했지. ……나도 뭐, 그런 놈들 중 하나야."

플뤼의 말에 노인의 왕년 모습이 왠지 모르게 그려졌다.

아마도 중동이었으리라.

이글이글 내리쬐는 햇볕 아래에서, 그 노인은 여러 명의 젊은 마술사들에 둘러싸였을 것이다. 혹은 스승님이 운영하는 엘멜로이 교실과도 비슷했을까. 플뤼를 비롯한 제자들은 마술에 얽힌 이로서는 적극적인 성향이라 마피아 및 여러 부족의 중개에 관련된 적도 많았다고 한다.

"그것이, 시계탑의 역린을 건드렸을 테지."

적갈색 지면에 플뤼의 목소리가 빨려 들어간다.

"신비는 은닉할 것. 할아범이 있던 업계는 어디까지나 뒷바닥이고 결코 시계탑의 규정을 어길 정도는 아니었지만, 좀 요란하게 멋대로 설쳤어. 애초부터 저 모양이라 적이 많기도 했고. 뭐, 필요 이상으로 입이 험할 뿐만 아니라 손버릇도 지저분하지. 결과적으로 당시의 나와도 소원해졌었어. 슬슬 찍히기 전에 이것저것 정리해두라고 말했었는데, 도통 들어먹질 않더라고."

플뤼의 말에 따르면, 겔라프가 어느 의뢰를 받고 은밀히 국외에 나가 있던 타이밍이었다고 한다.

그가 보유하던 공방이 갑작스러운 습격을 받았다.

내전이 많은 지역이라 그에 휘말렸던 모양이다. 그렇다고는 해도 설령 고위는 아닐지언정 초인인 마술쟁이들이 고작해야 총기를 들었을 뿐인 일반인에게 호락호락 살해당할 리 없다. 애당초 많은 공방은 결계를 치고 있으며 물리적인 수단만으로 쳐들어갈 수 있을 만큼 만만한 곳이 아니다.

거기에는 겔라프를 못마땅하게 여기던 마술사의 사주가

있었던 것이다.

겔라프가 돌아왔을 때, 공방은 폐허가 되어 있었다. 오랜 세월, 주의를 기울여 모은 촉매 및 주체가 싹 다 털린 것은 물론이거니와 빈자리를 맡겼던 제자들도 전원 참살당했으며 시체에는 끔찍한 고문 흔적도 남아 있어서 그들이 막바지까지 고통을 받았음을 보고 알 수 있었다.

"제자가 살해당한 할아범은 복수귀로 화했지."

플뤼의 말에는 숨기지 못할 회한이 배어 있었다.

참극에 자신이 같이 있을 수 없었기 때문일까. 아니면 참극 후 노인을 말리지 못했기 때문일까.

"한 명씩, 실행범도, 그 자리에 있었을 뿐인 군인도, 사주한 놈들도 모조리 쳐 죽였지. 여하튼 내 점술 스승이니까. 숨는 것은 어림도 없지. 그 뒤로 2년쯤은 악마처럼 두려움을 샀었어."

"…………."

문득, 그림자를 생각했다.

누구의 인생에도 마가 낄 때는 있다. 노인의 인생에 드리운 그림자는 너무나 어둡고 워낙 큰 탓에, 노인은 그림자와 일체가 되고 말았다. 두려워하던 대상이 되면 더는 두려워할 필요가 없으므로.

"……아아, 그 또한 지나쳤던 거지. 때리면 맞는 것이 이치야. 할아범의 복수도 예외가 아니지. 그날 밤, 운명이 보낸 상대는 최악의 킬러였거든."

"……킬러?"

빠른 걸음으로 걷는 플뤼에게 약간 땀을 흘리며 따라잡으면서 스승님이 물었다.

"뒷바닥에서는, 한때 유명하던 마술쟁이 킬러야. 동양인에, 독특한 마술을 쓰는 놈인데 말이지. 그 탄환에 당한 결과, 무슨 술식인지 스승님의 마술회로도 마술각인도 죄다 걸레짝이 됐어."

"윽――!"

한순간, 스승님이 굳었다.

뭔가, 짚이는 구석이 있었을지도 모른다. 어쩌면 플뤼가 그런 이야기를 한 것도 스승님을 상대로 떠보려는 의도가 있었을지도 모른다.

어쨌든 간에 나로서는 알 수 없는 사항이다.

동시에 적어도 지금은 알 수 없어도 되리라 느껴졌다. 만약 필요하다면, 이 사람은 꼭 가르쳐줄 것이라는, 그런 확신이 있었다.

"그 킬러에 대해, 꽤 자세히 아는 모양인데."

"그야 그렇지. 나는 한때 파트너를 맺었으니까."

크게 입술 끝을 일그러뜨린 플뤼의 말에 스승님뿐만 아니라 세이겐까지 외눈을 부릅떴다.

"그라모 그 영감님을 제자인 댁이 몰아붙였단 기가!"

"그러니까, 반은 내 탓이라고 했잖아. 여하튼 소원해졌다 보니 말이야. 내가 그 할아범에게 원한을 품고 있다고 여기지 뭐야. 실제로 당시로 따지면 꼭 틀린 말도 아니었어. 하하, 사부 살해자라는 별명이 붙는 것도 이해가 가지?"

비탈길을 밟으면서 플뤼가 자조하듯 뇌까렸다.

"방금 말한 킬러는 말이야, 진짜로 소름이 쫙 돋을 정도의 실력자였어. 단순히 마술의 역량을 말하는 게 아니고, 마술사와 마술쟁이의 맹점을 찌르는 것이 미쳤나 싶을 만큼 교묘했거든. 할아범도 어지간했지만, 애초에 마술전에도 응해주지 않고 싱겁게 총 맞고 끝났지. 내가 마무리를 지은 척하고, 게다가 숨겨준 것이 이 알비온이 아니라면 결국 들켰을 거야. ……아니, 실제로는 알고 있었을지도 모르겠군. 마술사로서의 할아범은 완전히 파괴되었으니까 못 본 척했을 뿐일지도 있겠어."

"…………."

부자연스러울 정도로 스승님은 침묵하고 있었다.

신경 쓰지 않으며 플뤼가 말을 이었다.

"킬러에게 의뢰한 것은 시계탑 귀족 중 누군가였다더군. 의뢰주와의 사이에 남을 경유한 탓에 우리도 실제로 누구인지까지는 알지 못하지만."
_{클라이언트}

"네, 그런 패거리라면 몸소 의뢰하지는 않을 테지요."

스승님 뒤에서 걷던 루비아가 말을 받았다.

그녀가 보자면 그쪽이 더 익숙한 세계였으리라. 마술쟁이 킬러와 유서 깊은 혈통의 귀족. 본래라면 평생 얼굴을 맞댈 일이 없을 두 사람이 이 자리에는 같이 있는 상황이었다.

가까운 돌기둥을 손으로 만지면서 끄덕인 플뤼의 시선이 지면을 맴돌았다.

"할아범은 옛날부터 말했었어. 시계탑의 선민(選民)들이 신비도 마술도 지저분하게 독점하려는 것이 용서할 수 없다고. 알비온에 들어갔다가 생환자가 된 것도 원래 그런 녀석들 보라는 듯이 성공하겠다는 생각이 있었기 때문이겠지. 지상에 나온 뒤로 다소 과하게 막무가내가 된 것도 같은 감정을 억누르지 못했기 때문일 테고 말이야. 그 알비온에서 성공한 나에게 시계탑의 망할 것들이 무슨 말을 하든 알 바냐고 계속 무시했던 거겠지.

그 대가를 치러서 아끼던 제자도 심혈을 기울여 만들어낸 공방도, 자랑하던 마술회로도 마술각인도── 그 할아범은 정말로 모든 것을 다 잃었어. 빼앗겼지. 솔직히 말하면, 알비온으로 돌아간다고 해서 그 할아범이 살아남았을지는 자신이 없었다고. 능력상으로는 문제없겠지만 이미 모든 사는 보람을 빼앗긴 신세야. 살아갈 이유가 없으면 어떤 인간이든 간단히 죽기 마련이잖아."

"…………."

약간, 이해가 가는 느낌이었다.

나는 그 노인 같이 무작정 노력한 적은 없다. 누군가에게 보란 듯이 성공하고 싶다고 정열을 불태운 적도 없다. 그렇지만 늘 소중히 품어오던 소원이 이루어졌다면, 그 소원이야말로 자신의 행동을 옭아맬 때도 있으리라.

왜냐면 소원의 무게란, 요컨대 혼의 무게이지 않은가. 그와 같이 살아가기로 결의하고, 그와 같이 살아온 결과이지 않은가. 그렇다면 인생 태반을 소비해서 이루어진 소원이란, 이미 단순한 꿈이 아니라 그 사람의 삶 그 자체다.

그리고 그만한 소원이기에 소중한 사람들까지 말려들어 파멸했다면, 대체 어떤 식으로 남은 시간^{생명}을 죽여가야 할까.

"그런 할아범에게 말이야, 시계탑의 군주^{로드}가 머리를 숙인 거야."

플뤼는 은은하게 쓴웃음 지었다.

"그래, 시계탑에 두고 보자고 생각한 마술사와 마술쟁이야 수두룩하겠지. 할아범도 그중 한 명에 불과해. 그렇지만 할아범은 한 번 그 꿈을 이루는 바람에 휘둘렸다가, 끝내 빼앗겼어. 당신은 그런 낡은 꿈을 한 번 더 이루어준 셈이지. 이봐, 엘멜로이 2세. 당신, 할아범이 그런 상대라고 생각했었지? 그러니까 솔선해서 머리를 숙인 거야. 내 말이 틀려?"

"……아."

나는 작게 신음했다.

플뤼의 말뜻이 비로소 나도 이해된 것이다.

"나를, 악인이라 여기나. 타인의 소중한 소원을, 자신을 위해서 이용하는 죄인이라고."

스승님의 목소리에 음울한 것이 포함되어 있었다.

실제로 그런 식으로 규탄하는 이도 있을 것이다. 아마도 스승님이 시계탑에서 지내올 수 있던 이유 중 하나가 여기에 있을 것이다. 음모가 특기인 것도 아니며, 인간의 눈치를 알아채는 데에 뛰어난 것도 아니다. 그런데도 마술사의 심지에 있는 동기를 간파하고 만다.

마술의 심연을 뜻하는 한, 스승님의 관찰력은 상대의 근간 부분까지 닿는다.

──『안목이 있군.』

노인의 말은 그런 스승님의 성질을 가리켜 던진 것이었을까.

그러자 플뤼는 옅게 웃었다. 조금 전의 자조와는 성질이 다른 표정이었다.

"아니야, 할아범도 알고 있었어. 알고서 머리를 숙인 당신에게 감사했던 거지. 자기 인생이 이제 와서 보답 받은 기분일 테지. 아마 나도 감사를 해야겠지만."

말하고 딱 한 번 뒤돌아보았다.

이미 모습은 보이지 않았지만 노인의 기척이 남아있는 느낌이 들었다. 아직 노인이 저 언덕 기슭에서 기다려주고 있는 듯한, 그런 느낌이 떠나지 않았다.

참을 수 없는 것이, 가슴에 치밀었다.

마술사란 인간성을 내버리고 신비에 바친 생물이라고 한다. 실제로 그 말이 옳다고 나도 몇 번이나 이 몸으로 체험했다. 그런데도 어째서 때때로 이렇게나 인간답다고 여기는 것일까.

그 이후에는, 아무도 별다른 말을 꺼내지 않았다.

잠시 뒤에 플뤼의 발이 멈추었다.

"앗……."

나는 숨을 멈추었다.

구릉지에 들어서고서 몇 군데 돌기둥이 나무들처럼 이어졌지만, 여기에는 기괴한 형태의 암석이 어마어마하게 겹쳐 있었다. 또는 구체, 또는 삼각뿔, 또는 별 모양의 돌기를 가진 입체가 여러 개 쌓여서 극히 위태로운 균형을 이루고 있다.

예술가라기보다 마치 어린 거인이 분방한 마음이 가는 대로 점토를 반죽한 장식물 같았다.

그것도 개중에는 균형이 이상하다고 할지, 명백하게 중력에 위배되는 조합까지 있었다. 상부 쪽이 혹처럼 솟고 크게 기울어진 돌탑 등은, 붕괴하지 않는 편이 괴이해서 우리의 균형 감각을 혼란시키는 대상이었다. 이런 풍경도 죽은 용의 마력이 만들어낸 결과물일까.

쉬르레알리즘의, 회화 속으로 빠져든 기분이었다.

그 중간쯤에서 플뤼가 다시 입을 열었다.

"거기다."

"거기?"

"영묘 알비온의 주요 미궁 부분. 즉 대마술회로── 정맥회랑 오드베나에는 비정규 입구가 꽤 많거든. 익숙해진 팀 중 1할 정도는 자기만의 입구를 확보하고 있었지. 할아범의 지도에 나온 데까지 딱 좋은 지름길이 돼."

"익숙해진 팀 중 1할이라."

흥미로운 듯이 루비아가 물었다.

"당신도 그 1할에 들어가 있었다는 뜻일까요. 듬직하기도 하지요."

"어쩌다 보니 그런 거야. 이런 점술은 특기인 걸 알면서 왜 그래."

징그럽다는 듯이 손을 내젓고 허리의 나이프로 손을 뻗었다.

도중에 그 손이 멈추고 품속에서 다른 한 자루를 꺼냈다. 아까 노인에게 받은 나이프였다.

인도할지어다
"Lead me."

뽑힌 나이프가 허공에 호를 그리고, 한순간 부자연스럽게 정지했나 싶더니── 날카롭게 장식물 중 하나에 박혔다.

꽂힌 그 지점에서 스륵 인간 하나 들어갈 만한 칠흑의 구멍이 벌어졌다.

아무래도 모종의 환술이 걸려 있던 것 같았다. 이 수법도 아마 그 노인에게 배운 것이리라.

"……좋아, 아직 살아있었군."

"분명히, 알비온 내부는 왕왕 형상을 바꾼다고 했었지."

뒤에서 스승님이 말했다.

"그 입구가 도중에 막다른 곳이 되었을 가능성은?"

"그거야 운에 맡겨야지. 어차피 정상적인 루트로는 고작 24시간 미만으로 목표까지 도달하기 불가능하잖아."

"하기는."

스승님도 인정했다.

"머리 찧지 말라고."

몸을 수그리며 플뤼가 들어간다.

세이겐이 그 뒤를 잇고, 세 번째로 스승님이, 그 뒤에 루비아 씨와 나라는 순서대로 구멍 내부에 들어갔다.

"자, 내려간다. 대마술회로로."

플뤼의 목소리가 바닥이 보이지 않는 어둠에 울렸다.

4

빛은 어둠 속에 응어리져 있었다.

반짝반짝 무리를 지어 춤추는 것 같기도 하며, 번쩍번쩍 깜빡이는 선향 불꽃 같기도 했다.

물론 원리로 치자면 폭발에 가깝다. 복수의 통로가 집중 되어 미묘하게 다른 마력이 흘러든 결과, 서로 반발해서 빛 을 내는 것이었다.

알비온의 대마술회로 중층에 여러 곳 있는 나들목 ^{정선} 중 하 나였다.

그곳은 바다와 비슷했다.

산호가 계층을 빼곡하게 메우고 있었기 때문이다.

아니, 물론 일반적인 산호일 수가 없다. 청정한 바다에 생 식해야 할, 광물이라고도 동물이라고도 못할 형상은 현재 알비온의 농밀한 마력을 흡수하여 알록달록한 색을 꽃피우고 있었다.

이것들은 죽은 용에 기생한 생명이다.

요정향에 이르는 틈새에서 죽음에 이른 용의 주검은 많은 것들을 떠안고 미궁으로 화했다.

예를 들면 그것은 용으로서의 마력이며, 현실과 요정향에서 다시 틈새라는 몹시 희귀한 위상이고, 본래 사라졌어야 했을 신대의 대기(텍스처) 그 자체였다. 이 때문에 그것들 전부가 혼연일체가 된 알비온은 어떠한 영지(靈地)와도 다른 독자적인 진화를 이루었다.

본래 무형인 마력광(魔力光)이 터진다는 괴현상도 이곳이기에 발생한다.

아틀라스원(院), 방황해(彷徨海)와 나란히, 3대 마술협회로서의 시계탑이 자랑하는 최대의 자원이라고 지칭해도 과언이 아니리라.

따라서 이 미궁에 완전히 안정된 장소라고는 존재하지 않는다.

지금은 그 나들목(정선)에 이분자가 끼어들고 있었다.

사자가 포효한다.

정확히는 사자로 헷갈리는 환상종이.

두 개의 사자 머리와 수리의 날개, 거대한 발톱에는 끈적끈적한 독액이 뚝뚝 떨어지는, 지상의 어떤 전설에도 존재하지 않는—— 이와 같은 마수 또한 영묘 알비온에서만 서식할 것이다.

물론 이분자란 사자를 말하는 것이 아니다.

대치한 또 하나의 그림자다.

포효에는 마력이 섞여 있어 다시 한번 그림자를 때렸다. 고대수의 포효는 다양한 지역에서 신비의 현현으로 간주된다. 설령 알비온에 서식하는 기생생물이라 해도 이만한 포효를 받으면 태반은 정신활동이 정지되어 쌍두 사자의 먹잇감이 될 수밖에 없으리라.

"아아, 짐승의 설움이지. 장점을 밀어붙이지 못하는 상대에게는, 한 수 접어야 해."

통렬하게 중얼거린 그림자는 천천히 검을 뽑았다.

아니, 느릿하게 보인 것은 그 동작이 이치에 맞았기 때문이다. 칼날은 여유 있고 침착한 속도로, 그러나 최단의 동선을 그리며 어둠을 갈랐다.

"——단철(鍛鐵)."

동시에 속삭인 신대의 영창을 사자가 들었을지 어떨지. 대장장이 신을 들먹인 그 주문은 칼날의 예리함을 차원이 다르게 끌어올리는 효과를 일으켰을 터다.

아니나 다를까 두 개의 사자 머리는 호흡 한 번 할 틈에 둘 다 떨어졌다.

"정말이지 유쾌한 토지군. 칼리스테네스에게나 보여주면 눈물 빼며 좋아하겠어."

옛 마케도니아에서 벼린 검을 갈무리한 페이커는 뒤돌아보았다.

"슬슬 못 해 먹겠나, 현대의 마술사."

"……아뇨, 아뇨. 아직 간신히."

등 뒤에서 하트리스가 웃음을 꾸몄다.

그렇다고는 해도 마술사의 뺨은 딴 사람으로 볼 만큼 핼쑥했다. 심상치 않을 정도의 정기(오드)를 소모하고 있기 때문이다. 이 알비온에 들어가기 이전부터 서번트인 페이커에게 마력을 끊임없이 제공하고 있었다.

이미 대군보구를 사용하며 여러 번 조우 전투를 거쳤다. 역전의 용사인 페이커는 거의 필요 최저한의 마력으로 하나씩 차근차근 전투를 수행 중이지만, 여하튼 클래스 자체가 규격 외이며 성배의 서포트도 거의 받을 수 없는 신세. 평범한 마술사라면 다섯 번쯤 말라죽어도 이상하지 않을 양이, 이미 하트리스로부터 제공되었다.

이전의 마안수집열차(레일 체펠린) 때와는 달리, 부득이하게 계속 전투를 할 수밖에 없는 환경은 닥터 하트리스에게도 심상치 않은 피로를 강요하고 있었다. 물론 그 밖에도 술수를 부렸다고는 해도, 알비온 내에 맴도는 농밀한 마력을 어느 정도 변환하지 못했더라면 일찌감치 쓰러졌을 것이다.

그렇다고는 해도 페이커는 오히려 감탄한 기색으로 한쪽 눈썹을 올렸다.

"뜻밖에 익숙한 느낌인걸. 철석같이 페이스 배분을 잘못해서 도중에 좌절할까 싶었는데."

"그만둔 지 오래되었습니다만, 시계탑의 학부장이라는 것도 만만치 않은 직업이라서요."

마술사는 희미한 쓴웃음을 머금고 허리에 걸어두었던 영약을 마셨다.

이것 또한 귀중한 물건이며, 대량으로 복용하면 상당한 의존성도 있지만 이번만큼은 도리가 없다. 사실 몸을 억지로 움직일 뿐이라면 현대 과학에 의한 영양 드링크 쪽이 더 안전하고 효과도 높지만, 마력을 회복시킨다면 역시 마술에 의한 영약에는 미치지 못했다.

페이커는 어깨를 으쓱이고 냉정하게 관측했다.

"목적지까지는 이제 절반 남았을 즈음이려나."

"계층수도 세지 않았는데 용케 판단할 수 있군요. 저도 대략 그쯤이라 여깁니다만."

"이런 쪽의 감이 작동하지 않는 녀석은 우리 왕의 정복에 따라가지 못해서 말이지. 여하튼 어디를 어느 정도 정복할 셈인지도 모르는 노릇이야. 살아남은 녀석은 자연히 이런 직감이 연마되기 마련이더군."

"과연, 그만한 직감이라면 거의 미래 예측이나 마찬가지 겠습니다."

바닷속 같은 끈끈한 공기 속에서 하트리스가 심호흡했다.

대마술회로의 어둠을 노려보며 페이커는 조용히 걸음을 떼었다.

불현듯 다시 한번 입을 열었다.

"……즉, 앞으로 한나절만 되면 나는 너에게 살해당하는 거로군."

"그렇게 되겠지요."

하트리스는 태연히 대꾸하고 페이커도 끄덕였다.

"그래. 여하튼 나를 매체로 신령으로서의 우리 왕을 재림 하려는 것이니 말이지. 소환할 때는 지금의 내가 사라지는 게 당연하지. ……아아, 이 경우, 소원을 이루어주었다고 해야겠지만."

"소원, 말입니까."

"나는 왕을 위해서 죽고 싶었어. 너는 그 바람을 이루어 줄 것이잖아?"

물음에 하트리스는 얇은 눈썹을 찌푸렸다.

"……죄송합니다."

"사과하지 마."

페이커가 껄껄 크게 웃었다.

소환되고 나서 이 여자가 이런 식으로 웃는 것은 처음일지도 몰랐다.

무심결에 허리춤에 찬 스키틀을 입가로 가져간다.

물씬 풍긴 것은 물론 술 내음이다. 알비온에 가져올 수 있는 짐은 한정적이었지만 그래도 극상의 술은 양보하지 않은 것이 참으로 그녀다웠다.

"너는 마술사지? 설령 현대의 상식과 괴리되더라도 그럴 만한 이상과 결벽성을 가지고 사나운 긍지와 함께 나를 죽여. 해묵으면서도 새로운 신대의 불빛으로 현대의 마술사들을 인도해라."

거기까지 말한 페이커는 단락을 지었다.

"……아니, 애초에 그런 동기가 아니었던가. 너는."

희미하게, 아주 희미하게, 하트리스가 숨을 멈추었다.

아마 상대가 서번트가 아니라면 전해지지 않을 정도의, 자그마한 변동.

"알 수 있는 겁니까, 당신이."

"저기 말이다. 벌써 2개월 이상이나 같이 있는 사이라고. 아무리 내가 남의 눈치에 어두워도 네가 어떤 인격인지, 막연하나마 알게 돼. 현대의 마술사라는 관점으로 보자면 너는 지독하게 그쪽에 적성이 없어. 음모도 책략도 남들 이상은 할 수 있겠지만 딱히 좋아하는 것도 아니고 숨 쉬는 것처럼 수행할 수 있는 것도 아니야. 내버려 두면 무해무득, 멍하니 구름이나 보며 시간을 때울 타입이잖아. 그래, 우리 왕의 호령에도 응하지 않는 것은 그런 멍텅구리뿐이었지."

"그런 식의 말은, 처음 들었는데요."

"그렇다면 네 주위는 안목이 없는 녀석들뿐이었던 거지."

흥, 하고 코웃음을 친 뒤에 페이커가 단언했다.

한 호흡 띄우고 하트리스를 정면으로 바라보며 눈을 끔뻑였다.

"이것 보게. 그런 표정도 짓나, 너. 뭐 안 좋은 거라도 먹었나? 아니면 영약에 뇌가 고장 났어?"

"하하하, 글쎄요. 아니, 저라도 우스우면 웃습니다."

음성에는 희미한 회고의 어감이 섞여 있었다.

"아아, 그래도 제자들로부터는 알비온 이야기를 곧잘 들었더니 잠시 옛날 생각이 났을지도 모르겠군요."

옛날의, 하트리스의 모습.

현대마술과 학부장이던 시절의, 이 남자.

"생환자 제자들 말인가."

"조렉, 캘루그, 게셀츠, 아셰아라. 크로."

하트리스의 입술에서 튀어나온 이름은 잊힌 나라의 주문 같기도 했다.

"알비온 시절 이야기를 좋아한 것은 크로였지요. 말하기로, 조렉과 캘루그 형제는 환상종과의 전투를 책임지고 있었다더군요. 도저히 당해낼 수 없을 성싶은 상대일 경우에는 그 두 사람이 향주머니나 피리 소리로 유인하는 사이에

게셀츠와 크로가 마술회로 사이에 묻힌 광석 등을 최대한 발굴하고 갔다던가요. 당해낼 수 있느냐 없느냐의 판단은 지도를 만들거나 경계용 술식을 상시 기동하고 있는 아셰아라가 책임졌다고 합니다만 이 미궁의 지도 제작에는 더없이 난항을 겪었겠지요."

"그 대부분이, 사전에 시계탑에서 영묘 알비온으로 보냈던 스파이였었지만."

기가 찬다는 페이커의 말도 그럴 만하다.

그녀의 시대에도 당연히 음모는 있었고 간자도[스파이] 있었을 것이다. 그러나 몇십 년씩 들여 세대까지 넘어서 다른 파벌을 함정에 빠트리기 위한 책모를 꾸민다……쯤 되면 역시 한도를 넘어섰다.

"게셀츠야 아무튼 조렉과 캘루그가 교체되어 있던 건 난처했지."

교체 사건.

엘멜로이 2세가 추리했던 대로 두 제자는 교체되어 있었다. 그 목적도 대략 추측대로, 비해해부국의 정보 등을 훔쳐내기 위해서였을까.

"덕분에 게셀츠까지는 비밀리에 진행했는데, 비해해부국에 숨어 있던 캘루그—— 조렉은 힘으로 하다가 결국 죽일 수밖에 없었으니까요. 저의 관여가 완전히 드러나고 말았습니다. 시체는 처리했습니다만 그 관위 마술사에게는 간단히 그 의미까지 간파당했고요."

아오자키 토코는 하트리스에게 그들은 누구의 제자였던 거냐고 물었다.

하트리스의 제자들 실종 사건, 그 진상을 그녀는 가장 먼저 알아차린 것이다. 즉, 실종된 제자들은 하트리스의 제자가 되기 이전부터 다른 파벌에 소속된 상태로, 언젠가 본래 파벌에 이바지하고자 알비온에 잠복하라 지시받은 스파이들이었다는 사실을.

"크로는 이미 죽었다고 했던가. 아셰아라만은 먼저 행방을 감추었지만."

"상관없습니다. 알비온에서 돌아가지 못할 가능성이 있는 이상, 제가 미련을 끝내두고 싶었을 뿐입니다."

"미련이라."

하트리스는 큼직한 은빛 트렁크를 들고 있었다.

미궁 탐색이라는 말에는 당최 어울리지 않는 그것을 몇 초 바라본 뒤에.

"마스터."

페이커가 불렀다.

"너는 마스터일 테지. 그렇다면 내 소원일랑 무시하고 여기서 그만두어도 돼. 나라면 지금부터라도 알비온에서 되돌아가 너를 내기는 곳에 데려가는 정도는 해줄 수 있다. 옛날에 신세를 졌던 의사가 있는 곳이라도 좋지. 아무도 너를 모르는 세상 끝이라도 좋고. 마력은 약간 팍팍하겠지만 성배전쟁이 끝나서 내가 현계할 수 없어질 즈음까지는 함께해 주마."

"…………."

하트리스의 대답은 살짝 늦어졌다.

"……당신이라면 그런 식으로 살고 싶었습니까?"

"말 같은 소리를 해라!"

일갈한 뒤에 본인도 놀란 듯이 페이커는 주저했다.

생각에 잠긴 것은 불과 몇 초였지만 말은 몇 년이나 되는 —— 혹은 2000년이나 되는 무게를 띠고 있었다.

"……아니, 그럴지도 모르겠군."

중얼거림이, 대마술회로의 산호와 비슷한 형상을 통과했다.

"생전에도, 어릴 적을 제외하면 한곳에 오래 머물던 적이라곤 없었지. 우리 왕은 너나 할 것 없이 끌고 다녔고, 왕모 올림피아스는 나를 디오니소스의 무녀로 키우기 위해 신전에서 마냥 의식을 반복했었지만, 그것은 연금이기는 해도 생활이라고는 못할 테지. 그러니까 나에게 고향이란 그 학사(學舍)뿐이었을지도 몰라."

"미에자의 학사, 말입니까."

이스칸다르가 어릴 적, 훗날 그를 수호하는 근위대 및 장군이 되는 친구들과 함께 수학한 곳이었다. 역사상 가장 고

명한 교육시설 중 하나라 할 수 있으리라. 교사는 위대한 철학자 아리스토텔레스. 당시의 거의 모든 학문을 익힌, 신의 은총이라고도 할 수 있는 두뇌의 수업을 이스칸다르와 그 친구들은 아낌없이 누렸었다.

같은 시기, 페이커도 같은 학사에서 배웠던 것이리라.

"구름을 보고 있었습니까."

"보고 있었고말고. 아주 살짝, 창문으로 보인 광경만."

부드럽게 페이커는 미소 지었다.

"더 오랜 시간을 보고 싶었지. 그렇지만 배울 것은 많아서 말이야. 나는 대역이라고 해도 마술적인 대역이라 항상 왕과 함께 있던 것은 아니었어. 아리스토텔레스 선생의 가르침 중에 내가 받을 수 있던 것은 다른 이의 절반 정도였을 테고, 마술에 의심 어린 눈초리로 대하던 에우메네스와 크레이토스는 소원하게 굴었지."

이어지는 하트리스의 말은 경우에 따라서는 쓰러진 사자와 마찬가지로 목이 달아날지도 모를 종류였다.

"그래서, 후계자 전쟁이라는 배신을 용서할 수 없었고요?"

디아도코이

"……글쎄다."

페이커는 그리 대답했다.

이스칸다르 사후, "가장 강한 자가 다스려라."라는 유언을 계기로 어머니도 충신도 피로 피를 씻는 다툼을 펼친 대전쟁. 그것이야말로 그녀가 왕의 군세의 부름에 응하지 않

아이오니언 헤타이로이

고, 이번에 하트리스를 섬기기로 결의하게 만든 원동력이 아니었던가.

"소환된 직후에는 그리 여겼지. 지금도 생각만 해도 참을 수 없는 증오가 치밀어. 몸 내부에서 어찌할 도리 없는 화염이 치솟고 있지. ……하지만 나나 오라버니가 살아있었으면 역시 똑같이 분쟁하는 일파가 되었을지도 모르지. 오히려 가장 열심히 후계자를 표방했을 가능성이 클 거야."

"그럴 테지요. 피투성이인 모습이 어울렸을 거라 생각합니다."

"일단 부정은 해라."

토라진 것처럼 페이커가 고운 입술을 삐죽였다.

하트리스가 얇은 어깨를 으쓱이자 이번에는 페이커 쪽에서 물었다.

"너는 제자에게 배신당하고 무슨 기분이었지?"

"……그것을 확실히 알 수 있었으면, 네, 아마 여기에는 없었을 겁니다."

말은, 낙엽처럼 지면에 깔렸다.

"알 수 없는 일을 그대로 놔둘 수 있었으면, 그 경우에도 여기에 없었을 테지요. 아마도 그대로 놔두는 편이 인간으로서는 평범할 겁니다. 자기 마음을 억누르고 참으며 살아가는 편이 마술사로서도 기본이고요. 하지만 분명히 그러지는 못했을 테니까 저는 당신을 소환하고 여기에 있는 것입니다."

하트리스의 말을 들은 페이커의 얼굴에 대마술회로의 빛이 일렁거렸다.

때로 창백하게, 때로 검붉게 변화하는 빛의 물결은 그녀의 내부에서 변모해가는 감정 같기도 했다.

"하기는. 나도 못 참아. 만약 같은 입장에 자신이 있었으면 똑같은 짓을 했을지 몰라도, 그들을 용서할 수가 없어. ……나는, 나의 에고로, 다시 한번 우리 왕을 현현시키는 것을 포기할 수 없어."

서번트의 미소는 어쩐지 어린 소녀처럼 환했다.

"우리는, 인내심 없는 동지군."

"그러게요."

끄덕인 하트리스의 얼굴이 다음 순간 크게 뒤로 젖혀졌다.

페이커의 검지가 마술사의 이마를 세게 튕겼기 때문이다.

"기분 꼬인다. 이다음부터는 그런 약한 얼굴을 보이지 마."

이마가 눌린 하트리스에게 그녀는 크큭 웃음소리를 흘렸다.

"하지만 그 얼굴은 싫지 않더군. 술잔치라도 할 수 있으면 또 보여주라고."

"당신을 따라갈 만큼은 못 마시는데요."

"그럴 필요까지야 없어. 아아, 우리 왕도 주량만은 디오니소스의 무녀인 나를 따라오지 못했거든."

히죽 입술 끝을 끌어올린 페이커는 한 모금 더 스키틀의 술을 마셨다.

"그렇다고는 해도 역시 더 이상 술을 주고받을 시간은 없나."

"아니요."

하트리스가 페이커의 손에서 스키틀을 낚아채어 입을 대었다.

꿀꺽, 하고 가는 목이 움직이는 것을 머나먼 마케도니아의 서번트는 흐뭇하게 바라보고 있었다.

그 뒤에 그녀는 한 가지 더 물어보았다.

"……이제 곧 관위결의지? 네 생각대로, 회의가 움직일 거라 생각하나?"

"글쎄요. 어차피 이제 할 일은 변할 여지가 없습니다."

"그렇지."

페이커는 미궁 너머로 시선을 옮겼다.

바닷속 산호와 같은 통로는 이 너머로 다시 모습을 바꾸리라. 때로 아름답게, 때로 끔찍하게, 미궁은 침입자를 현혹하며 수많은 괴물이 기다리고 있을 것이다.

그래도 하트리스의 목소리에 겁은 없었다.

"갑시다. 당신을 꼭 죽여 드리지요."

"그래. 나의 마스터. ……기다리고말고. 그때를 2000년 이상 기다렸고말고."

　마치 사형대의 계단과 혼례식 융단이 하나가 된 것처럼, 빛과 어둠이 뒤섞인 대미궁의 통로를 두 사람은 동반하며 걷기 시작했다.

제2장

1

부스럭부스럭, 움직일 때마다 잎사귀 스치는 소리가 울렸다.

광경은(텔레비전에서 보았을 뿐이지만) 남양의 정글과 비슷할까.

양치류가 지면을 뒤덮고 수고(樹高)가 높은 식물이 시야를 7할가량 가리고 있다. 코를 찌르는 풀 냄새가 충만하며, 지상은 한겨울이건만 가슴팍까지 땀에 흠뻑 젖어버렸다.

때때로 기괴한 생물이 그러한 식물 사이를 달리고, 가끔 위험해 보이는 개체가 접근하면 루비아가 미리 경고해 주었다.

"……여덟 시 방향에서 물 속성이 둘, 바람 속성이 하나 반응. 접근을 피해 진로를 다섯 시 방향으로 틀겠습니다."

이미 플뢰와 루비아가 눈짓을 주고받으며 수차례 이동 방향을 변경했다.

지금 루비아 주위에는 보석이 다섯 개 떠 있었다.

다섯 속성에 맞춘 보석이라고 했다.

겔라프가 말한 경계법은 그 말처럼 알비온에 최적화되었는지, 전투 직전인 와중에도 우리는 가까스로 회피에 성공하고 있었다. 아니 전투를 앞두고 있는지 여부조차 나로서는 정확히 가늠할 방도가 없지만, 스승님을 비롯한 일행의 말투로 보건대 아무래도 그런 것 같다. 아직 알비온을 내려온 지 30분 정도지만 이미 그 노인의 가르침에 얼마나 많이 보호받았는지.

'겔라프 씨가…… 가르쳐준 지식.'

그 지도에 플뢰가 길러온 경험을 합쳐서야 비로소 무사할 수 있는 것이리라.

알비온에 들어온 단시간에 여러 번 광경이 크게 변화해서 우리를 놀라게 했지만, 그래도 두 가지 공통점은 있었다.

하나는 호흡만 해도 폐까지 저릴 듯한 농밀한 마력.

또 하나는 지면을 기괴한 빛이 내달리고 있는 것이다.

그것은 빛의 띠였다.

장엄한 흐름이 잇달아 솟아나서, 혹은 천천히, 혹은 부산하게 맥동하며 우리 건너편으로 흘러간다. 웅대한 경치임과 동시에 그 정체성은 몹시 친근한 것으로 느껴졌다. ……예를 들면, 모든 마술사들의 몸에 깔린 마술회로와 흡사해서.

무심코 나는 중얼대고 있었다.

"이것이…… 대마술회로."

"용은 죽어도 용의 마술회로는 이렇게 아직 살아있지. 신대 시절의 신비를 내부에 저장한 채로 말이야. 그러므로 대마술회로. 다른 이름은 정맥회랑 오드베나."

플뤼의 설명을 나는 왠지 건성으로 듣고 있었지만, 바로 근처에서 루비아가 목소리를 높였다.

"그건…… 혹시 신대의 진(眞) 에테르가 아직 이 마술회로 내부를 순환하고 있을지도 모른다는 뜻이에요?"

"글쎄, 그럴 수도 있지만 이 마술회로를 훼손시킨 마술사는 없어서 말이야."

플뤼의 말대로 여기까지 오는 중에 애드를 변화시켜 베어보기도 했지만, 빛의 띠에는 생채기도 나지 않았다.

"괴이한 생태계도, 마술회로의 영향에 의한 것이에요?"

"물론 그 이유도 있겠지만, 너무 맹신하지 않는 편이 나아. 알비온은 나들목마다 아예 양상이 딴판이고, 시기가 달라지면 안정된 양상도 변이하거든. 정밀한 인과관계는 이미 아무도 알 수 없을걸."

플뤼의 말에 부응하듯 빛의 띠는 붉게, 파랗게 색을 바꾸었다.

그 와중에.

"——저쪽!"

양치 아래에서 색적 마술을 파고든 그림자가 갑자기 솟아올랐다. 방금까지 2차원 형태밖에 지니지 못했을 그림자가 삽시간에 3차원의 홀쭉한 동물로 화한 것이다.

뱀, 으로 보였다.

그러나 당연히 평범한 뱀은 아니었다.

2차원 그림자에서 실체화한 뱀은 우리를 향해 펄쩍 뛰자마자 공중에서 번갯불을 터트렸다.

"윽——!"

"루비아 씨요!"

세이겐의 외침보다 먼저 이변이 발생했다.

루비아가 주위에 띄워놓던 보석이 그 번갯불을 흡수했다. 어떠한 공격을 받아도 대응할 수 있게끔 색적 마술과 동시에 방어 마술을 쳐두었던 모양이다.

루비아가 물리기보다 먼저 플뤼가 던진 나이프가 뱀의 머리를 뚫었다.

"조심해."

나이프를 회수한 뒤에 플뤼가 경고했다.

"방금 그림자뱀도 그렇지만 대마술회로에 사는 환상종은 어떻게 보아 신대에 가까워. 마술과 한없이 같은 질의 생득 영역을 지니고 있어."

"마술과 가깝다고요?"

"환상종에는 여러 의미가 있지만. 현대 지상의 환상종 대부분은 어디까지나 독자적인 진화를 거쳤을 뿐인, 자연적 생물로 성립하는 모습이 대부분이야. 반면에 신대 및 알비온의 환상종은 현실에서는 불가능한 형질을 지니고 있지. 생득 영역은 그들이 두른 초자연의 룰이야."

"과연, 잘 배우겠어요."

루비아는 드레스에 묻은 먼지를 털고 조금 더 걷다가 다시 입을 열었다.

"목표 지점은, 옛 심장이었지요?"

"그렇다네."

스승님이 긍정했다.

"그때에는 바로 옆에서 관위결의_{그랜드 룰}도 집행되고 있겠지."

대담무쌍하다고 해야 할지 어떨지.

하트리스가 거행하려는 의식은 시계탑의 정상회의인 관위결의_{그랜드 룰}의 지근거리가 무대였다. 물론 우연이 아닐 것이다. 같은 시기에 마술적인 의미를 추구한 결과가 런던에서 가장 신비가 짙은 영묘 알비온의 중요부에 이른 것이리라.

"하트리스의 술식 목적은 신령 이스칸다르를 재림시켜서, 신대의 마술을 부활시키는 것……이라 캤제? 암만 마술사라 캐도 못 믿을 일이긴 하지만도."

이것은 세이겐의 말이었다.

"신대의 마술이라면 직접 신령의 권능에 액세스하는 셈

이제. 신령이 근원과 강하게 연결된 이상, 고래 되든 근원에 닿지 않아도 된다 이 말이구마."

"자네도, 그 남자 쪽에 붙겠나?"

"아니. 그카도 꿈이 있는 이야기다 싶어서. 마술사 2000 년의 비원을 이루지는 않겠다── 대신 이루지 않아도 된다는 도피처를 내준다. 현실의 아픔을 누그러뜨리는 꿈^{마취}으로서는 이보다 더 나은 기는 거의 없을 끼다."

세이겐의 속삭임에는 결코 농담하는 것만은 아닌 무언가가 서려 있었다.

정령근으로 만들어진 지 얼마 되지 않는 손을 문지르며 외눈으로 스승님을 노려본다.

과거의 범인과 과거의 탐정이 마주 본다.

"그런 남의 꿈을 부수자고 목숨을 겁도 없이 내놓나. 아아, 그건 참 댁다운 이야기구마이, 엘멜로이 2세."

"내 생각도 그래."

왠지 빈정대는 듯한 세이겐의 말에 스승님은 진지하게 수긍했다.

진지함 정도밖에 대꾸할 것이 없기 때문이라는 양.

겔라프 때도 동일했지만, 스승님은 모든 일에 지나치게 정면으로 마주 보는 것 같다. 본인이 악인이라 주장하듯 어느 정도의 계산도 있는 거겠지만 그 성실함은 언젠가 본인도 망가뜨리는 것이 아닐까, 불안에 쫓기고 만다.

"⋯⋯한 가지 더, 확인해두고 싶은 점이 있네요."

루비아가 끼어들었다.

"이 타이밍에 관위결의[그랜드 롤]가 제안된 것은 우연이 아닐 테지요. 여하튼 서번트는 제5차 성배전쟁이 발발하는 이 타이밍에만 소환이 가능합니다. 그리고 당신이 말하는 술식으로 페이커라는 치로부터 신령 이스칸다르를 불러내는 의식도 관위결의[그랜드 롤] 때문에 옛 심장의 둑이 열리는 이때 말고는 불가능해요."

"맞아."

"그렇다면 하트리스는 거의 틀림없이 군주[로드] 내지는 군주[로드]와 가까운 누군가와 내통하고 있어요. 그렇지요?"

그것은 전에 스승님도 했던 말이다.

관위결의[그랜드 롤]에 참가한 누군가가 하트리스의 공범이라고.

"그래. 지금 관위결의[그랜드 롤]에는 의붓여동생 라이네스가 가고 있어."

"신뢰하시고 계시는군요? 자칫하면 군주[로드]가—— 아니, 귀족주의파인지 민주주의파인지 모르겠습니다만, 공범자인 군주[로드]가 속한 파벌이 통째로 적으로 돌 텐데요. 어머나, 참 즐거운 취향이세요."

소녀의 호들갑에 울창하게 우거진 양치류를 밟던 스승님이 돌아보았다.

"그렇다면 자네의 에델펠트 가문도 말려들 수 있겠군. 여기까지 왔는데 뒤늦은 이야기이긴 하지만, 그런 것을 알면서 왜 나를 도와주는 건가?"

"어째서 그게 물러날 이유가 되나요."

이상하다는 듯이 루비아가 되물었다.

"저는 마술사랍니다. 현대를 살아가는 마술사로서 이만한 신비와 만날 기회는 거의 없을 테지요. 그렇다면 고작해야 시계탑 한 파벌을 적으로 돌리는 정도가 어떻게 망설일 이유가 되겠어요?"

"그렇군……."

소녀는 너무나 딱 부러졌다.

이전, 스승님더러 지도자(튜터)를 제안했을 때도 그랬지만 마술사라기 전에 그 정체성은 귀족으로서 지나치게 완성되었다. 남의 것을 빼앗을 때조차도 자기가 더 어울리니까 어쩔 수 없다고 오만하게 주장할 것이다.

그런 그녀를 아름답다고 생각한다.

"그러니 경험자의 의견을 여쭙고 싶은데요. 아마 맨 처음 지름길이 이 주변일 거라고 하셨지요?"

"벌써 바로 앞이야."

플뤼가 가리켰다.

십여 분도 지나기 전에 식물이 일제히 사라지고 묘한 냄새가 주위에 차올랐다.

그 발생원이 우리 눈앞에 가로놓여 있었다.

강이었다.

지저에 내려온 뒤로 여러 번 놀랐지만 너무나도 폭이 넓은 물줄기였다.

건너편까지 얼추 100미터 이상은 되리라. 약간의 부유나 활공이라면 마술로도 가능하지만 그런다고 닿을 거리가 아니다. 바닥에서는 용의 마술회로가 내는 빛이 떠올라서 언뜻 보면 아름답게 가장하고 있다.

동시에 자욱한 냄새의 이유는 강기슭에서 구른 사람 머리만한 돌이 완전히 빠지기 전에 거품과 함께 녹아내려 증명되었다.

"산(酸)으로 된, 강……!"

무심결에 신음하고 말았다.

용해 속도는 무시무시한 수준이었다. 돌이 잠기기 전에 녹는다면 인간의 몸일랑 몇 초면 뼛조각 하나도 남기지 않고 처리해줄 것이다. 강이 이쪽으로 일정 이상 침식하지 않는 것은 바닥과 마찬가지로 죽은 용의 마술회로가 틀어막고 있기 때문이다.

아니, 아마도 여기까지 강폭이 넓어진 것도 주위를 녹인 결과일 것이다. 그 무엇으로도 훼손할 수 없는 용의 마술회로만이 가공할 지저의 산에도 견뎌냈다.

플뤼는 관자놀이를 두세 번 두드린 뒤에.

"이게 맨 처음 지름길이야. 뭐, 쉬운 종류지."

그리고 강을 노려보았다.

"이런 걸 우짜겠다고."

"뭐, 잠시만 기다려. 아까 향주머니를 뿌려놨으니 금방 올 거야."

"향주머니?"

눈썹을 찌푸린 세이겐에 대한 대답은 말이 아니라 실체로 돌아왔다.

강렬한 바람을 가르며 요란한 날갯짓 소리와 함께 플뤼가 부른 것들이 나타났다.

"어엉?!"

곤혹에 빠진 세이겐의 음성도 당연하리라. 미궁의 암흑을 가로지른 것은 단순한 괴물 따위보다 더 친밀감이 깊은 만큼 우리의 의표를 찌르고 있었다.

그것은 한 마리 한 마리가 사람 하나만 하다 싶을 만큼 거대한 갑충 떼였다.

"좋았어, 왔구만."

플뤼가 허벅지를 꽉꽉 주무르고 이를 드러냈다.

"보소, 보소, 이것 보소. 플뤼 씨. 설마!"

세이겐이 무심코 딴죽을 건 것도 무리가 아니다.

솔직히 나도 상상은 했지만 실수로라도 말로 꺼내고 싶지 않았다.

"그래, 그 설마가 맞아."

플뤼가 속 편하게 고개를 아래위로 흔들었다.

"저 벌레 떼 등을 밟고 가는 거야!"

"웃기는 소리 말어, 이 양반아!"

세이겐의 외침도 허무하게 플뤼의 발이 땅을 박찼다.

이미 『강화』를 마쳐두었던 몸은 수 미터를 도약해 갑충의 등을 밟았다.

순간 균형이 무너질 뻔했지만, 경험의 산물인지 곧장 자세를 회복하고 잇따라 다음 갑충의 등으로 뛰어넘는다. 지켜보는 우리 쪽 위장이 쪼그라들 듯한 어마어마한 광경이었다.

"아아, 진짜! 엉망진창이네요!"

비난한 루비아도 바로 뒤따른다.

파격적인 것으로 따지면 누구 못지않은 소녀는 파란 치마를 손끝으로 잡으며 흡사 유리 계단을 밟는 것처럼 우아하게 무시무시한 갑충 떼를 건너간다.

어쩐지 고약한 취미의 동화 속에라도 들어온 것 같다.

"…………."

믿기 어려운 일이지만 마술사의 운동 능력이라면 가히 불가능한 수준은 아닌 모양이다. 다만 아무리 지름길이 가능하다고는 해도 기생생물조차 이용하는 이 발상에는 눈이 동그래질 수밖에 없다. 알비온의 채굴자들은 그만한 시행착오를 이 미궁에서 거듭해온 것이리라.

옆에서 불편한 듯한 헛기침이 나왔다.

"……미안하네만 그레이, 내가 헛디디면 부탁하지."

"물론이지요."

스승님의 말에 끄덕이고 나도 각오를 다졌다.

혹은 두려움과 함께, 혹은 용기와 함께, 나를 포함한 탐색자 전원이 강기슭에서 발을 떼었다.

2

　均열을 지날 때, 한순간 현기증이 일었다.

　위상이 어긋남으로써 정신이 받는 충격이라는 모양이다. 혹은 혼이 따라잡을 때까지 일어나는 촌각 사이의 랙일까.

　어쨌든 지상의 시계탑에서 몇 시간 정도 만에 나는 머나먼 땅속에 초대받았다.

　하지만 그 자리에서 접한 정보는 다소 상상을 초월하고 있었다.

　비해해부국의 체크를 거쳐 균열을 지난 후, 우리는 높은 지대에서 그 경치를 내려다보고 있다.

　균열과 직결된 높은 지대였다. 의식탑이라고 하는 편이 나을까. 어떤 종류의 마술에서 높은 곳이라는 위치는 그것만으로도 효과적으로 기능한다. 지상에서 멀게, 하늘에 가깝게. 속세의 개념으로부터 멀어져야 비로소 단절된 신비는 찬연히 빛난다. 그렇기에 균열[포털] 중 한쪽이 이런 높은 지대에 놓인 것도 자연스러운 일이기는 했다.

아니.

하고 싶은 말은 그런 것이 아니었다.

나도 참, 약간 냉정함을 잃었던 듯하다.

옅게 빛을 내는 천개 등은 열려 있었지만 지금 내 의식을 점유하고 있는 것은 웅웅…… 하고 눈 아래의 도시 이곳저곳에서 들리는 낮은 소리였다. 마치 잠자는 거대한 괴물이 앓고 있는 듯한 소리였다.

실제로 그 비유는 꼭 틀린 것도 아니다.

도시는 그대로 하나의 거대한 생명이었다.

보이는 곳 전부에 늘어선 건물은 현대의 빌딩과 개미집이 융합한 것만 같다. 아마도 모종의 마술적 조치가 이루어졌을 것이다. 시계탑의 학술동에서 나오는 것과 같은 종류의 마력이 어느 건물에서도 느껴졌다. 학술도시가 어떻게 보아한 마술식으로 성립된 것과 마찬가지로 발굴도시 또한 어떠한 마술로 묶여 있는 것이리라.

'……아아, 즉, 여기는 또 하나의 학술도시이기도 한 건가.'

예를 들면 현대마술과의 슬러도 그렇다.

런던에 뿌리를 내린 제1과를 제외하고 열하나의 학과가

지배하는 각각의 위성학술도시. 영묘 알비온의 채굴도시란 단순한 교두보나 채굴거점이 아니라 그런 마술도시 중 하나이기도 했던 것인가.

지금의 나는 데이터만으로는 알 수 없던 실감을 느끼고 있었다.

"그러고 보니…… 채굴도시는 처음이었던가……."

지팡이를 짚은 노인이 힐끔 내 쪽을 쳐다보았다.

가슴의, 세 겹이 된 목걸이가 흔들린다. 시든 나뭇가지 같은 손가락도 보석 반지를 두 개씩 끼고 있으며 모두 다 극상의 물건이 확실했지만 벼락부자라는 인상은 전혀 없다. 단, 보석 본래의 찬란함과도 거리가 멀다.

구태여 표현을 한다면 보석의 시체를 착용하고 있는 것만 같다고 해야 할까.

이러고서 노인에게 정기가 없으면 대영박물관 같은 곳에 있는 파라오의 미라가 걷고 있는지 착각했겠지만 번들번들 끈적거리는 기척은 숨길 여지가 없다.

로드 유리피스—— 루프레우스 누아다레 유리피스.

강령과를 좌지우지하는, 우리 오라비 따위하고는 전혀 다른 정통 귀족주의의 군주(로드).

나는 살짝 끄덕였다.

"애초에 영묘 알비온에 올 용무라고는 없으니까요. 그렇다고는 해도 이쪽이야말로 본래의 시계탑의 모습이라는 목소리가 있는 것도 이해 못 하지는 않습니다."

"어떻게 보아…… 여기서는 시간이 멈춰 있지……. 마술사를 과거로 향하는 벡터라 친다면…… 이 지저야말로 본래의 길이라 여기는 것도…… 무리가 아닌 일이겠지……."

그렇게 말한 노인은 걸음을 떼었다.

지팡이를 짚고는 있지만 보행 자체는 놀랍도록 빠르다.

높은 지대의 내부 나선계단을 돌다가 눈 깜짝할 새에 접속된 다른 건물로 들어선다.

흔한 체육관 수준은 될 성싶은 부지 안에 많은 사람들이 작업을 진행 중이었다. 그 전원이 마술사인 것은 확실하다. 아니, 인간만이 아니라 상당한 수의 골렘도 섞여 있었다. 제1과와 비교해도 양과 질 쌍방에서 빼어난 것처럼 보이는 것은 알비온의 특수성과 번영을 가리키는 것이리라.

무엇보다 내 눈길을 끈 것은——

"——이것이, 복합공방인가."

무심코 목소리가 튀어나오고 말았다.

마술의 사정을 어느 정도 아는 이라면 그 단어에 눈살을 찌푸렸을지도 모르겠다.

일반적으로, 웬만한 사정이 없는 한 마술사는 자신의 공방을 남에게 공개하지 않기 때문이다. 물론 제자 등은 별개고 서로의 마술을 배울 때 입구 정도는 열어줄 때도 있지만, 내밀한 곳까지 불러들이는 일은 있을 수 없다. 왜냐하면 그곳에는 줄곧 연구해온 마술의 정수가 비장되어 있으니까.

'예를 들어 우리 오라비를 데려가면 무엇을 폭로 당할지 모를 노릇이니 말이지.'

무심결에 연속적으로 연상이 된다.

필사적으로 오래된 마술을 소중히 지키던 패거리의 공방을, 그 오라비의 표리 없는 관찰력으로 무자비하게 해체해 달라고 하면 제법 그럴싸한 비명이 울릴 것이다. 아니 시계탑으로서는 의외로 그편이 더 발전할지도 모르지만 내 흥미는 비분뿐이다. 자신의 무능함에 절망 중인 오라비가 세계에 똑같은 고뇌를 흩뿌린다는 아이러니가 아주 심오하고 멋지다.

그리고.

그 예외——라기보다 정반대에 해당하는 존재가 이 복합 공방이었다.

"그래……. 복합공방 '크리에그라' 지……."

쉰 목소리가 옆에서 울렸다.

이름에 어긋나지 않는 광경이 눈앞에 펼쳐져 있었다.

증기 같은 기구를 이용해 기울이는 것은 내 키의 곱절은 될 법한 플라스크였다. 반투명한 플라스크 안에서 용액이 부글부글 끓고, 트럭에 가득찬 액체가 이번에는 레일을 타고 내려간다. 그다음에는 다시 복수의 증류기가 있어서 각기 다른 방법으로 용액에 촉매를 더해 반응을 일으키고 있었다.

한두 기가 아니다.

이런 거대한 설비가 보이는 범위만 따져도 너끈히 십여 기는 줄서 있었다.

괴물이 으르렁대는 듯한 낮은 소리의 정체가 이것이었다.

이윽고 마술사인 나도 무슨 일이 일어나는지 알 수 없는 복잡기괴한 공정을 거쳐 처음에는 트럭에 꽉 찰 정도나 있던 용액이 새끼손가락 끝 마디만 한 금괴로 탈바꿈했다.

낭비라고만 여겨질 광경인데도 나는 그만 감동 중이었다.

'……이것이야말로.'

이렇게 생각한다.

이것이야말로 마술이다.

등가교환은 마술의 원칙이지만 이런 탕진도 역시 마술의 진리다. 1은 1로 교환되는 것이 아니라, 한없이 무(無)에까지 희석된다. 그 끝없는 희석 다음에야말로 기적의 조각이 찾아온다……고 마술사들은 믿고 있으므로.

정말이지 구제할 도리가 없는 멍청이들이라고 웃어넘기고 싶어지는 기분도 이해해주었으면 좋겠다.

"응령광(凝靈鑛)에 기반을 둔 연금술인가?"

"이만큼 순도가 높은 응령광을 캘 수 있는 곳은 알비온뿐이라 말이지……. 그렇다고는 해도 이전이라면…… 주먹 크기만큼은 남았을 테지만…….”

“그래서 로드 트란벨리오―― 맥다넬 씨의 제안이 나온 것입니까.”

영묘 알비온의 재개발.

시계탑 민주주의파의 톱이 그 말을 꺼내는 데에도 당연한 이유가 있다. 매년 그렇다는 수준은 아니어도 알비온의 채굴량은 눈에 띄게 줄고 있기 때문이다. 현대에서 마술사란 아무리 좋게 봐도 멸종위기종이지만, 이대로 알비온에서 나오는 공급이 끊어지면 얼마나 큰 궁지에 몰릴지.

그렇다고 해서 찬성할 수 있느냐는 다른 문제다.

말마따나 리턴은 대단하다. 그러나 그 때문에 드는 코스트는 어떻게 되지? 현재 알비온의 채굴 규모로도 막대한 코스트가 들고 있는 것은 명백하다. 재개발에 도박을 걸었다가 실패하면 궁지는커녕 재기할 가망이 깔끔하게 소멸할 것이다.

요컨대 이것은 어느 쪽을 선택해도 불편한 이중구속^{더블 바인드}이다. 마술사라는 생물은 이렇게 허약할 수가 없다고 무심코 흡족해진다.

“……그래서, 복합공방을 처음 본 감상은 어떤가……. 엘멜로이의 공주…….”

“그렇게 추어올리실 필요까지야. 대단히 훌륭한 곳이라

감동 중입니다. 네, 특정 조건에서는 우리 마술사도 이처럼 협력할 수 있구나, 하고요."

"마술사의 생태를 꼬집을 수 있는 것이…… 참 즐거워 보이는군……."

"그런 의도가 아닙니다."

"하지만 솔직히 안심했다. ……그런 모습을 보아하니, 압박은 효과가 있을 테고 말이야."

루프레우스가 지팡이 손잡이를 어루만지며 말했다.

뿌연 눈동자에는 지금도 구동 중인 복합공방의 설비가 비치고 있다.

"알비온에서는 모두가 살아남느라 필사적이지. 더해서 이 장소의 인간은 모두 마술의 이치를 알기에 은닉의 제1원칙에 저촉할 일도 없지. 그 때문에 이런 복합공방도 성립할 수 있어."

맞는 소리다.

마술사의 자존심도 비밀도, 이 지저에서는 우선되지 않는다. 마술을 은닉해야만 하는 요소가 여기에는 적용되지 않는다. 그러므로 숱한 마술사들이 지혜를 결집하여 발굴된 직후의 주체를 아낌없이 투입한다.

지상의 마술사라면, 사람에 따라서는 구역질까지 일으킬 것이다. 사람에 따라서는 질투한 나머지 화병으로 죽을 것이다.

여기는 가장 오래된 거점이자 교두보.

마술사의 최전선 영묘 알비온의—— 채굴도시이므로.

"그래서, 설마 관광 안내를 해주시려는 것은 아니겠지요."

"물론……. 저쪽 이야기지……."

노인이 쓱 턱짓했다.

그 연장선상, 거대한 설비 틈새에 본 적이 있는 인영이 서 있었다.

먼저 우리와 같은 균열^{포털}을 지나온 것일까. 아니면 다른 균열^{포털}을 이용한 것일까.

초조하게 팔짱을 끼고 한 소녀가 우리 쪽을 노려보고 있었다. 신기한 점은 나보다도 나이가 적은 소녀라는 점이다.

"늦었어!"

그녀가 입술을 삐죽였다.

은빛 머리카락에 호박빛 눈동자.

열한두 살의 아직 어리다고 해도 될 옆얼굴에, 그 나이에는 어울리지 않는 그림자가 드리워져 있다. 마술사의 세계에 그만큼 깊이 들어서 있다는 증명이다. 인간으로서의 불행이 짙어질수록 마술사로서의 색은 선명해진다.

그럴 만도 하다 싶다.

내가 가장 많이 모략에 말려들고 거듭된 암살 미수에 겁내던 것은 이 소녀보다 더 어렸을 적이었다. 약하면 약할수록 더 쑤시려는 적이 느끼는 것이 시계탑의 관습이다. 반대로 그런 패거리를 물리칠수록 마술사로서의 정신성은 완성된다── 완성되고 만다.

이 위치에 이를 때까지 그녀의 심신이 입은 상처와 흘린 피를 나는 속절없이 실감이 가능했다.

"여어, 올가마리."

올가마리 어스미레이트 아니무스피어.

천체과를 지배하는 군주^{로드}의 딸.

즉, 관위결의에 참가하고자 찾아온 또 하나의 군주^{로드} 대행이었다.

단지 이번만큼은 조합이 웃겨서 그만 웃음이 새고 말았다.

"귀족주의 군주^{로드} 대행 둘이 설마 성인도 되지 않은 소녀 둘이 될 줄은 상상도 못 했군요. 어르신께는 부담을 끼치게 되겠습니다만."

어이쿠, 이러면 안 되지.

손윗사람^{루프레우스}에게까지 그만 심술궂은 심보가 담기고 말았다. 물론 이 노인이 호의를 품어주기를 바라는 것도 아니지만 여기서 혐오감을 품게 하면 지나치게 악수다.

"신경 쓰지 않아도 된다……."

루프레우스는 누런 잇새로 숨을 뱉고 입꼬리를 살짝 위로 당겼다.

"그대들은…… 쓸데없는 말을 하지 않고, 자리에 앉아만 있어도 돼……."

　물론 그 말은 결코 친절한 마음에서 나온 것이 아니다. 그
로드 유리피스가 호호 할아범 같은 말을 의미 없이 고할 리
가 없다.

　투표권 수만 있으면 자기 혼자만으로도 이길 수 있다.

　노인은 그런 말을 하는 것이다. 시계탑에서도 손꼽히는
명가인 유리피스의 긍지 때문일까.

　섬뜩하니 차가운 것이 목덜미를 스치는 것을 느꼈다. 잘
갈아둔 나이프 칼날이라도 닿은 기분. 이러니까 시계탑 상
층부라는 것은 처치가 곤란하다. 약간의 실적 가지고 기고
만장하다간 다음 순간에는 자기 목이 달아난다.

　"그렇다고는 해도…… 설마 군주가 몸이 불편하다며 내
빼다니……."

　어이쿠, 곧바로 오라비에게 화살촉이 향할 줄이야.

　"아뇨, 아뇨. 저에게 양보해주었다고 생각합니다. 언젠가
는 제가 로드 엘멜로이가 되는 이상, 이 틈에 경험해두는 것
도 중요하니 말이지요?"

　"흥……."

　일단 오라비를 옹호했지만 내 주장을 어디까지 믿을까 하
면, 뭐, 제로일 것이다. 현재 진행형으로 알비온 공략 도중
이라는 것까지 알고 있을지는 몰라도, 모종의 뒷공작을 하
고 있다는 점은 꿰뚫어 보았을 터다.

그러면서도 필요 이상으로 우리를 견제하지도 않는다.

실제로 오라비와 비교하면 그나마 내가 낫다고 여기고 있는 것이리라.

마술사로서는 단순한 신세대에 불과한 오라비와 비교하면 설령 분가의 말단이라 해도 나는 엘멜로이의 핏줄이 확실하다. 혈통이야말로 마술사의 본질이라 여기는 루프레우스 옹이 보자면 나는 아슬아슬하게 인간의 범주지만 오라비는 차마 볼 수 없는 구더기쯤 될 것이다.

'뭐, 그런 기분을 모르는 것만도 아니다마는.'

오라비 앞에서는 되도록 삼가고 있지만 나도 마술사로서의 도덕이나 윤리관을 단단히 갖춘 신세다.

애당초 따져볼 때 남의 고뇌야말로 나의 즐거움이며……그래, 안다. 성격이야 삐뚤어져도 된통 삐뚤어졌지. 이렇게 그레이도 엘멜로이 교실 사람들도 없으면 본성이 나오는 것은 봐주길 바란다. 인간이란 외면은 꾸며도 내면이 그리 쉽게 변할 수는 없기 마련이다.

불현듯 노인의 시선이 움직였다.

"미스 아니무스피어…… 그대는 따라오도록."

오오, '미스'라고 나오셨군.

정당한 아니무스피어의 후계자인 그녀라면 그럴 가치가 있다는 뜻이리라. 이만큼 대놓고 차별당하면 오히려 화도 나지 않는다. 음, 후계자 다툼의 결과로 우연히 끼어든 말석이라 미안하게 됐습니다.

"알겠습니다."

올가마리가 끄덕였다.

덤으로 노인은 지팡이로 한 차례 바닥을 두드린 뒤에 내게로 말을 건넸다.

"라이네스."

예예, 내 쪽은 경칭 없다 이거죠. 어차피 그럴 줄 알았습니다요.

"옛 심장으로 길을 여는 것은 이제 한나절 뒤다. 그대는 관위결^{그 랜 드 롤}의 사이에 기절하지 않도록 푹 쉬어두도록."

"배려 감사합니다. 기왕 생긴 기회니까 채굴도시를 조금 더 견학하지요."

되도록 정중하게 묵례하고 한 걸음 앞으로 나아갔다.

시간은 별로 없으므로 최소한 가능한 만큼의 정보 수집은 하고 싶다. 알비온의 신참이 할 수 있는 일이야 끽해야 뻔하겠지만 뭐, 발버둥 칠 수 있는 동안에는 발버둥 치고 싶다는 것이 인지상정이다.

"그러면, 옛 심장에서."

올가마리가 인사했다.

옆을 지나갈 때 옅은 향수가 콧구멍을 간질였다. 앞으로 10년만 더 있으면 상당한 미인이 되어 많은 남자들이 나타날 것이다. 그때에는 최소한 그녀의 인생에 정상적인 선택지가 등장하기를 기원할 뿐이다.

복합공방을 나가 눈 부신 빛에 눈을 가늘게 뜨고 수십 미터 정도 간 시점에서 멈춰 선다.

그 뒤에.

"……이거 또, 여학교 같은 수법인걸."

자그맣게 중얼거렸다.

그렇다고는 마술적인 수법으로는 누구에게 어떻게 감지될지 모를 일인 이상, 이런 수법이 더 안전한 것도 사실이리라.

천천히 펼친 손아귀에는 꾸깃꾸깃해진 메모지가 쥐여 있었다.

조심스럽게 펼치자 메모 귀퉁이에는 올가마리라고 서명이 적혀 있었다.

3

——세계는, 회색^{그레이}이었다.

나는 여럿 늘어선 석비에 둘러싸여 있었다.

청소는 꾸준히 되어 있었으나 가없는 세월을 넘어선 석비
들은 이미 공허하다는 인상이 강하다. 바람이 불면 재가 되
어 사라져버릴 듯한, 죽은 자의 이름들.

아아, 알고 있다. 이것은 꿈이다.

블랙모아의 묘지.

이 경치를 앞에 두면 나는 절로 메마른 목소리를 떠올릴
수밖에 없다.

——『네가 멸할 대상은 저것이다. 저것이다. 저것이다.

저것뿐이다.』

몇 번이고 선배로부터 배운 말이었다.

벨사크 블랙모아.

나의 심신에 묘지기의 비법을 여럿 가르쳐준 사람.

이제 와 생각하면 아서 왕의 그릇으로 선택되고 만 나에게 가능하면 그 이외의 인생도 선택할 수 있게 가능한 모든 『힘』을 전수해주자는 의도도 있었던 것처럼 생각된다. 그 요령 없는 사람은 결코 그런 말을 입에 담지 않았지만.

"소제……는……."

휘청휘청 주위를 걷는다.

안개가 서린 나의 묘지로부터는 본래의 바깥 경치가 보이지 않는다.

그리운 고향이건만, 여기서 영원히 나가지 못할 기분이 들었다. 어쩌면 지금부터 줄곧 나가지 않으면 치명적인 재앙과 마주치지 않고 끝날 수 있을 기분까지 들었다.

"이것 봐, 멍청한 생각이나 할 때가 아닐 텐데. 지금은 급한 상황 아니었냐. 마음의 군살에 매달리다 우물쭈물 나태하게 자지 말고 얼른 깨기나 해."

비아냥대는 어조가 귓불을 때렸다.

"……애드."

아니, 다르다.

내 바로 옆에 흐릿한 그림자가 서 있었다.

이 거리에서 모습이 보이지 않을 리는 없는데, 그저 그림자 말고는 인식이 불가능했다. 그렇지만 그 음성과 분위기에 분명한 기억이 있었다.

기사라고 하는데, 그 호칭이 전혀 어울리지 않는 사람.

고향의 사건에서 우리를 지키고 사라졌을 과거의 잔상.

애드의 기초 인격 모델이 되었다는, 원탁의 기사.

"……혹시, 서 케이……?"

"요정과 가까운 곳이란 못 쓰겠군. 불가능한 혼선을 일으켜. 특히 꿈속이란 최악이야. 여하튼 그 궁정마술사의 영역이거든."

얼굴은 보이지 않았지만 히죽 입술을 일그러뜨린 것처럼 느껴졌다.

다시는 만나지 못할 거라 생각하던 상대의 출현에 내 가슴속은 온통 어지러워졌다. 갑자기 폭풍 속에 던져진 난파선처럼 무슨 감정이든 멀쩡한 말이 되지 못했다.

"저…… 저기……."

그러나 그런 감상일랑 모르는 듯 인영은 말을 이었다.

"시간이나 공간이나 여기서는 애매한 모양이다만. ……네가 말려든 것은, 아아, 그 녀석이 이쪽 편에 가까워졌기 때문인가. 꿈의 무대로 여기가 선택된 것도 하긴 필연이겠지."

"그 녀석……?"

되물으니 그림자는 고개를 내저었다.

"이러니까 여동생이란 못 쓰겠어."

서 케이의 여동생.

그것은, 응당 한 명밖에 떠오르지 않는다. 내 몸의 오리지널이 된, 위대한 왕. 그렇지만 그것이 가까워졌다는 말은, 무슨 뜻인가.

묘지가, 흔들린 기분이 들었다.

꿈이 흩어지려고 한다.

그 또한, 방금 그림자의 말에 반응한 느낌이 들었다.

"자, 돌아가는 길은 저쪽이야. 여기는 살아있는 채로 들어올 데가 아니야."

그림자의 손가락이 스윽 움직였다.

그 연장선상, 안개 너머에 빛이 발생했다.

"저……건……."

휘청, 하고 빛에 의식이 삼켜진다.

별과 비슷한 빛이, 그 압력을 더해간다.

더 이상 이곳에는 서 있을 수 없다. 분해되기 시작한 의식에 견디지 못하고 두 어깨를 안고 있으려니 기사의 그림자는 나직이 중얼거렸다.

"각오 정도는 해둬. 결판은 금방 나겠지만, 그 운명은 너에게 엄격할지도 몰라."

그 충고와 함께 내 의식은 꿈에서 부상했다.

＊

"그레이, 그레이——?"

나를 염려하는 목소리와 어깨에 얹힌 손.

가죽장갑 너머의, 몹시 다정하며 깨지는 물건이라도 만지는 듯한 조심성. 그러고 보니 알비온에 이르기 전, 스승님은 장갑을 바꾸었었다. 시가와 가죽이 뒤섞인 냄새가 천천히 내 의식을 흔든다.

천장에는 용의 마술회로가 창백하게 빛나고 있다. 플뤼의 제안으로 캠핑을 하고 있었다고, 어렴풋이 기억이 났다. 불과 20분 정도의 휴식이었을 테지만 피로 때문인지 완전히 곯아떨어졌던 모양이다.

"스승님……."

중얼거림과 함께 비로소 의식이 현 상황을 따라잡았다.

땀 때문에 이마에 머리카락이 붙어 있다. 잠자는 얼굴이 상당히 지독했으리라. 떠올리기만 해도 맹렬하게 창피해져서 얼굴이 화끈해졌다.

"죄, 죄송해요. 이상한, 꿈을, 꿔서요."

"꿈?"

"아, 아무것도 아녜요."

설마 서 케이와 만난 꿈을 꾸었다고는 말할 수 없다. 재빨리 목에서 턱 언저리의 땀을 닦아내고 살짝 목을 움츠리자 스승님은 부드럽게 미소 지었다.

"아니, 자네에게는 항상 무리를 시키고 있어. 애드, 정말로 괜찮나?"

"이히히히! 잔걱정 많은 스승님일세! 엉, 그레이의 몸 상태라면 맡겨줘."

바로 옆에 두었던 새장 내부에서 상자가 표정을 휙휙 바꾸었다. 그 말본새에는 약간의 불만이 있지만 혹시 당신도 같은 꿈을 꾸었느냐는 질문은 할 엄두가 나지 않는다.

대신에 스승님이 물었다.

"괜찮으냐는 말은 자네도 해당해, 애드."

"……그래, 괜찮아."

웬일로 쓸데없는 헤살 없이 애드가 상자에 새겨진 한쪽 눈을 감았다.

서로 말로는 꺼내지 않았지만 그 의미는 충분히 알 수 있었다.

론고미니아드는 이제 쓸 수 없다.

고향에서 일어난 사건 때, 그 아틀라스원의 원장은 말했었다. 마안수집열차의 전투에서 십삼구속을 해방한 이상, 이미 봉인예장으로서의 애드는 망가지기 직전이다. 자동 수복 기능으로 가까스로 휴면 상태에서는 복귀했지만 다음 해방에는 견디지 못할 거라고.

그 말은 스승님에게도 애드에게도 전하지 않았는데, 양쪽 다 파악하고 있다. 나는 얼마나 숨기는 재주가 없는 것일까.

그렇기에 이 말만은 꼭 해야 한다.

"그래도 스승님은 해야만 하는 거지요?"

"흐음."

스승님의 눈썹이, 살짝 가운데로 모였다.

"소제가 조금쯤 무리를 해도, 다른 사람에게 조금쯤 무모한 부탁을 해도, 스승님은 가야만 할 거잖아요. 왜냐면, 이 스칸다르 씨는 스승님의……."

그 뒷말은 입에 담지 못했다.

신령으로 추대되려는 중인 그 왕과 스승님의 관계는, 아마 다른 이는 아무도 쉽게 이름 붙이지 못할 종류의 것이다. 그렇기에 살며시 가슴에 간직해두기만 하면 족하다. 이 사람의 앞날을 지켜볼 수만 있으면 그걸로 족하다.

스승님은 작게 한숨을 쉬고 불편하다는 듯이 머리카락을 헤집었다.

"이번에는 어쩐지 자네에게 나무람만 받고 있군."

"평소에는 스승님께서 하시는 일이에요."

우스워서 살짝 나도 웃었다.

그 뒤에.

"단지, 스승님도 안색이……."

"뭘, 그거야말로 별일은 아니라네."

옅게 웃은 옆얼굴이 창백하게 보이는 것은 결코 용의 마술회로에서 나오는 빛 때문만은 아니리라.

그러나 그것을 구실로 제지할 수는 없었다. 이만한 미궁에 쳐들어온 이상, 아무리 피해를 최저한으로 억제해도 한도는 있다. 설령 직접 전투 및 함정을 피하더라도 농밀한 마력이 체내를 쥐어뜯는다. 우리 중에 가장 마술회로의 저항력이 낮은 스승님에게 영향이 드러나는 것도 당연했다.

그러자 플뤼가 질문했다.

"엘멜로이 2세, 실제로 얼마나 움직일 수 있지?"

"……솔직히 말하면, 호흡이 답답해졌어. 하지만 움직이는 데 문제는 없다."

"자."

플뤼가 약봉지를 던졌다.

"마력에 의한 고산병 같은 거야. 마술회로가 강인하면 걸리지 않지만, 댁에게는 필요하겠다 싶었지."

"……고맙네."

감사와 고뇌가 한 덩이가 된 표정으로 스승님이 조제약을 삼키고 세 배는 더 씁쓸한 표정으로 변했다.

그 뒤에 플뤼가 캠핑용 마술예장을 회수했다.

마술예장과 짐승 퇴치용 향주머니를 조합한 결계였다. 그럼에도 일부 괴물에게는 쓸모가 없다나 보지만 그 정도 불운은 피한 모양이다.

이미 미궁에 들어온 지 한나절 가까워 우리는 두 번째 휴식을 마친 상태였다.

플뤼가 가르쳐준 지름길을 여러 번 이용해서, 나들목마다 대마술회로는 놀랍도록 그 양상을 바꾸었다. 울창한 정글이나 맹렬하게 눈발이 휘날리는 빙원. 용암이 흐르는 대지나, 수평으로 번개가 치는 언덕에도 들렀다. 그런데도 플뤼의 말에 따르면 "너희는 알비온의 1%도 모르는 거다." 라고 한다.

대규모 전투를 회피할 수 있던 것은 틀림없이 겔라프의 지도에 루비와 세이겐의 색적이 겹친 공적일 것이다. 범인 측이었기에 박리성 아드라에서는 발휘되지 못했지만 슈겐자로서 여러 산악에서 수행한 세이겐은 짐승의 숨결 및 환경 변화에 극히 민감해서 거의 모든 조우를 사전에 회피하는 데 성공했다.

현재의 계층을 따지면 제27층……에 해당한다던가.

그리 말해도 한 층씩 계단을 내려온 것은 아니다. 애초에 플뤼가 이용한 비밀입구로 들어오면 처음에 들어선 곳이 제4층이라고 한다.

"대마술회로도 제10층까지는 거의 다 채굴되었어. 지금은 제30층 부근부터가 채굴의 중심지지. 제60층쯤이 되면 실력 있는 팀이 위험을 무릅쓰고서라도 더 귀중한 주체의 발굴을 목표로 하는 라인이야. ……그리고 이번 목적지인 옛 심장이라 불리는 존은 150층부터 시작하지."

"그러면…… 전혀 시간에 댈 수가."

무심코 입에 올린 감상에 플뤼는 화내지도 않고 덤덤히 끄덕였다.

"당연하지. 애초에 100층 부근에서 채굴하려는 경우, 숙련자 팀이 여럿 동행하며 저마다 협력하면서 장기간 도전하는 법이야. 때로는 알비온 내부에 중계지점을 만들어내어 1개월부터 1년 남짓을 위한 마을을 형성할 때조차 있어. 아무리 꼼수나 지름길을 이용해도 반나절 안에 답파할 수 있는 것은 이 정도지."

본래의, 영묘 알비온에서의 채굴.

미궁 도중에 즉석 마을을 만들어낸다는 것은 완전히 상상 밖이었지만 이렇게 일부라도 들어온 지금이라면 그럴 수도 있을지 모른다……는 생각이 든다. 그 정도로 이곳에서의 체험은 농밀했다.

"……그러니까, 남은 반나절로 옛 심장까지 가겠다면 완전히 다른 접근방식이 필요해. 처음부터 채굴 따위 고려하지 않기에 택할 수 있는 길이."

그 말과 함께 우리는 캠프지에서 출발했다.

그리고.

이번에는 30분 정도 지점에서 플뤼가 펼치고 있던 지도를 접었다.

우리가 마주하고 있는 공백의 규모에 전원이 잠시 말문을 잃을 수밖에 없었다.

"30층 코앞이란 뜻밖에 탐색이 완벽하지 못한 영역이라 말이지. 일정 이상의 주체를 바란다면 30층을 뛰어넘는 편이 낫고 거기까지 손이 닿지 않는 신입이라면 훨씬 얕은 계층을 반복해 들어가는 편이 한참 나아."

플뤼의 말도 귀에 제대로 들어오지 않았다.

미궁에 그저 은은히 목소리가 울린다.

이윽고 세이겐이 가까스로 입을 열었다.

"……이게, 겔라프 씨가 말하던 그거가?"

"할아범은 허무의 구멍이라 불렀었지."

우리가 서 있는 곳은 어마어마하게 넓은 큰 구덩이의 둘레였다.

시야를 집어삼키는 원은 이미 실체화한 암흑이나 다름없다.

돌멩이를 떨어뜨리고 몇 분 기다려도 충돌하는 소리가 들리지 않았다. 물론 청각은 『강화』했었지만 그런 정도로는 따라잡을 수 없는 고도라는 뜻이리라.

"……어림셈대로라면 옛 심장은 채굴도시에서 다시 몇십 킬로미터는 더 지저가 돼. 가령 현실의 수치에 끼워 맞추면 맨틀까지 닿을 거리지. 돌멩이가 충돌하는 소리가 들리지 않는 것은 당연할 걸세."

"알비온은 현실의 좌표에 위치하지 않는다고 하셨죠?"

질문하자 스승님은 끄덕였다.

"현실의 이치만 따지면, 우리는 일찌감치 산소결핍이어야 했어. 마술이 물리법칙을 뒤튼다고 해도 무에서 유를 만들기는 쉽지 않아. 그럼에도 이렇게 멀쩡히 있을 수 있는 것은 이 미궁이 현실과 건너편의 틈새에 있기 때문이지. …… 하지만 그런 성질은 우리에게도 마이너스로 작용해."

큰 구덩이를 노려본 채로 스승님은 옆을 돌아보았다.

"허무(널핀)의 구멍이라니 잘 붙인 이름이군. 이 구멍이 정말로 옛 심장에 이어져 있다 치고, 고작해야 몇십 킬로미터로 끝나겠나?"

"보증은 못해. 여하튼 구멍을 내려갔다가 돌아온 녀석이 없거든. 단지 우리 스승님은 봤다시피 점술사 아니겠어. 듣자니 이 구멍을 발견했을 때 용의 심장과의 흐름을 감지했다더군. 도박으로 치면 나쁘지 않은 부류일걸."

"아니아니아니아니! 그런 문제가 아이제!"

세이겐이 두 사람을 번갈아 보며 대차게 딴죽을 걸었다.

"마술사이니까네, 고층 빌딩쯤 되는 높이라면 얼마든지 방법이 있데이. 근데 수십 킬로미터라니 뭔 망발이고! 애초에 이 구멍 이상하다 안카나! 여기서 엿보기만 해도 여기저기 대원(마나)에 기복이 있데이. 장소에 따라서는 행사하던 마술도 깔끔하게 산란되어 지면에 격돌 냅 끝장이다카이! 우짤 셈이가!"

이전, 부해림(腑海林)의 새끼(아인나슈)(사도의 일종이자 마안수집열차(레일체펠린)

를 가로막은 이동하는 숲)에 들어섰을 때도 비슷한 상황은 있었다. 정기를 활성화시키는 멜빈의 조율이 없었으면 제대로 『강화』도 쓰지 못한 채 그 숲에서 목숨을 잃었을지도 모른다.

그런데 그곳보다 훨씬 더 심각했다.

"물론 밧줄을 타고 내려간다면야 아무리 길어도 부족하지. 활공용 예장을 쓸 거야. 이거라면 소량의 정기만으로도 기능할 거거든."

플뤼가 새로 꺼낸 것은 여러 겹의 천을 접은 것 같은 예장이었다.

소형의 행글라이더…… 아니, 이 형상은 더 새의 날개에 가까울까.

"이카로스의 예장이네요. 보기 드문 것을 꺼냈어요."

루비아가 품평했다.

"맞아. 비행과는 거리가 멀지만 이 큰 구덩이를 마냥 활공하는 데에는 쓸 만하겠지?"

"태양에 다가가는 것은 아니니까요."

반쯤 기가 차다는 루비아의 말이지만 적어도 완전히 무대책인 것은 아닌 듯했다. 그렇다고 해서 안심할 수 있느냐 물으면, 전혀 불가능했지만.

세이겐은 홰홰 고개를 가로젓고 한숨을 쉬었다.

"도박도 이런 도박이 없구마이……."

"아니, 도박 말고 다른 방법은 없을 거야. 여하튼 옛 심장은 시계탑이 도달한 곳 중에서는 최하층. 이것보다 더 깊은 곳은 요정역. 아직껏 인간이 닿지 못한 영역이겠지."

스승님의 말에 스빈이 가르쳐준 영묘 알비온의 지도가 떠올랐다.

채굴도시, 대마술회로, 옛 심장, 요정역 순서였다. 최하부에 적혀 있던 요정역은 그것이 알비온의 끝이라는 의미가 아니라, 그보다 아래는 아직 인류에게 미답영역이라는 뜻일 것이다.

꿀꺽, 하고 침을 삼켰다.

예장을 각자에게 건네며 플뤼가 설명을 속행했다.

"이다음부터는 미지수야. 가령 이 구멍이 옛 심장에 직결되어 있다고 해도 그걸로 끝이란 게 아니야. 목적은 같은 영역에 있을 하트리스를 따라잡는 거잖아? 가능하다면 벼랑 어딘가에서 짤막하게 휴식을 취하고 싶은데 말이지."

"이 구멍 도중에 캠핑을? 그것도 오싹한 이야기로군."

스승님은 쓴웃음 짓고 예장을 착용했다.

나도 눈으로 보며 비슷하게 따라 착용했다. 기본적으로는 마술회로를 구동시키기만 해도 된다는 듯하다.

"될 수 있으면 뛰어내리기 전에 연습 정도는 해두고 싶은데."

예장을 단 어깨를 쓰다듬으며 스승님이 말했다.

그러나 이번에는 세이겐이 귓가에 손을 대고서 나지막이

말했다.

"아니, 빨리하는 편이 나을 끼다. 와 이런 구멍이 생겼나 싶었다만도, 방금 납득이 갔다."

"뭐지?"

플뤼가 얼굴을 찌푸리고, 곧장 루비아가 한쪽 눈썹을 세웠다.

그녀 주위에 부유한 보석 중 하나가 옅게 명멸을 반복하고 있다.

우리의, 수십 미터쯤 배후였다. 갑자기 지면이 크게 솟으며 내부에 숨어 있던 존재의 정체를 드러낸 것이다.

"……지렁이?!"

도저히 그런 말로 상기될 만한 사이즈는 아닐 것이다.

마안수집열차(레일 체뮐린)에 필적할 정도의 거대한 그림자였다. 폭풍처럼 크게 꿈틀거리며, 먹구름처럼 우리를 내려다보는 괴물은 심지어 한 마리가 아니었다.

"서둘러!"

플뤼의 지시와 함께 전원이 허무의 구멍(널 핏)으로 몸을 날렸다.

하지만 자기 구역의 침입자를 용서하지 않겠다는 듯이 거대한 지렁이들은 그 뒤로 따라붙었다. 벼랑에 몸을 뒤틀며 맹렬한 기세로 우리를 추적해왔다.

"어째서 따라오는 것이지요! 거의 자유 낙하라고요!"

"겉보기처럼 둔중한 게 아닌가 보지! 알비온(여기)에선 흔해!"

"아아, 정말!"

루비아의 등에서 날개가 펼쳐졌다.

이카로스의 예장.

벌써부터 그 기능을 능숙히 다룬 소녀는 땅속의 천사처럼 몸을 뒤집고 힘차게 그 손가락을 내질렀다.

"Call!"
^{깨어나라}

1소절의 주문과 함께 저주의 마탄(魔彈)이 암흑을 갈랐다.

*

채굴도시에도 식사 시설은 존재했다.

대강의 문화는 지상의 런던에서 유입되었다고 한다. 그렇다고는 해도 원래 런던이 세계에서도 희귀한 다국적 도시라는 점을 감안하면 이것은 당연한 귀결일 것이다. 이 채굴도시에는 갖가지 지역의 마술사 및 마술쟁이가 찾아오지만 그 집합으로서 런던의 정체성은 적당했다는 뜻이다.

그렇다고는 해도 메모에 실려 있던 카페는 참으로 변두리라는 인상이었다.

서부극 냄새가 난다고 말하면 될까.

그다지 청소에 신경 쓰는 것 같지 않은 목제 테이블에다 손님도 뜨문뜨문 멀찍이 앉아 있었다. 거칠게 메뉴가 적힌 칠판도 한동안 내용을 고쳐 쓴 적이라곤 없는지 먼지를 뒤집어쓰고 있다.

그런 와중에 후드를 쓴 소녀의 모습은 뜻밖에 융화되고 있었다.

참고로 시민 대다수가 후드를 쓰고 있는 것은 알비온에 빈번한 날씨 변화 때문에 모래를 마시지 않으려는 사정이라고 한다. 경우에 따라서는 모래에 섞인 포자를 마셔서 폐에 기생식물이 자라기도 한다니 실로 가슴 뛰는 광경이라고 감탄했다.

"──무슨 영문이라지, 올가마리."

"와주었구나, 라이네스. 내버려 두는 줄 알았어."

천체과의 소녀는 미소 지었다.

후드에서 흘러나온 은빛 머리카락이 칙칙한 조명과 어우러져 뿌옇게 흐려진 것 같다. 바야흐로 봉오리가 틔우는 순간이 연상된다. 10년은 고사하고 5년도 지나기 전엔 주위 남자가 내버려 두지 못하게 되리라. 하긴 마술사에게 그런 정상적인 신경줄이 있으면 말이지만.

나는 짐짓 한쪽 눈을 찡긋하고 어깨를 으쓱였다.

"여하튼 그런 메모를 받은 것은 선대가 죽어서 엘멜로이의 후계자 대접받은 이전에나 있던 일이라서 말이야. 이런 여학교 같은 편지, 무시할 수는 없지 않겠어?"

"여학교가 그래?"

올가마리가 갸웃했다.

"나는 학교 같은 곳에 가지 않아서. 줄곧 아니무스피어의 본가에서 아버지가 붙여주신 가정교사에게만 배웠어."

"다들 아주 우수한 가정교사였겠군."

"……그러네. 특히 트리샤는, 나에게는 아까웠어."

어이쿠, 눈을 내리깐 올가마리의 옆얼굴에 살짝 짜릿해지고 말았다.

분명, 마안수집열차 때 사건에서 살해당한 올가마리의 수행원 이름이었다. 지금도 이렇게 언급된다는 것은 그녀의 존재가 올가마리에게 얼마나 거대했는지 알 만했다.

바로 그 우울을 떨쳐낸 호박빛 눈동자가 나를 보았다.

"물어보고 싶은 것이 있어서 그래."

그녀는 비밀스러운 목소리로 털어놓았다.

"단도직입적으로 말할게. 엘멜로이는, 알비온의 재개발에 반대야?"

"어이쿠, 이거 느닷없는걸."

익살맞게 한 손을 들자 그녀의 눈매가 더더욱 매서워졌기에 시치미 뚝 뗀 표정으로 되돌렸다. 음, 농담이 통할 상황은 아닌가 보군.

"그야, 당신에게는 출세할 찬스이지 않아?"

올가마리의 질문은 확실히 핵심을 찌르고 있었다.

설마 관위결의가 아니라 이런 곳에서 그 이야기가 나올 줄은 몰랐었지만. 주위가 들을 위험성도 잠깐 생각했지만 아무도 이쪽에 주목하고 있지 않다. ……사전에 극히 소규모의 결계를 쳤던 모양이다.

몇 초쯤 티가 나게 간격을 두었다가 나는 입을 열었다.

"그 이전에 망할 처지가 되면 의미가 없지. 우리 같은 약소 파벌이 같은 귀족주의의 손윗사람에게 거역하다간 한순간에 목이 달아나."

"하지만 알비온의 재개발 자체는 귀족주의나 민주주의의 테제가 아니잖아."

날카로운 지적이었다.

민주주의 톱인 트란벨리오가 알비온의 재개발을 목적으로 한다고 말을 꺼낸 바라서 이번 관위결의에서는 흐름이 그렇게 돌아갔다.

하지만 그것은 귀족주의파나 민주주의파 자체가 목적하는 취지와는 별개의 문제다.

이어서 올가마리는 이렇게 덧붙였다.

"바르토멜로이는 구태여 선대 쪽에서 알비온의 재개발을 저지해야 한다는 편지를 부쳐왔어."

"선대 쪽에서, 라는 말은."

"그래. 즉, 편지를 무시해도 현재의 바르토멜로이에게 거역한 것은 아니라는 반론이 성립되잖아."

우와, 사고방식이 무서운데, 이 아가씨!

물론 선대 쪽에서 보냈다는 말은 바르토멜로이도 누군가가 거역할 가능성을 고려한 것이다. 만에 하나 바르토멜로이에게 거역한 상대가 나왔을 경우, 그래도 위엄이 추락하지 않도록.

호박빛 눈동자는 강한 의지를 담고 선언했다.

"그렇다면 이것은 귀족주의나 민주주의의 문제가 아니라고 관위결의^{그 랜 드 롤}에서 선언하면 그만이야. 천체과의 격이 강령과^{아니무스피어}^{유 리 피 스}보다 못한 것이 아닌걸. 득표수로 겨룬다면 우리 둘은 이번 관위결의^{그 랜 드 롤}를 뒤집을 수 있어."

역시나 반박할 말은 늦게 나왔다.

잠시 휴식이라며 올가마리가 시선을 옆에 주자 밀담용 결계도 끊어졌는지 웨이터가 주문했던 쟁반을 가져왔다.

별로 식욕이 솟지 않는 와중에 푸석푸석한 샌드위치를 물었다. 응, 냄새를 속이려는 의도겠지만 지나치게 대충 스파이스를 뿌렸군, 이 고기. 그렇다기보다 나도 무슨 고기인지 모르겠는 점이 살짝 스릴 만점인걸!

아무튼 삼키고 나서 다시 말을 꺼냈다.

"……과연, 많이 성장했어."

"어느 분을 본받았다고 말해주지 그래."

입술을 삐죽인 모습은 솔직히 귀여웠다.

그렇다고는 해도 이렇게까지 직설적인 것은 본래 나쁜 버

룻이다. 상대가 어떻게 나올지 알지 못한 채 약점을 잡힌 것도 아닌데 속마음을 쏟아내는 바보가 어디 있나. 물론 그 부분까지 적나라하게 감상을 뱉으면 언젠가 발이 채일 듯한 기분이 들어서 묵비하겠다.

"……뭐야. 나는 같은 편을 먹기에 부족하다는 거야?"

토라진 듯한 말투에 무심코 쓴웃음이 나왔다.

"아니, 본받았다는 말에 내 옛날 생각이 났을 뿐이야. 너희 집 가정교사와 다르게 우리 집사는 실로 되어 먹지 못한 인간이었어."

뭐, 그 악덕 집사는 꽤 전에 집을 박차고 떠났지만. 나를 이런 성격으로 만든 책임은 언젠가 지게 하고 싶다.

'……그렇지만.'

그렇지만 이것이야말로 바르토멜로이가 염려하던 사항이리라.

귀족주의는 강대하지만 결코 똘똘 뭉친 것은 아니다. 오히려 저마다 긍지를 가지고 독자적인 이념을 가졌기에 와해할 때는 쉽게 와해한다. 그렇게 되면 법정과나 바르토멜로이의 왕자로서의 간판은 너무 강한 것이다.

강렬하기 그지없는 브랜드가 한 번 추락하면 회복하기란 어렵다.

그 사실을 아주 잘 숙지하고 있기에 귀족주의 톱인 바르토멜로이의 움직임은 둔중할 것이다. 10년 20년은 고사하고 몇 세대에나 걸친 계략을 태연히 시행하는 바르토멜로이이기에 가지는 감각이다.

'······그렇다고는 해도 엘멜로이는 거기에 편승할 수 있을 만큼 반석이 아니란 말이지.'

그렇다기보다 브랜드가 왕창 추락한 결과가 바로 엘멜로이파의 현 상황이니 웃을 말이 아니다. 선대 로드 엘멜로이를 잃은 반동은 아직도 깊이 우리 파벌을 좀먹어서 부활의 전망은 머나먼 저편에 있다.

거기까지 생각하던 나는 다시 한번 한숨을 쉬었다.

"여기서 대답은 못하겠어. 하지만 네 말은 꼭 마음에 담아두지."

"그거면 돼."

올가마리도 대범하게 고개를 아래위로 흔들었다.

폭탄을 떨어뜨려 놓고 참 담백한 표정이기도 하지.

과연, 그녀도 차기 군주의 그릇이 틀림없다. 이런 곳에서 그 소양을 자랑하지 않아도 좋았건만.

정체 모를 차만 다 비우고 자리에서 일어섰다.

──이거야 원, 난감하군.

문제는 네가 닥터 하트리스의 공범이 아니라는 확신이 아직도 없다는 점이거든. 올가마리?

밖에 나와 천개에서 쬐는 빛에 눈을 가늘게 떴다.

남은 시간은 한나절.

아니, 그조차도 미심쩍다.

하물며 채굴도시까지 온 이상, 가능한 잔재주에도 한도가 있다. 뒷일은 우리 오라비가 무사히 옛 심장까지 도착하기를 빌면서 시간을 보내는 정도일까.

"아무리 그래도 채굴도시의 정보 수집용 연줄이라곤 없으니."

피로와 함께 중얼거렸다.

마침 그때였다.

"라이네스 엘멜로이 아치조르테, 가 맞겠지."

등에서 목소리가 들린 것이다.

한순간 전까지 분명히 없었던 기척이었다.

'아뿔싸——!'

이것이 암살이라면 확실하게 죽었을 타이밍.

조금 거리를 두고 대기시킨 트림마우를 부를 여유조차도 없는, 완전한 기습. 오랜만에 죽음을 각오했다. 플랫의 말대로 호위를 부탁해둘 걸 그랬나 하는 시답잖은 사고가 마지막이 될 줄이야——.

"안심해라. 적이 아니다."

쉰 목소리가 귓불을 때렸다.

나의 경계가 전해진 모양이었다.

방금 기척을 지우는 술수도 그렇고 남의 사고를 읽는 재주도 그렇고, 노골적으로 이골이 난 솜씨는 틀림없이 그 방면의 경험자이기 때문이다. 대단히 유감스럽지만 나도 그런 인간에게는 이골이 났다.

유도하는 대로 뒷골목으로 들어선다.

거기서 침을 삼키고 천천히 뒤돌아섰다.

"······당신은?"

"겔라프라고 한다. 마술쟁이조차 못하게 된 늙은이지."

왜소한 체구의 노인은 온 얼굴의 주름을 일그러뜨리며 웃었다.

4

급속한 낙하.

이 기이한 지하에도 중력은 작용하고 있어서 우리는 어마어마한 속도로 추락 중.

그런 와중인데도 뒤에 따라붙은 거대한 지렁이들과의 거리는 전혀 변화가 없다. 루비아가 쏜 마탄도, 플뢰의 나이프도 빗나가며 확확 접근한다.

"뿌리칠 수 없어——!"

나는 아직 등에 달린 이카로스의 예장에도 적응을 마치지 못했다. 가까스로 마력은 전달되고 있지만 역시 이것은 그냥 추락이다. 스승님도 포함해 다른 마술사들은 이미 활공 상태로 이행했지만 나는 공중에서 버르적대고 있다.

다가오는 거대한 지렁이는 세 마리.

무리 지은 그 압력은 거의 실체를 가진 폭풍이나 다름없다. 무시무시한 속도도 그렇거니와. 마치 작은 산이 움직이는 것 같다.

그러나 다음 순간, 다른 이유로 우리는 말을 잃었다.

우리를 쫓는 지렁이의 머리에 뭔가가 열린 것이다.

지렁이가 가질 리 없는, 신비의 결정이.

'──눈동자?!'

아니, 단순한 눈동자가 아니리니.

그 안구가 열린 순간, 마력이 움직이는 것을 알 수 있었다. 여태까지 여러 번 지척에서 느낀 적이 있는 신비.

그 마력의 움직임에 심장이 멈추는 줄 알았다.

"이럴, 수가!"

"마안을 가진 괴물이라고!"

스승님의 외침과 함께 강하 중인 우리의 몸이 즉각 뻣뻣하게 굳었다.

그것은 그야말로 영묘 알비온에만 존재하는 이형이었을까. 본래 안구라곤 없어야 할 지렁이가 어떻게 그런 형질을 획득했는지 상상조차 못하겠다.

마안의 격으로 따지면 극히 저급의 『암시』. 그러나 설마 지렁이가 마술을 행사할 줄은 상상도 해보지 못한 우리에게는 충분했다. 허를 찔린 모양새로 전원이 활공을 정지한 것이다.

아니, 딱 한 명 예외가 있었다.

"이쪽이다!"

예장의 날개를 퍼덕이며 반전한 세이겐의 손이 뻗었다.

이것은 비유가 아니라 몇 미터나 늘어난 것이다. 젤라프가 준 정령근의 팔이 형상을 바꾸어 갈퀴같이 맨 앞에 따라붙은 지렁이의 머리에 꽂혔다.

"아아, 기분 더럽지만도 편리한 손이구마이!"

말하자마자 세이겐이 다른 한 손으로 안대를 밀어 올렸다.

순간, 응집된 마력의 결집에 나는 또 한 번 경악했다.

마안을 부릅뜬 지렁이들이 그 눈동자에서 불을 피우며 크게 뒤로 젖혀졌기 때문이다.

"──그레이 씨!"

"윽──!"

그 호령에 간신히 예장의 날개가 움직였다.

마력회로를 구동시켜 가능한 최대의 마력을 퍼부어 궤도를 반전.

"애드!"

"엉!"

호령과 함께 사신의 낫^{그림 리퍼}을 전개한다.

가속도와 함께 칼날을 번뜩인다. 지렁이 크기를 생각하면 도저히 치명상은 되지 못할 정도의 상처였지만 그래도 다친 지렁이의 기를 죽이기에는 충분했다.

그대로 추락에서 활공으로 이행한다.

지렁이들과 거리가 멀어져서 암시의 마력이 고갈되었는지 곧 다른 마술사들도 몸의 자유를 되찾았다.

"세이겐, 방금 그건……."

신음한 스승님에게 세이겐은 아주 살짝 의기양양하게 입술을 뒤틀었다.

드러난 눈동자를 다시 안대로 가린 뒤에.

"내가 어데서 온 줄 아나."

하고 말을 했다.

"마안수집열차에서 댁들하고 합류할 때에, 잠깐 『염소(炎燒)』의 마안을 수술받았다. 흥, 마술세계에 발은 넓지 않지만도 돈만큼은 애쉬본이 저축해둔 게 있었으니까네."

"……유산, 말인가."

자그맣게 스승님이 중얼거렸다.

나도 당시 일을 다시 한번 떠올리고 말았다. 박리성 아드라의 사건.

"그러고 보니 아드라의 사건도 원래는 그런 구실이었던가."

"천사를 붙잡은 이를 유산의 상속자로 삼긋다고 캤지."

그리운 듯이 세이겐이 중얼거렸다.

그 유산의 상속을 책임지고 관리한 것이 그 법정과의 아다시노 히시리였다.

과연, 애쉬본의 유산에 관해 법정과는 똑바르게 직무를 다했으리라.

당시의 유언장 내용과는 약간 오차가 일어났으나 아들인 그라니드 애쉬본── 토키토 지로보 세이겐이야말로 유산을 물려받을 자격이 있다고 생각한 모양이다.

'……천사를 붙잡은 이를 유산의 상속자로 삼겠다.'

아드라 사건의 유언장에는 그렇게 적혀 있었다.

천사의 이름을 질문 받고 대답한 사람은 스승님이었다.

그렇다면 세이겐은 천사를 붙잡은 것인가. 천사에게 붙잡힌 것인가.

그치지 않는 연상을 가르듯이 스승님이 어깨의 예장을 만졌다.

"내려간다!"

이카로스의 예장이 날개를 퍼덕인다.

스승님의 목소리와 함께 우리 다섯 명은 지저보다 더 깊은 어둠으로 잠행했다.

옛 심장으로 이어지는, 바닥없는 어둠으로──.

제 3 장

1

──부글부글 마력이 치솟고 있었다.

영묘 알비온이라도 그 마력은 비정상적이었다.

양도 그렇거니와 질로서도 다른 구획과 전혀 달랐다.

현대에 가장 진 에테르와 가깝다──고 사람에 따라서는
그리 말할지도 모른다. 사람에 따라서는 과거의 진 에테르
와도, 현대의 에테르와도 전혀 다른 것이라고 말할지도 모
른다.

어느 것이 진실인지는 알 수 없다.

하지만 이곳의 호칭은 알비온에 관계된 모든 사람의 뇌에
새겨져 있었다.

옛 심장이라고.

창백한 빛은 그곳에서는 나선형으로 휘몰아치고 있다.

대마술회로를 지나 새로운 부위로 진입한 증거였다.

단순한 광대함만 따졌을 때 백 이상의 계층이 쌓여 있던 대마술회로와 비교하면 훨씬 작다. 그러나 조금 전 마력을 보아도 알 수 있듯이 신비로서의 농도도 같은 수준으로 응집된 것처럼 느껴졌다.

넓은 공간이다.

머나먼 옛날에 멎었을 용의 심장이, 그곳에서는 아직도 뛰고 있는 듯하다. 넓은 공간 전체가 세포 하나에 불과하다 주장하듯 꿈틀대는 것 같다.

그리고.

"······자, 이로써 제 준비는 끝났습니다."

남자가 말했다.

지칠 대로 지친 어조였다. 실제로 그는 그만한 대마술을 지금 막 행사했었다.

그래도 아직 끝이 아니다.

시선을 옆구리로 내린다. 여기까지 들고 다니던 은색 트렁크가 있다.

하트리스는 표면을 어루만져 마술자물쇠를 풀면서 천천히 속삭였다.

"당신에게도 협력을 받아야겠어요."

트렁크가, 열린다.

틈새로 손을 쑤셔 넣어 내용물을 움켜쥔다.

"원래 에미야의 가전 마술은 체내 및 고유결계 내 등 세계의 간섭을 받지 않는 장소에서 극한까지 시간을 가속시키는 술식입니다. 아무리 그래도 고유결계는 타인이 흉내 낼만한 것이 아닙니다만, 다행히 바깥세상과 단절된 영묘 알비온은 원래부터 세계의 간섭력이 낮지요. 당신의 술식은 충분히 이용이 가능하다 여겨집니다."

주르륵, 하고 나온 것은 커다란 병조림이었다.

내부에는 훼손된 뇌와 신경, 그리고 안구가 부속되어 있었다.

봉인지정 마술사를 이와 같이 보존한다……는 것은 마술사 중에도 아는 사람이 제한적이다. 우선 뇌와 신경, 마술회로를 뽑아내어 보존액에 담근다. 남은 부속물에 관해서는 그때마다 다르지만 이 병 그 자체가 과거의 육체, 혹은 현재의 외골격으로 기능하는 것이었다.

본래 봉인지정 집행국에 있어야 할 그 마술사를 꺼내기 위해 하트리스가 소비한 코스트는 이 10년 중에 최대라 할수 있었다.

"……자, 그럼."

멈춘 회중시계를 가까운 곳에 배치한다.

퍼페추얼

술식과 연동된 시계였다. 영구 캘린더를 삽입한 정밀시계는 수백 년 단위로 시간을 계측한다. 이것 또한 이번 술식에는 불가결한 도구 중 하나였다.

"나를 죽여주는 것 아니냐고 말씀하셨지요."

하트리스는 눈앞의 상대에게 말했다.

"그렇지만 그것을 이룰 수 있을지는 모릅니다. 여기에 와서 저도 무방비. 당신도 무방비. 마지막에 와서 지독한 도박이라 생각하십니까?"

『동감이야.』

목소리가 아니다.

페이커가 움직인 입술을, 하트리스가 읽은 것이다.

그녀는 이미 이곳에서의 임무를 끝마쳤다. 하트리스의 계획에 빠트릴 수 없는 피스를 담당해준 것이다.

난처하게 웃으며 하트리스는 그녀에게 끄덕였다.

"뒷일은, 시간에 맞출 수 있을지 없을지."

가슴께를 쓰다듬었다.

심장^{하트} 위를.

"당신의 소원이 이루어질지 말지."

노래하듯, 축복하듯, 하트리스는 속삭인다.

"나의 소원이 이루어질지 말지."

속삭임은 방에 나풀거린다.

그 시선 앞에서 페이커가 빛의 기둥에 삼켜지고 있었다. 죽은 용의 마술회로와 연결된 그 빛 속에서 가혹한 전장을 무수히 누벼온 마케도니아의 여전사는 부드럽게 선잠에 잠긴 것처럼 보였다.

"편히 주무십시오, 페이커."

『잘 자라, 하트리스.』

고운 입술이, 대답했다.

하트리스에게만 닿는, 말을.

그리고 그녀를 신으로 만들기까지의 시계가 돌기 시작한
다.

＊

오래도록, 오래도록 떨어지고 있다.

허공은 허공과 연쇄되어 오로지 무의미한 시간만을 이어
간다.

깎아지른 벽면을 제외하면 시야는 거의 칠흑.

살갗에 닿은 찬바람과 그 바람을 가르는 소리 말고는 끊
어진── 아니, 그조차도 진즉에 애매하다. 그런데도 낙하
중이라는 감각만은 뚜렷하게 육체에 새겨지며 한도 끝도 없
이 공포를 환기시킨다. 일반인이라면 불과 몇 분도 버티지
못하고 이성을 잃을 것이다.

물론 이것은 이상하다.

아무리 알비온이 현실과의 좌표에 없으며 대마술회로가

지상 몇십 킬로미터나 되는 심층을 유지하고 있다고는 해도, 이 정도로 오래 낙하할 수 있을까. 육체 감각으로 치면 이미 몇 시간은 낙하가 속행 중이다.

대지와 격돌하지 않게 그사이 항상 시각을 『강화』하고 이 카로스의 예장으로 착지 가능한 범위 내에 낙하 속도를 억제하고 있다고는 해도 이만큼 오랜 시간 낙하하기란 불가능하다.

"…………."

내가 가까스로 버티고 있는 것은 묘지기로서의 훈련과 극히 짧긴 해도 시계탑에서 받은 단련 덕분이었다.

물론 루비아와 세이겐, 플뤼는 문제없는 모양이다. 스승님도 이런 과목이라면 마술 실력과는 직접 관계가 없기에 부자유 없이 어둠 속에 낙하하고 있다.

대부분은 그저 추락만 할 따름이다.

그러나 허무의 구멍은 느닷없이 여러 번 구부러지거나 때로는 바짝 좁아지며 우리의 진로를 방해했다. 이 경우에는 진로보다 낙로(落路)라고 부르는 편이 나을까. 그때마다 활공 예장은 세밀한 제어가 요구되어 우리의 신경줄을 가차 없이 헤집었다.

피폐해진 내 옆얼굴을 보다 못해서인지.

"쓸데없이 힘을 주지 말게."

스승님이 여러 번 거듭된 조언을 또 건넸다.

"뇌를 쓰지 말고 상황과 신경을 거의 자동화하는 걸세. 마술회로에 그런 쪽 계산을 맡기는 것이 제일 빠르지만 자네는 거기까지 마술에 친밀해지지 않았을 테지. 그럼 긴장을 풀고 애드와 직감에 맡기는 편이 빠르네."

"애드에게, 말인가요."

"이히히히히! 내겐 지친다는 식의 기능은 없거든!"

오른쪽 어깨에서 애드가 시끄럽게 떠들었다.

그렇지만 이번만큼은 그 말을 고분고분 받아들였다. 여기까지 알비온을 답파해온 피로는 확실하게 내 몸을 좀먹고 있다. 입 다물고는 있으나 루비아와 세이겐, 플뤼도 마찬가지일 것이다.

설령 마술회로로 활공을 자동제어했다고 해도 이 냉기는 가차 없이 체력을 앗아간다. 영묘 알비온 특유의 기이한 마력에 노출되고 있으니 더더욱 그렇다. 물론 마술로 체열(體熱) 등의 보호는 가능하겠지만 다들 마력의 소비를 최저한으로 누르는 쪽을 택했다.

"……애초에 여기서 정상적으로 시간이 흐르고 있는지는 미심쩍지만."

스승님의 말에 문득 꿈에서 서 케이가 말하던 말을 떠올렸다. 시간도 공간도 여기선 애매한 모양이라는.

그러나 그러고도 여전히 지금의 우리는 관위결의^{그랜드 롤}에 늦어서는 안 된다.

거기서 갑자기 목소리가 끊어졌다.

"스승님?"

"……어, 아니."

활공 중인 스승님이 고개를 내저었다.

"혹시, 하는 생각이 들었네."

"뭐가, 말인가요."

"딱 한 가지, 여태까지 들어맞지 않던 피스가 지금 끼워진 기분이 들었어."

말의 의미를 나는 완벽히 이해할 수 없었다.

그래도 상관없다 싶었다. 반드시 이 사람의 진실을 내가 공유할 필요는 없다. 그저 그 결과 생긴 목적에 조금이라도 도움이 되면 좋겠다 생각한다.

닥터 하트리스.

그의 제자가 이야기해준 과거 및 그 내력은 어딘가 스승님의 인상과 겹친다.

단순히 현대마술과의 학부장이라서 그런 것이 아니라 더 근본적인 점에서── 예를 들면 마술사로서는 별로 상응하지 않는 심성으로 여겨지는데, 그 행동을 보면 때때로 기이할 만큼 마술사다운 모습을 내비치는 등, 도저히 두 사람을 연결 짓지 않을 수가 없었다.

그런 하트리스를 스승님이 막아낼 수 있을지.

아니, 설령 막아내지 못해도 하트리스와 만남으로써 스승님 안의 고뇌와 갈등에 한 가지 해결이 찾아온다면 좋겠다고 빌었다. 분명히 이 영묘 알비온에서의 모험도 오직 그 이유 때문이니까.

한동안 더 낙하했을 즈음.

"……공기가, 바뀌었네요."

루비아가 말했다.

그녀를 따라오고 있는 다섯 개의 반짝이는 보석으로 손을 뻗는다.

"보석들이 가르쳐주고 있습니다. 이 앞에는 영묘 알비온에서도 새로운 영역이에요."

아직도 맹렬한 기세로 낙하 중임에도 아름다운 눈으로 어둠의 밑바닥을 바라본다.

"그럼, 곧 옛 심장──."

우리의, 목표지점.

하트리스가 의식을 거행하고 있을, 영묘 알비온의 밑바닥.

그때, 스승님이 낮게 신음했다.

"……늦지 않았나."

목소리에 서린 고뇌에 플뤼가 뒤돌아보았다.

"왜 그래?"

"지금 라이네스와 경로^{패스}가 연결되었다. 젠장, 예정보다 몇 시간은 빨라. 최악의 전개야."

그 말에 딱 한순간, 마술사들은 아연히 경직되었다.

루비아가 입을 열었다.

"시계탑이, 옛 심장의 둑을 연 거군요."

"그건——."

말을 꺼냈지만 나도 깨달았다.

이 영묘 알비온에는 외부에서의 마술이 통하지 않는다. 특히 가장 깊은 곳인 옛 심장은 강고하게 폐쇄되어 있어서 외부의 온갖 간섭을 튕겨낸다고 스승님에게 듣기도 했었다. 그 예외는 그 시계탑의 회의를 열기 위해 옛 심장의 둑을 열 때뿐이라고.

즉——.

"——<ruby>관위결의<rt>그 랜 드 롤</rt></ruby>가, 시작된다."

거꾸로 뒤집힌 스승님이 무거운 목소리로 중얼거렸다.

2

채굴도시에서 한 번 더 균열^{포틸}을 지나자 나의 심장은 크게
뛰었다.

물론 마침내 회의를 맞이했기 때문이라는 용감한 이유가
아니다.

'……도시^{시티}도 심각했지만, 이건 격이 다르군.'

살갗이 저리는 수준이 아니라 뼈까지 삐걱거린다.

공기 때문이다.

더 정확히는 공기에 포함된 기괴한 『압력』 때문이었다.

어떠한 과학의 검지기로도 그 『압력』의 정체는 분석하지
못할 것이다. 그러나 실제로 인간을 넣어보면 갱도의 카나
리아처럼 곧장 쇠약해져 이상을 가르쳐줄 터다.

나 역시 긴장을 풀면 찌부러질 것만 같았다. 현대의 인간

에게 신대의 마력── 진 에테르는 독이라 하는데 이곳의 마력은 거기에 가깝다. 마력에 과잉 반응하는 내 마안은 벌써 욱신욱신 통증을 호소했다.

단순히 오래되기만 한 것이 아니다.

이곳에 있는 것은 인리판도(人理版圖)에 의한 영향을 거의 받지 않으며 신대인 채로 확장된 또 하나의 역사다. 만약 인류가 신과 단절되지 않았더라면 이와 같은 형태도 가능했을지도 모른다는 또 하나의 가능성이다.

3대 마술협회 중에 시계탑이 자랑하는 위대한 자산.

영묘 알비온.

그 중핵인 옛 심장이 여기였다.

'심장, 말이지.'

실제로 이 에어리어가 그런 형태를 하고 있는지는 모를 일이다.

고대의 용이 땅속에서 숨을 거두어 이윽고 이 영묘 알비온이 되었을 때, 원래의 체구보다 훨씬 거대한 체적이 되었음은 틀림없지만 극히 일부여야 할 이 구역만으로도 대체 어느 정도 넓이가 있단 말인가.

주위의 재질도 여전히 정체불명일 터였다.

그저 검다. 금속인지도, 아니면 유기물인지도 판별되지 않는 매끄러운 질감이다. 벽도 바닥도 그런 무언가로 이루어져 있었다.

거기까지 확인했을 때였다.

나의 마술회로에 미세한 자극이 전달되었다.

「――라이네스.」

「――이것 봐, 오라비. 설마 정말로 늦지 않은 건가.」

사고가 얼굴에 드러나지 않게 세심한 주의를 기울인다.

솔직히 7할가량은 여기에 이르는 것도 무리일 거라 지레
짐작하고 포기했었다.

조금 전 이 옛 심장으로 오는 균열을 여느라고 시계탑은
둑을 열었다.

그러나 외부의 간섭을 거의 차단하는 옛 심장에서는 설령
둑을 연다고 해도 마술에 의한 통신거리가 상당히 제한된
다. 그런데 마술에 관해서는 이류 이하인 오라비의 사념이
이만큼 깨끗하게 닿는다는 것은 극히 근거리까지 그가 당도
했기 때문이라는 이유 말고 없다.

「――아쉽지만 늦지 않은 것은 아니야. 아무래도 옛 심장
까지는 도착했지만.」

「――어이쿠, 괜히 기뻐했나. 이미 알 거라 생각하지만
회의는 네 시간 남짓하게 더 일찍 당겨졌어.」

「――상정은 하고 있었지. 최대한 노력은 하겠다.」

오라비의 사념에 고뇌와 초조가 배어 있었다.

그건 그럴 만하다. 나도 허용된다면 당장 집에 틀어박히
고 싶다. 이 경우 허용된다는 말은 나중에 독이 든 풀솜으로

목이 졸리는 곤경을 받아들인다면, 이라는 뜻이다.

시계탑에서 누군가의 영향 아래에 있다고 격이 매겨지면 얼마나 두드려 맞을지 상상도 하기 싫다. 구체적으로는 케이네스가 죽은 뒤 진정할 때까지의 엘멜로이파—— 요컨대 저 오라비를 엘멜로이 2세로 봉하기 1년쯤 전까지 내가 맛보던 곤경 그 자체다.

「——겔라프 님과는 만났나?」

「——그래. 그 늙은 마술쟁이 쪽에서라면 분명히 전언을 받았지.」

그 노인은 우리 오라비의 말을 전하러 온 것이었다.

아예 우리 쪽에 포섭하고 싶을 정도의 깔끔한 솜씨라 실제로 살짝 꼬드겨 보았지만 아쉽게도 그 권유에는 넘어오지 않았다.

「——라이네스, 뒷일은.」

「——그래그래. 하트리스를 막아낼 때까지 열심히 관위결의^{그 랜 드 롤}에서 시간을 끌라는 말이지? 할 수 있는 만큼은 해보겠어.」

나는 일단 염화(念話)를 끊고 균열에서 외길로 난 통로^{포 털}를 그림자만을 벗 삼아 걸었다.

그림자가 드리우는 것은 당연히 빛이 있기 때문이다.

'죽은 용의 마술회로라…….'

듣자니 대마술회로에서는 더 인체와 가깝게, 혈관처럼 빛의 통로가 깔려 있다고 하던데 이곳에는 나선형으로 빛이 휘몰아치고 있었다.

이윽고 공간이 확 트였다.

넓은 방이었다.

원개형의 천장에는 조금 전의 빛이 모여 있었다.

아마 저 빛 때문에 이곳이 선택받은 거라고 확인이 될 만큼 아름다운 능선이었다. 빛의 흐름은 똑같지 않고 국소별로 더 강한 광채를 흘리고 있다. 머나먼 지저의 암흑에서 뜨문뜨문 켜진 그 광채는 마치 신세계의 별이 뜬 밤하늘 같았다.

중앙에는 원탁이 놓여 있지만 그 재질도 알 수 없다. 물론 지상에서 가져온 것도 아닐 것이다. 시계탑이 개설된 이후로 도대체 몇 번의 회의를 천개의 밤하늘과 원탁이 지켜보았을까. 그 회의의 결과에 따라 도대체 어느 정도의 마술사가 비운을 한탄하거나 혹은 승리의 잔을 들었을까.

이미 참가자는 모두 모여 있었다.

마주 본 왼쪽에 민주주의파의 군주가.

즉.

이노라이 밸류엘레타 아트로홀름.

맥다넬 트란벨리오 엘로드.

마주 본 오른쪽에 귀족주의파의 군주와 그 대행이.

올가마리 어스미레이트 아니무스피어.

루프레우스 누아다레 유리피스.

바로 앞의 좌석에 앉아야 할 중립주의파는 이번에 결석이
다.

어떻게 보면 그 공백조차도 두렵다. 관위결의에서, 결석
이라는 것은 무관심이라는 뜻이 아니라 그것 또한 한 가지
의사표명이기 때문이다. 중립주의가 슬쩍 빠졌다는 말은,
그들은 이 투쟁에서 이기는 쪽에 편승할 생각이 그득하단
뜻이다. 정치적인 어드밴티지를 취하지 않고 연구 우선인
방침으로 다른 파벌에 압박을 주려고 하는 중립주의여야 가
능한 선택일 것이다.

물론 나는 오른쪽에 앉는다.

만약 올가마리의 권유에 따라서 알비온의 재개발에 편승
한다고 해도 우리가 귀족주의파라는 사실이 변하는 것이 아
니다. 아니, 거기까지 편을 갈아타려다가는 목숨이 아무리
많아도 부족하거든?

"준비가 다 된 모양이군."

맥다넬이 싱글거리며 제일 먼저 입을 뗐다.

민주주의파의 톱, 트란벨리오파의 군주는 이 마당에 이르
러서도 주도권을 놓지 않을 작정인 모양이었다.

이어서 이노라이가 말했다.

"늘 보던 그 얼굴이 그 얼굴이지만, 이번에는 신선해서 좋은걸. 마술사라 해도 이런 신진대사는 있는 편이 나아. ……하긴 그 논리로 말하면 나나 루프레우스가 제일 먼저 내쫓기겠지만."

내쫓길 마음일랑 한 점도 없는데도 웬 농담을 다 하시나.

여걸이라는 이름이 이토록 어울리는 인물도 달리 없으리라.

로드 밸류엘레타. 혹은 관위마술사 아오자키 토코의 스승. 어느 직함이든 예사로운 마술사일 수는 없었다.

"하찮군……."

그리 일축한 것은 이 중에서도 가장 주름이 깊은 노인이었다.

그 주름 한 줄기 한 줄기보다 혼에 새겨진 숙업이 더욱 깊은 것을 전원이 알고 있다. 강령과의 군주(유리피스)라는 입장(로드)에서 보자면 실제로 혼에까지 모종의 술식을 새겼더라도 아무 이상할 것이 없으리라.

이노라이와 루프레우스.

혹은 창조과(밸류에)와 강령과(유리피스)라는 집안의 격으로 봐도 막상막하인 당주였다.

그리고.

"──아버지로부터 천체과(아니무스피어)의 투표권을 위탁받아 왔습니다. 여러분께는 실례가 없도록 명심하고 있습니다."

올가마리가 빈틈없이 인사했다.

제길, 이런 점은 연상인 나보다 더 능숙하군. 그렇다기보다 최연소라는 입장을 빼앗긴 만큼 내가 불리해진 느낌까지 드는데.

군주^{로 드}들의 시선이 일제히 내게 쏠렸다.

이러니까 마지막에 남는 신세는 질색이다. 적당히 받아넘기기에도, 살짝 위트 있는 말을 하기에도 지나치게 눈에 띈다.

숨을 한 번 내쉰다.

"미숙한 몸 딴에 말석에 앉고 있습니다. 잘 부탁합니다."

짧게 정리하고 최대한 호의적으로 입꼬리를 올리며 나도 자리에 앉았다.

아아, 위가 쓰리다. 이런 것은 우리 오라비에게만 주고 싶건만 세상살이가 뜻대로 되지 않는다. 피는 싸늘하고 신경은 쇠줄로 가는 것만 같다. 가슴 통증이 긴장 탓인지 누군가에게 저주받고 있는 탓인지도 모르겠다.

그러나 침과 함께 공포를 눌러 삼킨다.

마술회로를 통해서 억지로 뇌를 활성화시킨다.

"그러면, 관위결의^{그 랜 드 롤}를 시작하지."

당당히 맥다넬이 선언했다.

솔직히 말해 이 시점의 내 전략은 처참한 수준이었다. 아마도 트란벨리오가 꺼낼 알비온의 채굴 데이터에 대해 구질구질하게 정확성 가지고 트집을 잡으며 최대한 시간을 끈다는 것뿐이다.

오직 지체에 이은 지체, 클레임에 이은 클레임. 조금이라도 물고 늘어질 데가 있으면 아무리 꼴사납든 물고 놓지 않는다. 여차하면 농성이라도 불사하겠다, 라는 태세였다.

그러나.

"아아. 실은, 그 전에 한 명 소개하고 싶군."

맥다넬이 굵은 목을 움직이고 불렀다.

방의 어둠에 갈색 피부의 여자가 녹아들어 있었다. 누군가 그림자에 있는 것은 알고 있었지만 그 얼굴까지는 구별이 가지 않았었다.

그러나 빛 아래에 나오니 그것은 본 적이 있는 여성^{사 람}의 모습을 취했다.

"비해해부국 자재 부문의 아셰아라 미스트라스라고 합니다."

늠름한 인사와 함께 여자가 이름을 밝혔다.

나는 자그맣게 신음을 터트릴 수밖에 없었다.

마지막으로 남은 하트리스의 제자.

해부국에서 캘루그 이스레드(아니 형제인 조렉이었을지도 모른다)가 살해당한 후, 행방을 알 수 없어졌던 상대와 설마 관위결의^{그랜드롤}에서 재회할 줄이야.

"이번 의제. 영묘 알비온의 재개발에 관한 시비에 대해서는 여러분 모두 아시겠지."

투박한 손가락으로 깍지를 낀 맥다넬이 말했다.

"비해해부국의 의견은 불가결할 테니까 말이야. 증인으로 불러왔지. 아아, 그래그래. 나중에 오해를 부르지 않게 지금 말해두겠지만 이 여성은 내 양녀라서 말이야."

"무슨……!"

올가마리가 외치려던 목소리가 턱 막혔다.

나로서도 그것은 처음 듣는 정보였다. 비해해부국의 중요 부문에 맥다넬의 양녀가 들어가 있었다?

「──이것 봐, 오라버니. 이건.」

「──그래. 이야기가 완전히 달라져. 맥다넬 씨가 열 명 이상의 딸을 두고 있다는 말은 들었지만.」

오라비와의 사념 대화에서도 서로의 초조감이 배어 있었다.

"하하. 그렇다고 해서 해부국이 내게만 유리한 데이터를 내주는 것도 아니지만 나중에 이야기가 복잡해져도 뭐하지 않겠어?"

맥다넬이 대범하게 웃지만 도저히 맞장구칠 마음은 들지 않았다.

'……당했다.'

주도권을 잡느냐 마느냐 할 계제가 아니다.

트란벨리오는 첫 공격으로 곧장 끝낼 작정이다. 올가마리가 귀족주의에 밀착한 것이 아닌 이상 그 점을 찌르면 이 회의는 간단히 결판이 난다.

오히려 내가 살아남기 위해서는 여기서 아양을 떠는 편이 나은가.

힐끔, 루프레우스의 눈치를 살폈다.

마른 나무 같은 노인의 손가락은 아니나 다를까 팔걸이를 세게 움켜쥐고 있었다. 이것은 이것대로 대단히 좋지 않다. 내가 천연덕스럽게 배신하면 이 자리에서 분화해서 회의를 몽땅 무시하고 죽이려 들 수도 있다. 거기서 목숨을 걸고 지켜 주리라 생각할 만큼 맥다넬을 신용할 수 있을 턱이 없다.

하물며 맥다넬이 하트리스의 공범자였을 경우에는 어찌 될지…….

"의제는 영묘 알비온의 재개발이라 들었습니다만."

올가마리가 고개를 들었다.

그녀 나름대로 위기감이 든 것이리라. 설령 내게 제안했듯 루프레우스를 배신하고 재개발에 찬동한다 해도 처음부터 알랑댈 수는 없을 것이다.

싱글거리는 웃음을 띠고서 트란벨리오가 말했다.

"물론이지. 괜찮겠나, 아셰아라."

"네, 아버지. ──아뇨, 로드 트란벨리오."

촉구받은 아셰아라가 종이 몇 장을 우리 앞에 놓고 간다. 비해해부국에서 온 증인이라 말하면서 이 취급은 흡사 비서였다. 물론 우리는 그런 관계라며 어필하기 위한 것이리라. 아버지라고 말한 뒤에 정정한 대목도 실로 티가 난다.

"로드 밸류엘레타―― 미즈 이노라이로부터도 영묘 알비온의 자세한 자료를 요구받았으니까요. 준비해봤답니다."

"그래. 수고 많았는걸. 맥다넬 도령."

이노라이가 한 손에 자료를 들고 한쪽 눈을 찡긋했다.

그리고 우리가 자료를 다 읽을 동안 맥다넬이 천천히 좌중을 둘러보았다. 루프레우스에게 살짝 오래, 올가마리와 내게 살짝 짧게. 나이 차이를 감안하면 이 시차는 경의의 비중으로 적절할 것이다. 제길, 처신까지 빈틈이 없군.

"현대적인 복사용지지만 이건 비해해부국의 방식이니 양해를 바라지."

서두를 뗀 맥다넬이 말을 이었다.

"자료에 나온 대로 알비온에서 채굴할 수 있는 주체는 작금 감소 일로를 걷고 있다. 시계탑을 유지하겠다면 지금이 결단할 때야. 이대로는 신비의 감퇴와 합세해 우리가 마술사인 목적을 달성할 가능성도 하락 일변도일 테지."

우리가 마술사인 목적. 존재증명.

과거로 달려가는 우리가 언젠가 다다르고자 하는 그 궁극. 근원의 소용돌이.

하지만 지금 맥다넬이 말한다.

"즉, 이대로는 우리의 의의를 잃어버린다는 소리야."

그 말은 너무나도 무거웠다.

명색이 시계탑의 중진인 로드 트란벨리오의 입에서 던져진 이상 근거 없는 말은 아니라고 누구나 납득했기 때문이다.

이에 대항하자면…… 역시 로드 유리피스인 루프레우스 옹을 놔두고 달리 없을 것이다.

원래부터 재개발 반대의 핵심인 것은 이 노인이다.

때가 낀 유리 같은 눈동자가 희번덕거리며 장한을 비추었다.

"시계탑의 유지라…… 말했는가…….'

쉰 목소리가 맥다넬을 할퀴었다.

"애초에…… 그대들이 유지해야 할 시계탑이란 뭐지…….'

"마술사의 미래라 생각합니다."

"……핫…… 어처구니없군…….'

맥다넬의 답변에 루프레우스 옹은 낙담을 숨기지 않으며 이렇게 장담했다.

"알겠나…… 시계탑이란…… 우리를 말하는 거라네…….'

마디가 도드라진 손가락을 가슴의 보석 위에 놓고 누런 이를 드러낸다.

오만하기는 했지만 방자하다는 느낌은 없었다. 지극히 당연히, 예로부터의 관습을 강의하는 어조였다.

"주체가 부족하다면…… 신세대들을 쳐내면 그만이야. ……그러고도 부족하다면…… 하찮은 분가를 쳐내……. 사람도 마(魔)도 새로 퍼부어서…… 알비온을 재개발할 필요가 어디에 있지……. 신비에 가까워지는 것은…… 우리만으로도 충분……. 아아, 어느 틈에…… 하찮은 대량 소비의 이치에…… 시계탑까지 끌어들였지……. 그런 어리석은 것을…… 우리 시계탑이라고…… 감히 부르면 안 되지……."

등이 쭈뼛 섰다.

이것이 귀족주의의 논리다.

마치 비품 하나처럼, 너무나도 쉽게 타인의 인생을 취급한다.

그러나 그것이 틀린 것은 아니다.

애초에 민주주의도 선민(選民)을 하는 것은 똑같다. 마술사인 이상, 현대에는 극히 한정적인 변이종에 불과하다. 민주주의가 신세대를 포섭한 것은 단순히 노동력이 부족해져서 그 기준을 타협한 것에 불과하다.

그렇다면 그것을 관철하는 편이 조리에 맞는다고 노인은 이야기하는 것이다.

"알겠나…… 마술사의 미래라 말한다면……."

노인이 더욱 말을 이으려던 순간이었다.

"……음."

그 시선이 움직였다.

눈동자에서 경악이나 동요 같은 감정은 엿볼 수 없었다. 그렇더라도, 이 사태는 아무리 로드 트란벨리오라 해도, 혹은 로드 유리피스라 해도 예상 불가능했을 것이다.

"어떻게 된…… 일인가……?"

쉰 목소리는 맥다넬 쪽에서 입구로 향했다.

이변은 금세 방문했다.

"실례하겠습니다."

새로운 인영이 모습을 드러낸 것이다.

아리따운 후리소데의 소매를 잡은 채로 스윽 안경 위치를 고친 여자는 당연히 우리가 아는 상대였다. 긴 흑발도 어우러져 역시 그녀의 인상은 아름다운 뱀과 비슷했다. 소리 없이 시계탑을 에두르며 차가운 눈으로 감시하는 뱀.

"아다시노 히시리였지?"

뜻밖에도 그 이름을 부른 것은 이노라이였다.

"격조했습니다. 이노라이 님."

"법정과가 행차할 줄은 몰랐는데, 설마 바르토멜로이의 군주 대리라는 것은 아닐 테지?"

"이번에는 안내를 맡았지요."

"안내?"

눈썹을 모은 노파의 입술이 이어진 한순간에 쓴웃음을 머금었다.

"과연. 이렇게 됐나."

히시리의 등 뒤를 보고 한 말이었다.

또 하나의 인영이 거기 서 있었다. 시계탑의 군주들이 모인 이곳에 지독하게 어울리지 않는 것 같으면서도, 관위결의라는 이름을 따지면 이렇게 되는 것이 처음부터 약속된 것처럼도 느껴졌다.

"선생님도 계셨습니까. ——아무래도 막 시작한 참 같군요."

히시리의 안내를 받아 온 동양인 여자가 살짝 고개를 한 번 끄덕였다.

3

"시작한 참이라 생각했습니다만, 혹시 틀렸습니까."

다시 한번 여자가 말하자 이를 가는 소리가 들렸다.

녹슨 쇠를 문대는 듯한 소리였다.

"……아오자키…… 토코."

밉살맞다는 듯이 중얼거린 것은 루프레우스였다.

과거에 원한을 산 적이라도 있을지 모른다. 이 관위마술사는 타인의 분노나 질투를 끌어모으는 데에도 그 칭호에 걸맞을 성싶다.

"……너 같은 비속한 무리가…… 들어올 데가 아니다……."

"말씀이 거침없으시네요. 강령과의 노인장."
^{유리피스}

안경을 벗은 뒤에 토코는 한쪽 눈을 감았다. 아주 살짝,

그 웃음의 질이 변했다.

"하지만 이번에 한해서 난 정식으로 참가할 자격이 있거든. 노인장이야 자못 불편하겠지만 이것도 전통의 결과야. 양해 바라지."

"……자격……이라고, 무슨 말 같잖은……."

거기서 노인의 말은 멈추었다.

토고가 낡은 양피지를 손끝으로 팔랑거리고 있었기 때문이다. 그 표면에 쓰인 이름까지 노인이 흘긋 보고 읽어냈는지 못 읽었는지.

"아무래도 알아주신 모양이군. 즉, 나는 군주^{로드}의 대리라이겁니다."

"진품이라는 것은 법정과의 이름을 걸고 제가 보증하겠습니다."

히시리가 보장했다.

싸하니 침묵에 싸였다.

단순한 경악이 아니라 더 무거운 의미가 담긴 침묵이었다. 불가능한 것이 아니라, 가능하다. 가능하기 때문에 두렵다. 이 관위인형사라면, 하고 모두가 인정한 것이다.

"변함없이 묘한 곳에서 의뢰를 받는군."

이노라이가 한쪽 눈썹을 세웠다.

"선생님의 훈도가 좋아서 그렇지요."

토코가 그렇게 받았다.

이 두 사람은 분명히 학생 시절부터 사제 관계였을 것이다. 단, 토코의 이름이 봉인지정에 올랐을 때 맨 먼저 이노라이가 수긍할 만큼 마술사다운 관계다.

루프레우스가 끓어오르는 가마솥처럼 신음했다.

"……어느…… 가문……에서지……?"

"저주과^{지그밀리에}……라기보다 중립주의를 대표해서겠군요."

토코는 살짝 끄덕이고 말했다.

"이 관위결의^{그랜드 롤}, 저도 정식 투표권을 가지고 참가한다는 의미입니다. 아아, 안심해주시죠. 중립주의의 나머지 투표권을 가지진 않다마다요. 가지고 있어 봤자 당신들도 인정해주지 않겠지만."

유유히 근처 의자 중 하나에 토코가 앉았다.

본래 열두 가문의 군주^{로드}를 위해서 만들어진 원탁의 의자는 관위마술사도 구별 없이 맞아들였다.

그것을 바라보고.

「……레이디, 설마.」

은밀히 우리 오라비의 사념이 물었다.

「물론, 처칠러주었지.」

고소한 기분을 참으며 나도 대꾸했다.

「여하튼 우리는 닥터 하트리스의 공범자를 색출해야 하는 판이야. 확실하게 하트리스의 손이 닿지 않은 불확정 요소가 필요하지 않겠어?」

슬러에서 헤어지기 전에, 토코——라기보다 토코에게 뒤에서 의뢰했던 중립주의파를 부추긴 것이다.

물론 슬러 지하에서 하트리스 일행이 돌입한 영묘 알비온으로 통하는 균열^{포털}을 포함해서 말이다. 한 번은 방관을 선택한 중립주의지만 그런 상정 외의 사건까지 일어났으면 완전히 무시하기란 어렵다. 그렇기 때문에 평소에는 정쟁에 말려드는 사태를 기피하는 중립주의의 높으신 분들도 내 도발에 넘어올 수밖에 없었다.

하긴 거기서 정말로 아오자키 토코를 관위결의의 대리인^{그랜드롤}으로 내보내리란 발상은 나도 거의 못했지만.

우리 오라비의 사념은 잠시 호흡을 멈추었다가 이리 대꾸했다.

「……그렇다면 언제부터 미스 아오자키에게 하트리스의 제자 수색을 의뢰한 것이 중립주의인 줄 알았지?」

「반은 감이야.」

나는 솔직하게 털어놓았다.

허세를 부리고 싶지만 이 상황에 적당하지는 않다.

단순한 이야기로, 그녀의 사상으로 보아 귀족주의는 처음부터 배제하고 있었다. 예를 들면 법정과가 다시 그녀를 봉인지정하지 않도록 다시 의뢰하는 경우는 있을 만하지만, 지금까지 겪은 토코의 성질로 보건대 유유낙낙 따른다고 생각하기 어렵다.

이어서 민주주의 말이지만, 토코를 부리고 있다면 맥다넬
이든 이노라이든 간에 조금 더 숨겨둘 것이다. 실수로 우리
와 접촉해서 정보가 누설될 가능성은 피하고 싶을 터. 내
버려 두기에는 우리와의 이해관계가 지나치게 밀접하다.

따라서 소거법상 중립주의라고 추측했다.

관위결의에 직접 관련될 마음은 없어도 그들 역시 정보를
원할 터다. 닥터 하트리스에 대해서, 이미 쌍모탑(雙貌塔)
에서 간접적으로 접촉이 있던 아오자키 토코를 주목한 것은
당연한 흐름이기도 했을 것이다.

'……물론.'

하고 생각한다.

'설마 아다시노 히시리를 데려올 줄은 몰랐지만.'

법정과의 여마술사는 토코 뒤에서 조용히 미소 짓고 있었
다.

그리고 있으면 로드 트란벨리오 뒤에 공손히 선 마지막
닥터 하트리스의 제자—— 아세아라와 비슷한 위치였다.
평소에는 앞에 나서지 않으나 필살의 일격을 숨긴, 그런 포
지션 말이다.

"…………."

낮은 소리가 들린 느낌이었다.

장소의 균형이 삐거덕거리는, 소리 없는 소리였다.

권력으로 치면 아오자키 토코 따위 시계탑에서 먼지나 다

름없다. 원래부터 떠돌이 프리랜서다. 복잡하게 뒤엉킨 시계탑의 권력항쟁에서 버젓한 뒷배가 없는 토코의 말은 일절 들을 가치가 없다.

그러나 동시에, 순수한 마술사로서는 시계탑이라도 눈여겨볼 가치가 있는 상대다. 여하튼 관위^{그랜드}. 이 자리에 앉을 자격이 있는 대부분의 군주^{로드}들조차 단순한 위계로 치면 이보다 못한 색위까지밖에 도달하지 못했다.

영묘 알비온의 재개발에서 귀족주의도 민주주의도, 마술사가 신비에 다가갈 수단을 확보하기 위해서라고 주장하는 이상 그녀의 의견을 완전히 무시하기는 어려워졌다.

'……전제를 무너뜨리는 격이지.'

정치적인 논쟁에서는 기본. 그러나 관위결의^{그랜드 롤}라는 곳에서 이렇게 적중한 적은 썩 없으리라.

과연 그녀를 맞이한 회의는 어떻게 전환할지.

그리 생각하는 중에 맥다넬이 재촉했다.

"……그러면, 루프레우스 옹. 아까 하던 이야기를 마저."

"아아, 아아. 그런 졸린 이야기는 그만 됐어."

갑자기 토코가 하얀 손을 내저으며 제지했다.

"뭐라고요!"

올가마리가 눈을 부라리자 토코는 가볍게 어깨를 으쓱였다.

"어차피 늘 하는 귀족주의와 민주주의의 실랑이잖아?

신세대를 포함해 시계탑으로 간주하며 확대 노선을 유지하느냐, 아예 시계탑 자체를 축소해서 인색한 연명 노선을 목표로 하느냐 말이야. 그런 건 끝에 가면 취미가 되니까 나로서는 다른 시점을 들어보고 싶은걸. ——그래, 모처럼 여기에 왔잖아. 슬슬 준비가 다 된 거겠지, 엘멜로이?"

마지막에, 느닷없이 내 쪽으로 말을 돌렸다.

무심코 빵 터질 뻔한 것을 참고서 입을 열었다.

"무슨 말씀입니까."

내가 되묻자 토코는 키득 웃었다.

죽은 용의 마술회로에서 흘러나온 빛이 그 입술을 옅게 채색했다.

"시치미 떼지 마시지. 왜냐면 이것은 사건이야. 여기에 와서 아직 가능성을 물고 늘어질 의지가 남아있다는 말은, 너희에게는 한 가지 결말이 보인단 거잖아?"

「——이봐, 오라버니.」

「——알아.」

내 사념에 오라비는 숨기지 못한 초조감과 함께 응수했다.

「——저 녀석은 이렇게 말하는 거야. 이 관위결의^{그랜드 롤}에서 추리 쇼를 하라고.」

그것은 무슨 오만이란 말인가.

명색이 시계탑의 운명을 판가름하려는 관위결의^{그랜드 롤}에서 그녀는 자기 즐거움을 위해 판을 뒤엎으라며 넌지시 이른 것이다.

동시에 납득도 되었다.

아오자키 토코는 고작해야 정치극 따위에 아무 흥미도 없다.

2000년을 총괄하는 마술세계의 추세조차 그녀의 관심을 끌기에는 모자라다.

여기에 온 것은 중립주의파가 군주의[로드] 대행을 맡겼기 때문이 아니라, 자신이 관련된 사건의 결말을 지켜보기 위한 것이라고.

「──그리고 눈치챘나. 너희라고 말하더군.」

「나와 오라비가 염화로 이어진 것도 당연히 아신다 이거군.」

끝까지 숨길 수 있다고 생각하진 않았지만 너무나 당연히 흘끗 보고 간파하면 못마땅하다.

과연 아오자키 토코.

조커인 데에도 정도가 있지. 결코 편리하게 이용당해 줄 만한 상대가 아니다. 그렇다기보다 이대로 루프레우스 옹이 폭발하게 놔두면 같은 귀족주의든 말든 상관없이 전력으로 멸문시킬 수도 있다.

「──그러면, 지난번처럼 트림마우 일부를 이용해 오라비의 몸[그릇]을 만들까.」

눈에 띄지 않게 하고 있지만 트림마우는 옮겨온 트렁크

안에 들어 있다. 탐정으로서의 오라비더러 나오라 해서 추리를 개진할 수밖에 없을 것이다.

그리 생각한 순간.

「──안 돼.」

오라비는 부정했다.

「──그래서는, 설득력을 유지할 수 없어. 명색이 관위결의_{그랜드롤}다. 이 자리에 출석 중이라는 형식 없이 무슨 추리를 떠든들 다른 군주_{로드}들이 납득할 것 같나.」

확실히 이치는 맞는다.

애초에 관위결의_{그랜드롤}를 이런 땅속에서 거행하는 것도 투표까지 그만한 과정을 거침으로써 전원이 납득할 만한 권위를 주기 위함이다.

과거 이곳에서 대마술의식이 여럿 거행되었다지만, 설령 실제로 마술을 행사하지 않아도 반복되어온 대규모 행위에는 그것만으로도 주술적인 의미가 깃들기 마련이다. 예를 들어 교황을 선출하는 콘클라베에서는 차기 교황이 결정될 때까지 며칠이고 시스티나 예배당에 후보자 전원이 갇혀 있었다고 한다. 추기경들은 체력이 떨어진 고령자가 많음을 고려하면 이것 또한 목숨 건 선거일 것이다.

권위와 전통은 그것 자체가 사람을 옭아매는 술식이었다.

「──이것 봐. 그럼 어쩌자는 건데.」

「──네가 해라.」

오라비의 말에 순간 사고가 굳었다.

"⋯⋯⋯⋯허."

한순간, 큰 소리를 지를 뻔했다가 간신히 참아냈다. 이 인간이, 이런 곳에서 무슨 소리를 하는 거야, 우리 오라비.

「──네가 해야 해, 라이네스.」

다시 한번 오라비의 사념이 말했다.

「──장난치는, 것은 아니군. 오라버니.」

「물론이지.」

"왜 그러지? 엘멜로이."

토코가 즐겁게 재차 불렀다.

제길, 지금 막, 내가 터무니없는 제안을 강요받고 있는 것까지 꿰뚫어 본 것은 아니겠지.

"아니요. 어떻게 말을 꺼내야 하나 고민해서요."

억지로라도 가슴을 펴고 정면을 응시했다.

물론 100퍼센트 순수한 허풍이다. 허세밖에 써먹을 수 없는 외줄 타기는 어릴 적에 졸업하고 싶었는데.

오라비의 사념이 이어서 말했다.

「──내가 한 추리는 순서대로 전달하겠다. 네 말로 정리하며 얘기해.」

「──거침없이 말을 막 하네, 우리 오라비?!」

지금 당장 머리를 감싸 쥐고 소리치고 싶었다. 주위가 전원 내 빈틈을 엿보며 입맛을 다시는 곳만 아니라면 분명히 그랬을 것이다.

애초에 이곳의 전원이 탐정의 추리를 얌전히 듣고만 있을 리가 없다. 추리 결과를 각자 유리한 방향으로 끌고 가고자 항상 간섭할 것이다. 하트리스가 일으킨 제자 실종 사건이 관위결의와 관계되었다고 해도 관위결의는 그 범인을 밝혀 내기 위한 자리가 아니기 때문이다.

즉, 전원이라고는 말 못하더라도 회의 과반수의 흥미를 항상 부추겨야만 한다.

그것도 오라비의 추리로 범인을 몰아붙이기 위한 논리구 조를 유지하면서 말이다. 이런 것, 지상의 관객이 신나도록 곡예비행을 하면서 적의 전투기를 몰아붙이다 격추하라는 소리나 똑같다고.

한숨을 참으며 사념을 돌려주었다.

「——오라비, 그쪽은 하트리스를 몰아붙일 수 있겠나.」

「——최대한 서두르지.」

「——부탁하고 싶지는 않지만 부탁한다. 최대한 잘 풀려 서 하트리스의 공범자를 색출해봤자 정작 하트리스를 궁지 에 몰지 못하면 의미가 없으니까.」

공범자를 색출한 결과, 얼굴에 철판을 깔고 시계탑 전체 가 하트리스를 지원하자는 쪽으로 끌고 갈 가능성도 있기 때문이다. 결국 하트리스를 막을 전망이 서지 않으면 이야 기를 풀어나갈 여지가 없다.

우리에게 이 관위결의(그랜드 롤)는 피하지 못한 『과정』이며, 하트리스의 저지야말로 『목적』이므로.

두 번쯤 주먹을 쥐었다 편 뒤에 각오를 다졌다.

"네, 지금부터 시작하는 것이 좋겠지요."

나는 되도록 천천히 말을 꺼냈다.

한 명 한 명 시선을 돌리면서 말을 이었다.

"여러분, 현대마술과의 이전 학부장(널리지)이던 닥터 하트리스는 알고 계십니까?"

"……아쉽지만 나는 이름밖에 알지 못해. 철이 들었을 적에는 이미 시계탑을 떠났는걸."

올가마리가 살며시 눈썹을 모았다.

여기서 그 이름이 나온 이유를 모르겠는 것이리라. 뭐, 그 표정이 진실인지 연기인지는 둘째 치고.

오라비가 보낸 사념을 참작하여 신중하게 말을 선택했다.

"이 몇 개월 동안, 그 전 학부장(하트리스)의 제자가 잇따라 실종했습니다. 네, 물론 아셰아라 씨는 아시겠지요. 그중 한 명——당신의 동료인 캘루그 이스레드는 비해해부국 내에서 살해당했으니까요. 살인현장에 관해서는 저기 있는 아다시노 히시리 씨가 검증하셨습니다."

"말씀대로, 검증했습니다."

히시리가 긍정했다.

이 미녀도 목적이 불명이다. 하트리스란 같은 널리지의

양자였다고 하지만 그 인연으로 쫓고 있는 것일까.

어쨌든 내 이야기를 전원이 곱씹을 만한 간격을 두면서 속행했다.

"저는, 이 범인을 닥터 하트리스라고 생각하고 있습니다."

"……허어, 그 녀석이."

노파 이노라이가 뇌까렸다.

"무슨 문제라도?"

"아니, 뜻밖이란 기분이 들었을 뿐이야. 그 친구는 제자들과 퍽 친밀하던 것처럼 여겼거든."

어깨를 으쓱인 이노라이가 술회했다.

이 또한 성가신 증언이다. 10년 전의, 전 학부장으로서의 하트리스를 나는 거의 모른다. 여하튼 당시의 나는 엘멜로이의 후계자가 될 줄은 꿈에도 생각지 못하던 때니까.

"그러고 보니 당신은 이전의 현대마술과의 그럭저럭 친교가 있었지."

말을 덧붙인 맥다넬이 또 하나의 군주(로드)에게 물었다.

"루프레우스 님은 어떠셨습니까."

"……군주(로드)조차 아닌 학부장에게…… 시간을 할애해서 무슨 의미가 있지……."

노인의 대답은 딱 부러졌다. 몇십 년은커녕 백 년 전부터 그 옹고집은 한 번도 변하지 않았을 것처럼 느껴졌다.

당시의 현대마술과는 귀족주의조차 아니었던지라 루프레

우스가 접촉할 의미는 전무했을 것이다.

"그래…… 되다 만 신세대가 사제지간끼리 죽이든 말든…… 알 바더냐. 그런 관계가 없는 말로…… 이 자리의 시간을 앗아갈 셈이냐, 엘멜로이……."

"아니요, 노인장. 관계는 있습니다."

잘 알고 있다는 표정으로 나는 끄덕였다. 아아, 제길, 새삼스레 오라비의 심정을 통감했지만, 이따위 것은 개에게나 주고 싶다. 타인의 심정 따위 짓밟는 쪽에 있고 싶지 공감하고 싶은 것이 아니라고.

자.

될 대로 되라지.

"이 관위결의 안에, 하트리스의 공범자가 있기 때문이지요."

허세 섞인 웃음을 필사적으로 유지하며 나는 단언했다.

＊

"이봐, 관위결의는 어떻게 되었어?"

허무의 구멍에 추락하면서 플뤼가 물었다.

스승님에게 대답할 여유는 없었다.

회의가 어떤 식으로 진행되고 있는지는 모르겠지만 그 미간의 주름이 더욱더 깊어진 모습을 보면 결코 순풍에 돛 단배 같지는 않으리란 것만은 명백했다.

그러자 마찬가지로 활공 중인 세이겐이 거리를 좁히고 물었다.

"엘멜로이 2세. 댁의 마술회로에 접속해도 되긋나?"

"상관없네."

스승님이 수긍하자 세이겐이 검지를 까닥 흔들었다.

그러자 그 손끝에 깃털과 비슷한 형상이 떠올랐다. 이어서 스승님과 세이겐 사이에 둥실 끼어든 깃털 표면에 마술회로와 비슷한 빛이 켜졌다.

순간, 회의의 상황이 스윽 스며들 듯 내 뇌에 닿았다.

"──윽, 방금 그건?"

"애쉬본의 정보 공유용 마술이데이. 박리성 아드라의 천사 마술…… 이 경우, 마력의 사용법 정도일 뿐이지만도 애쉬본의 마술특성은 결국 공유라는 곳에 가닿아서 말이제."

왠지 모르게 이해가 됐다.

박리성 아드라의 마술사는 마술각인의 면역 문제를 극복함으로써 복수의 마술각인을 융합해낸 기술에 이르렀다. 세이겐의 인격이 마술각인에 점령된 까닭에 나는 이 기술에 침식이나 침략 같은 이미지를 품고 있었지만, 그 마술의 본질은 지금 그가 언급한 『공유』였던 것이리라.

"그쪽 동네 마술은, 내 내면에서 아직 숨 쉬고 있으니까네."

세이겐의 음성은 쓸쓸한 기색이지만 본인도 우리도, 스승 님과 공유한 정보량에 압도되고 있었다.

"······설마 관위결의^{그랜드 롤}에 아오자키 토코와 아다시노 히시리라니 원."

플뤼가 신음했다.

나도 경악을 눌러 삼키는 것이 한계였다.

관위결의^{그랜드 롤}는 쉽게 풀리지 않을 거라 생각했지만 설마 참가자부터 이런 해프닝이 일어날 줄은 전혀 상상하지 못했기 때문이다.

시계탑의 운영을 결정하는 관위결의^{그랜드 롤}에 내가 아는 사람 중에서도 가장 고고하다는 형용이 어울리는 아오자키 토코가 나타날 줄이야. 그 미스매치, 그러나 어딘지 납득할 수밖에 없는 조합에 소름이 쫙 돋을 정도의 공포를 느꼈다.

"여러분."

루비아가 불렀다.

그녀의 표정에는 다른 종류의 긴장이 배어나오고 있었다.

어쩌면 이 중에서 그녀만은 이번 전개도 예상했을지도 몰랐다. 혹은 관위결의^{그랜드 롤}라는 극한의 상황에서는 약간의 예상쯤이야 쉽게 뒤집히기 마련인 것을 뼈저리게 느끼고 있을지도 모른다.

그녀를 둘러싼 다섯 개의 보석에 반응이 있었음을 약간 뒤늦게 알아챘다.

"이쪽도 본격적인 무대일지도 모르겠어요."

순간, 플뤼가 움직였다.

"Lead me!"
　　　　　인도할지어다

투척한 나이프는 결코 적을 맞추기 위한 것이 아니었다.

아마도 점성술사로서의 플뤼가 가장 안전한 미래를 점친 것이리라. 그 의도를 이해한 전원이 나이프로 가리킨 바와 같은 방향으로 반사적으로 궤도를 틀었고, 그 덕택에 치명 상을 모면했다.

가공할 충격이 몸을 가격했다.

검은 벼락이나 다름없었다.

공들여 둘러쳤을 방어 마술이 종잇장보다 더 쉽게 찢어지 고, 허무의 구멍의 바닥에서 상공을 향해 공기가 역행하며 끓어오른다. 대상이 두르고 있던 번갯불이 어둠을 불태우며 그 여파만으로 우리를 크게 날려 보냈다.

세이겐이 정령근으로 이루어진 오른손으로 얼굴을 가리 고 외쳤다.

"플뤼 씨요!"

"괜찮아……!"

화상에 문드러진 오른손을 잡으며 플뤼가 신음했다.

오른손과 비교해 예장의 피해가 적은 것은 그쪽을 감쌌기 때문이리라. 이곳에서 활공용 예장을 상실하면 끔찍하게 추락해 절명할 도리밖에 없다.

구멍의 상공을 쳐다보며 루비아가 외쳤다.

"용!"

그것은 뼈만으로 이루어진 용이었다.

아니.

용만이 아니다.

스승님은 두 마리 해골 용이 이끄는 전차에야말로 눈길을 빼앗겼다.

마치 그 전차에 한때는 자신도 타고 있었다는 듯이.

"신위의 차륜(고르디아스 휠)…… 아니, 마천의 차륜(헤카틱 휠)……."

그것은 그 마안수집열차(레일 체펠린)에서 대치한, 페이커가 다루는 보구.

페이커의 주군인 이스칸다르도 사용하고, 때로 그녀에게 맡겼다는 전차. 서번트로서 그 진명과 함께 자랑스럽게 내세우는 고귀한 환상(노블 판타즘).

플뤼가 혀를 찼다.

"아아, 그런가. 완전히 같은 경로인지는 몰라도 이 허무의 구멍(널 핏)의 존재를 하트리스도 알고 있어서 써먹었단 말이군……!"

고려를 했어야 할 사항이었을지도 모른다.

하트리스도 시계탑에 설정된 균열을 이용하지 않고 옛 심장으로 간 이상, 같은 지름길을 이용할 가능성이 있음을. 그리고 우리의 추격을 예측했다면 모종의 함정을 깔아둘지도 모른다는 것을.

하트리스의 함정은 여기서 정확히 발동했다.

그러나.

우리는 또 하나의 사실도 깨닫고 있었다.

해골 용이 아니라 전차 쪽이었다. 방금 보구의 정의에 따르자면 있을 수 없는 결여가 저기 발생해 있었다.

"아무도 타고 있지 않아······."

두 마리의 용을 다루어야 할 기수는 전차에 탑승하고 있지 않았다.

"페이커의, 마술인가."

스승님이 분한 듯이 중얼거렸다.

전차와 대치한 채로 아직도 그 사실을 수용할 수 없다는 듯이.

"──보구의, 자동제어다."

*

"둑이 열렸다······."

나지막이 하트리스가 중얼거렸다.

한쪽 눈을 손으로 막고 있다. 그 손등에서 영주가 빛나고 있었다. 페이커와의 계약으로 발생한 영주였다.

서번트에 대한, 고작 세 번뿐인 절대명령권.

이미 마안수집열차에서 일어난 사건 중에 한 획을 소비하고 말았다.

"그 남자도 왔고. 아아, 그래, 역시 그렇게 됐군요. 이 예측이 빗나가면 좋겠다고 생각했지만. ——아니, 그 남자가 저를 이해해준다면, 이보다 든든한 일은 없었는데."

손을 떼지 않은 채로 한쪽뿐인 시선을 들었다.

빛의 통 내부에서 서번트의 재림이 진행되고 있다.

압축된 시간은 이미 백 년을 지나갔다. 아직 부족하다. 한참 부족하다. 한 영령을 신령에 이르게 하려면 거기에 필요한 것은 몇백 년, 몇천 년이라는 신앙에 이를 정도의 세월이다.

영기허영재림(靈基虛影再臨).

하트리스는 그렇게 부르고 있었다.

아서 왕의 육체와 정신, 혼을 모방해서 과거의 아서 왕 본인을 재현하려던, 그 묘지기 땅의 응용편. 죽음과 재생을 관장하는, 미궁의 통과의례를 이용해 그다음으로 밀어낸 하트리스만의 독자 마술.

단순히 영령의 한계를 끌어내는 것이 아니라 그 불가능한 그림자를 끄집어내어 신령으로서의 그릇을 주는 술식.

만약 마술사를 위한 신령이 확립되면 현재 시계탑의 마술사도 신대와 같은 형식의 마술을 쓰는 것이 가능해진다. 물론 다른 조건이 다 모인 것은 아닌 이상, 신대 그 자체라고 는 못하겠지만 한없이 그에 가까운 마술이 부활할 터다.

그것을 용납하지 못하는 이는 존재하리라.

그렇기에 하트리스도 각오를 하고 있었다.

"대결하자. 엘멜로이 2세."

그리고.

"페이커."

다시금 빛 내부의 여자를 바라보았다.

살해당하기 위해서 온 여자. 자신의 왕을 신령으로 재림 시키기 위해 제대로 하트리스의 설명도 듣지 않은 채 몸 바 치기를 선택한 여자.

어찌 이렇게 자신과 잘 어울리는 여자였을까.

"당신을 위해서도, 약속을 지키지."

연동된 시계를 한쪽 눈으로 바라본다.

이미 자신과 상대 사이에 단절된 시간에 마음을 보낸다.

그리고.

"영주로써 명한다."

하트리스는 명멸하는 영주를 내걸고 짤막하게 이리 말했 다.

"──나를 위해서, 2000년을 버텨다오. 페이커."

제 4 장

1

"……크…… 클클클클클…… 클클클클클클클클……."

로드 유리피스── 강령과를 다스리는 루프레우스의 웃음소리는 마치 명계에서 부는 바람 같았다.

어쩌면 이 영묘 알비온에 어울렸을까.

"……범인……이라고. ……그래그래. 현대마술과의 어린 계집이…… 퍽이나 콧대 센 말을 뱉는구먼……. 하나, 뱉은 침을 삼키려면 이미 늦었다……."

"물론이지요."

나는 수긍했다.

자신만만하게 보였으면 좋겠지만 당연히 필사적인 연기다. 내용이 있든 없든 우선 내 말에 귀를 기울여주지 않으면 방법이 없다.

"…………."

몇 초, 내 쪽을 바라보다가.

"……아니…… 들을 필요는 없지……."

말을 번복한 노인은 매서운 시선을 원탁 맞은편의 군주에^{로드}
게 보냈다.

"맥다넬. ……회의를 진행해라……. 여기는 하찮은 가짜
탐정의 추리를 개진할 만한…… 자리가 아니야……."

'아예 처음부터 틀어막나.'

나는 입술을 깨물었다.

루프레우스가 하트리스의 공범자든 아니든 간에, 이것은
있을 만한 전개였다. 미스터리 소설이라면 실소할 상황이지
만, 시계탑의 운영회의에서 구태여 탐정의 추리를 들어야
한다는 법률이란 없다. 설령 오라비가 무슨 명추리를 구축
하든지 이야기를 꺼낼 수 없으면 의미가 없는 바라, 어떻게
보면 당당할 만큼 효과적인 한 수이기는 했다.

"고작해야 해부국의 국원이 죽든 말든…… 우리가 알 바
가 아니지. 하트리스의 제자도 마찬가지……. 관위결의에^{그랜드 롤}
서 그런 일에…… 시간을 할애해서 어쩌나……."

그러나.

"의의는 있습니다."

단정한 목소리가 나왔다.

유일하게 원탁에 앉지 않고 아오자키 토코 뒤에 서 있던

여성이었다.

루프레우스가 누런 이를 갈고 그쪽을 돌아보았다.

"아다시노 히시리……."

"법정과로서, 하트리스의 제자들에 관한 사건은 관위결의$_{그랜드 롤}$에 영향을 끼칠 수 있다고 진언하겠습니다."

"그대……! 무슨 속셈이냐……."

"직무를 다하고 있을 뿐입니다."

히시리가 그리 말했다.

안경을 하얀 손가락으로 밀어올린 후리소데의 미녀는 얼음같이 맑은 눈동자로 나를 포함한 군주$_{로드}$ 및 군주$_{로드}$ 대행들을 둘러보았다.

"시계탑의 질서에 관계된 이상, 저희에게는 최선을 다할 권리와 의무가 있습니다. 설령 그것이 관위결의$_{그랜드 롤}$가 열린 자리라 해도."

저 말이 맞는다.

그렇기에 다른 열두 과와 다르게 법정과에는 마술을 궁구하려고도 하지 않는 방침이 허락된다. 시계탑의 보다 나은 질서와 운영이야말로 법정과의 존재의의니까.

"그럼, 어떤 의의가 있다고 하는 거지?"

이건 맥다넬이 물은 말이다.

"물론 투표 결과에 관계되기 때문입니다."

히시리가 말했다.

이 마당에 이르러 그녀의 말에도 태도에도 일절 기죽은 기색이 없었다. 아무리 법정과라고는 해도 열석한 군주^{로 드}들을 앞두고 이만한 담력을 유지할 수 있는 이는 드물 것이다.

"그리고 이 관위결의^{그 랜 드 롤}야말로 하트리스 본인을 제외하고 모든 증언을 모을 수 있는 곳이기 때문입니다."

"……증언이라 나왔나."

어처구니없다는 듯이 루프레우스의 목이 그르렁댔지만, 다음 질문에 그 표정은 작게나마 요동쳤다.

히시리가 이렇게 물은 것이다.

"루프레우스 님. 마키리 조르켄이라는 이름을 아십니까."

"……꿈속에 빠져 지내는 마술사의 이름이지."

"경계기록대^{고 스 트 라 이 너}에 관한 논문을 남겼을 텐데요."

"그대…… 바르토멜로이의 전언을 전하는 것만이 아니라…… 그것을 후벼 파내려고…… 내게로 찾아왔었나……."

루프레우스의 체재지를 히시리가 방문했다는 말은 나도 금시초문이었다. 그녀의 그 행동은 머잖아 관위결의^{그 랜 드 롤}에서 필요해지기 때문이라는 포석이었나.

"하트리스는 페이커라 불리는 경계기록대^{고 스 트 라 이 너}를 소환했습니다. 이 술식 및 정보를 그 남자가 어떻게 모을 수 있었느냐가 쟁점이지요. 마키리 조르켄의 논문은 유력한 후보 중 하나일 겁니다."

"과연, 과연."

맥다넬이 근육질의 목을 아래위로 움직였다.

"슬러가 보구로 습격당했다는 이야기는 나도 언뜻 들었는데. 시계탑의 역사에도 강령과 쪽 극히 일부의 접속^{액세스}이 아니라 완전한 형태로 보구를 쓸 수준의 정밀도로 경계기록대^{고스트 라이너}를 소환하는 데 성공한 예는 희귀할 테지. 루프레우스 옹의 이야기는 꼭 들어보고 싶은걸."

천연덕스럽게 편승하는군, 민주주의의 톱.

물론 그러라고 히시리가 유도한 것이다.

경계기록대^{고스트 라이너}의 구체적인 논문까지 흔들어대면 루프레우스가 틀어막기에도 이야기가 지나치게 커진다. 적어도 이곳의 누군가는 흥미를 보이리라 짐작했다는 것이다.

천개에서 희읍스름하게 용의 마술회로가 내는 빛이 내려앉는다.

루프레우스는 손등의 주름을 쓸 듯이 만지면서 입을 열었다.

"은닉서고에, 오래된 논문이라면 있기야 있었지……. 일곱 기의 영령을 소환하여…… 승리자가 성배를 얻는다…… 그런 동화에 관한 논문이야……. 하트리스 따위는 알 바 없지만…… 혹시 선대 로드 엘멜로이가 그런 동화에 마음이 동했을지도 모르지……."

보구와 경계기록대^{고스트 라이너}의 실존에 관해서는 거론치 않고 어디까지나 논문만 가지고 이야기를 매듭지으려 들었다.

확실히, 이것이 최선의 수다.

동시에 나는 윽 소리가 나오려는 것을 참아내야 했다.

'――의붓오라비가, 그 논문을 읽었었다?'
_{케 이 네 스}

요컨대 의혹을 루프레우스 본인으로부터 이쪽에다 뒤집어씌우는 수법이다. 그 정보를 누설한 것은 선대의 엘멜로이파가 아니냐며 직구로 던진 것이다. 제길, 이 할아범. 진짜로 수법을 가리지 않네!

「――이봐, 오라비.」

그렇게 불렀다.

앞으로의 전술에 관해 상담하고자 정보를 내놓으라고 사념을 날렸다.

그러나.

「――전투 중이다!」

비명 같은 오라비의 응수에 나는 소리치고 싶은 충동을 참았다.

얼마나 난장판 상황인지.

이전의, 교섭과 조사가 동시 정도라면 그럴 수도 있겠거니 생각했지만, 관위결의와 영묘 알비온에서의 전투가 동시라니 꿈에도 생각지 못할 것이다. 아니, 솔직히 말하면 흘끗머리에 스치기야 스쳤지만 그런 상상은 폐기하고 싶었다.

아무리 받아들이기 어려워도 이것이 현실.

지금 우리 앞을 막아서는, 어쩔 도리 없는 장애.

회의와 전투와 범인 수색—— 그 전부가 병렬로 진행되는, 메리 고 라운드처럼 어지러운 상황.

　그리고.

　루프레우스의 탁한 눈동자가 나를 포착했다.

　"저기 천한 인형사가 말했지만…… 하찮은 대화는 지긋지긋하군……. 만약, 그대들이 관위결의(그랜드 롤)를 멈추더라도 이야기를 해야만 하겠다면…… 그 결론부터 내놔라……. 하트리스라는 치의 공범에…… 대체 무슨 의미가 있지……."

　"…………."

　패를 깔 각오를 해야만 한다.

　경우에 따라서는 이곳의 절반을 평생의 적으로 돌릴지도 모를 각오를.

　그렇다면 어떻게 까야 할까. 까기 전에, 무엇을 목적으로 해야 할까.

　"네, 저희는 답에 이르렀습니다."

　말을 꺼내면서 출석자들의 반응을 살폈다.

　"영묘 알비온의 재개발에 임해서, 하트리스는 그 뒷면에서 —— 이 옛 심장의 일각에서 어느 의식을 시작하고 있지요."

　사정을 아는 토코는 즐겁게 입술에 웃음을 띠고, 히시리는 싸늘하게 내 쪽을 응시했다.

　맥다넬과 이노라이는 흥미롭게.

　루프레우스는 못마땅하게.

올가마리는 딱딱한 표정으로.

저마다 딱 그럴싸한 반응이기는 했다. 하트리스의 공범자가 섞여 있다면 그 연기는 훌륭하다고 해도 될 것이다.

그러나.

"그 남자는, 이 영묘 알비온에서 마술사를 위한 신령을 만들어내려 하고 있습니다."

이 한 마디에 아셰아라가 작게 숨을 멈춘 것을, 나는 놓치지 않았다.

*

"괜찮으신가요, 스승님."

"……그래, 한순간 회의에 의식이 쏠렸어."

내 말에 미심쩍게 흔들리던 스승님의 눈이 이성을 되찾았다.

두통을 참듯이 관자놀이를 누르며 공중에서 우리 쪽을 깔아보는 전차를 쳐다본다.

"보구를 원격 조작하기는커녕 자동제어라고! 제길, 그 녀석은 무슨 발악을 해도 못할 타입의 재주군!"
(Fuck!)

스승님의 외침은 숨기지 못한 공포를 숨기고 있었다.

"영령을 신령으로 만드는 술식을 기동하는 이상, 페이커는 직접 싸울 수 없어. 그러니까 하트리스가 있는 곳까지 도착하면 우리만 가지고도 저지할 수 있겠거니 짐작했었는데, 이런 야바위가 아직 남았을 줄이야."

"용종을 장시간 구속해서 보구와 함께 자동제어시키다 니, 신대의 마술이란 이름에 부끄럽지 않은데요. 과연, 여 기까지 닿는 거군요. 그 시대의 마술은."

루비아의 말도 당연할 것이다.

보구는 물론이거니와 용종은 환상종 중에서도 특별한 존 재다.

이처럼 우리를 저지하기 위해서만 존재하는 함정으로 쓰 고 버리다니 상상했을 턱이 없었다.

"하지만!"

활공을 평행으로 회복하면서 소녀가 부르짖었다.

"신대의 신비라 해도 어차피 현대의 마술로 소환된 것이 잖아요!"

루비아의 주위에는 다섯 개 정도가 아니라 무수한 보석이 떠올라 있었다.

이 영묘 알비온을 공략하기 위해 그녀는 저만한 촉매를 들고 온 것이리라.

마술회로를 주파하는 강렬한 마력에 저만한 보석이 호응 하고 있다. 총량으로 치면 아까 전차의 돌격조차^{차 지} 능가할 정 도의 마력량.

인도할지어다
"Lead me!"

보다 나은 미래를 가리키고자 플뤼의 나이프가 번뜩였다.
루비아가 그 방향으로 1소절짜리 주문을 갈겼다.

원 카운트

깨어나라
"Call!"

루비아가 조종하는 보석들이 만화경처럼 무수한 반짝임
과 함께 무지개 검이 되어 빛을 발했다.

컬라이더스코프

동시에 검은 벼락이 허공을 질주했다.

헤카틱 휠
마천의 차륜의 유린.

무지갯빛 보석과 칠흑의 전차가 어둠 속에서 양패구상,
마성의 빛줄기를 뿌렸다.

"애드!"

후 크
구속구에서 풀린 애드가 즉시 변형했다.

큰 방패가 된 애드가 이리로 확산한 충격을 막았다. 어디
까지나 여파였을 테지만 그럼에도 활공 상태의 우리 궤도를
크게 흔들 만한 위력이 있었다.

하지만, 막기는 막았다.

루비아의 보석 마술은 전차를 훼손하기에는 이르지 못했
으나 그 질주를 틀어서 우리의 피해를 최소한으로 죽이는
데 성공했다.

"…………."

문득 생각했다.

신대와 현대의 차이.

과거 영원한 것처럼 순환하던 신대와, 모든 것을 탕진하는 현대. 마술에서도 지금 막 루비아가 낭비한 보석들은 그 상징이지는 않겠는가. 혹은 신대의 잔재인 영묘 알비온을 채굴하는 우리 그 자체가.

"뭐, 서번트라는 녀석이 마스터의 마력에 명줄이 달린 이상, 무한히 이 짓을 되풀이하는 건 아니겠지……."

참으로 생각하기 싫다는 양 플뤼가 중얼거렸다.

일단 나도 받은 인상을 말해보았다.

"……우리가 마안수집열차^{레일 체펠린}에서 싸웠을 때보다는 위력이 떨어진 것 같아요."

진명 해방도 불가능한 이상, 저것은 어디까지나 전차로서의 통상 공격에 불과하다.

그에 비해 우리는 항상 전력이어야만 막을 수 있지만…… 결코 막는 게 불가능하진 않다. 참으로 미덥지 못한, 파고들기는 도저히 불가능할 정도의 빈틈이긴 했지만.

한 호흡 정도의 간격을 두고.

"……저기요, 엘멜로이 2세."

루비아가 입을 열었다.

"어째서 제가 마안수집열차^{레일 체펠린}에 타서 여기까지 온 줄 아세요?"

"글쎄. 고맙다고는 생각하네만."

"친절하셔라. 듣기에 좋지 않다고 해서 모르는 척을 하시게요?"

미소 지은 뒤에 소녀는 극히 심플한 한 마디를 들이댔다.

"열 받아서 그래요."

그녀를 잘 모르는 인물이 들으면 귀를 의심할지도 모를 정도의 험한 말이었다.

"네, 신대의 마술 형식을 일깨우는 것은 신세대뿐만 아니라 많은 마술사들에게 구원이 되겠지요. 근원에 이르는 것은 이미 몽상도 되지 못해요. 그보다는 애초에 근원과 접속한 신령에게 신비를 받아가는 편이 훨씬 효율적이고 확실하지요."

하트리스가 하려는 일.

현대에 마술사를 위한 신령을 만들어내어 신대의 마술 형식을 부활시킨다는, 차라리 황당무계할 정도의 계획. 그것은 확실히 많은 마술사들에게 구원이라고 스승님도 같은 말을 했었다.

"그럼에도 저는 여전히 몇 번이든 주장하겠습니다. ── 엿 먹으라고."

소녀는 분명하게 선언했다.

저잣거리에서 오가는 욕설을 마치 무엇보다 자랑스러운 깃발처럼.

"그것은 신들의 시대와 분단되어 현대의 마술을 선택한 우리의 역사를 배신하는 행위입니다. 설령 과거의 영화에는 까마득히 못 미치더라도 2000년 동안 부지런히 계속해온 진보를 저버리는 행위예요."

언젠가 스승님의 강의 중에 배웠다.

현대의 마술이란 신대가 끝났을 때 시작되었다. 학문이 된 마술은 과거와 목적을 바꾸어 근원을 이르는 것을 바라게 되었다. 몇십 대씩 피를 쌓으며 정신이 아득해질 정도의 재능과 자원을 소비해 꿈의 끝을 머리에 그렸다.

어쩌면 신대의 마술사가 볼 때 의미를 알 수 없는 우행일지도 모른다.

실제로 그 아오자키 토코조차 페이커라는 신대의 마술사 앞에서 "나약하다"는 말을 들었다고 라이네스에게 들었을 정도다.

그러나 그녀는 그 변질에 가슴을 펴고 있었다.

"설령 저의 이 선택이, 장래의 자손들에게 원망받고 저주받게 될지언정, 저는 몇 번이든 이쪽을 선택할 거예요. 마술사들 사이에 새겨진 그림자의 역사가 저를 전범으로 재판하게 될지언정 이 분노를 없앨 수는 없습니다."

보석에 둘러싸인 루비아의 눈동자가 강한 빛을 띠고 있다.

어느 것이나 강대한 마력을 머금은 보석들 중, 그 어느 것보다 강한 빛을.

"왜냐하면 이 분노야말로 저이기 때문이죠."

언젠가 스승님이 말했다.

이 소녀의 정체성은 너무나도 청렴하다고.

마술사임에도 그 방식은 마술사뿐만이 아니라 어떠한 토지에도 통용되는 정공법이다. 결코 어둠 속 깊은 곳만이 아니라 찬란한 빛 한복판이더라도 그녀의 올바름은 잃어버리지 않는다.

그리고 이 순간 생각했다.

어쩜 이렇게 아름답게 화내는 사람이냐고.

소녀의 사나운 미소는 이 허무의 구멍^{널 핏}에서도 아름다웠다.

"그러니까 당신들은 먼저 가세요."

"먼저?"

"말했잖아요. 이 정도라면 저희끼리라도 극복할 수 있습니다. 하지만 시간이 아깝지요. 이미 관위결의^{그랜드 롤}가 시작되었으니, 1초도 낭비할 수는 없어요. 그럴 일이 아닙니다."

루비아가 명확하게, 명석하게 말을 읊었다.

"그렇죠, 오히려 자동제어라는 것도 사정이 좋아요. 마술로 속박된 결과, 본래의 지성을 발휘하는 것 같지도 않고요.

저런 부류의 뼈로 된 용에게 지성이 있는지는 모르겠지만요."

"즉, 자네는."

되물으려던 스승님에게 루비아는 당연하다는 듯이 입술 끝을 끌어올렸다.

"에델펠트의 이름이, 목적을 달성하지 못하는 사태는 말도 안 되니까요. 네, 그러니까 이 자리는 책임져드리겠습니다. 당신들은 표적을 붙잡아요!"

"뭐, 어쩔 수 없지."

"예까정 와서 아무 성과도 없는 기는 내도 사절이라카이."

플뤼와 세이겐이 연이어 말했다.

우리 쪽에 살짝 손을 흔들었다.

"——맡기겠다!"

한순간에 스승님은 판단했다.

구멍 바닥을 향해 활공용 예장을 조종해 가속한 것이다.

"소제도 가겠습니다!"

나도 그 등을 쫓았다.

추격하려던 전차에 보석의 폭풍이 쏟아졌다.

충격과 폭음을 받으며 우리는 허무의 구멍을 내려간다.

마침 구멍은 좁아져서 열차만한 크기가 되고 있었다.

조금 전 전차는 이 아슬아슬한 공간을 통과한 것이리라. 그렇다면 여기만 지나가면 즉시 쫓아오지는 못할 것이다.

비좁은 공간을 지난 순간 다시 한번 요란한 폭발음이 등 쪽에 울려 퍼졌다.

아마도 루비아가 소지한 보석을 사용해 강대한 마술을 행사했을 것이다.

어느 정도의 전투가 저기서 펼쳐지고 있을까. 플뤼와 세이겐도 있으면 결코 자동제어되고만 있을 뿐인 보구에 뒤처지지 않을 거라 생각하지만, 그렇다고 해서 안심할 수 있을 턱은 없었다.

때때로 용의 마술회로가 비추는 허무의 구멍^널^핏을 우리는 다시 추락한다.

바람의 압력을 온몸으로 받으며.

"——들리나, 라이네스."

목소리를 내며 스승님이 관위결의^{그랜드 롤}에 부름을 던졌다.

2

「──늦다고, 우리 오라비!」

부름에 나는 벼르던 기세로 대꾸했다.

그 말에.

「──예상이지만 곧 하트리스와 접촉할 거다.」

오라비의 답변은 이제야 번듯한 성과를 전해왔다.

하나씩, 그러나 서서히 연쇄되어 급격하게 사태가 진행
되고 있다. 마치 감염폭발 같다. 지금이라면 아직 대응할 수
있지만 어디선가 실수하면 즉시 감당할 수 없어질 예감이
들었다.

돌이 비탈을 구르기 시작하면 더 이상 손쓸 수가 없다.

가속이 붙기 전에 이쪽 계획에 넘어오게 해야 한다.

약간 깊이 숨을 들이켰다가 오라비에게 대답했다.

「──그렇다면 상황이 좋아. 이쪽도 패를 깐 참이야.」

하트리스가 이루려는 일.

마술사를 위한 신령 창조.

그 개략을 단숨에 쏟아내었다.

일반적인 마술사라면 일소에 부치고 끝날 것이다. 아무리 마술이 초상현상이라고는 해도 자연히 한도는 있다. 그렇지 않으면 현대도 마술의 세상이 되었을 터다. 황당무계하다 쳐내고 바로 회의를 진행하려는 것이 분명 현명한 생각이다.

하지만 이 관위결의^{그랜드 롤}에 예사 마술사는 한 명도 출석하지 않았다.

"제법 재미있는 이야기군."

맥다넬이 굵은 손가락으로 깍지를 끼고 두 번쯤 끄덕였다.

"마술사를 위한 신령…… 그런 것을 만들 수 있다면, 우리가 근원을 뜻하는 의미도 상실되지. 어디까지나 사실이라면 말이지만, 상당히 뛰어난 묘안이지 않겠나?"

민주주의파의 사고방식으로 그것은 당연하리라.

보다 많은 마술사가 보다 높은 계단으로 발을 올리길 목적으로 한다면 신대의 마술 형식은 틀림없이 지름길이다. 마술사를 인도하는 자로서 맥다넬이 긍정하는 것도 지당하리라.

"……아니다."

그러나 부정의 의지가 회의를 짓눌렀다.

그것은 단 한 명의 노인에게서 넘실대는 강대한 의지였다.

"……웃기지 마라."

노인은 또렷하게 말했다.

"우리가 2000년 쌓아온 역사를 전부 무시하고…… 이제 와서 신대의 마술 형식을 부활시키려 한다고……? 그래, 극동이나 변경 지역에서는…… 아직도 그런 방법을 하는 곳도 있겠지……. 그런데, 이 시계탑에서……? 그게 될 말인가, 그런 짓이 용납되겠나……!"

그것은 오라비의 사념을 통해 닿은 루비아의 말과 질이 같았다.

한쪽은 자랑스럽게, 한쪽은 집념에 찼지만 그들은 같은 결론에 도달했다. 부지런히 계속해온 2000년을 간직하고 안이한 구원을 거절한다.

이야말로 마술사다, 하고 생각한다.

결코 합리적이지 않다. 정치적이지도 않다.

애초에 그런 이치라는 것을 생각할 수 있으면 마술사라는 길을 물려받지 않을 것이다. 귀족주의의 마술사로서 루프레우스가 부정하는 것은 이 또한 지극히 자연스러운 흐름이기는 했다.

"그대는…… 하트리스의 제자였지……."

루프레우스가 희번덕거리며 아셰아라를 노려보았다.

어색하게 아셰아라가 끄덕였다.

"네. 닥터 하트리스의 가르침을 받았습니다."

"그렇다면 대답해라……. 그 어리석은 전 학부장은……
정말로 그런 술식을 성사할 수 있는가……?"

"윽……."

순간, 아셰아라의 호흡이 멈추었다.

망설임을 깨트리듯 부드럽게 맥다넬이 타일렀다.

"아셰아라. 해부국의 국원으로서의 의견을 개진해다오."

이것 보셔, 뭐가 해부국의 아셰아라가 자신에게만 유리한
말을 할 리가 없다는 거야. 숨길 생각도 없이 아주 찰싹 붙
었잖아.

아무튼 간에 몇 초 간격을 두었다가 아셰아라가 입을 열
었다.

"마안수집열차에서 경계기록대를 소환했다고 말씀하셨
지요. ……게다가 마키리의 논문을 읽고 에미야의 봉인술
식을 가지고 나왔을 가능성도 있다고 하고요. 슬러 지하의
불안정한 균열을 이용해 영묘 알비온에 잠입했다고도."

아셰아라가 요항을 짚어간다.

이쪽 재료는 그레이의 고향 이야기만 빼고 다 털어났다.
하나하나 눈치를 살피며 패를 까는 것이 더 좋겠지만, 그럴
여유가 없었기 때문이다.

게다가 나로서는 한 가지 더 이유가 있다.

"그렇다면 불가능하진 않다고 생각합니다. 그 남자가 이만한 신비를 모아서, 학부장의 지위조차 내던지고 10년의 시간을 소비했다면, 가능성은 있을 겁니다. 극히 어려운 술식이 되겠습니다만, 닥터 하트리스에게는 그럴 만한 기술과 이능이 있습니다."

"요정의 납치로…… 얻었다던, 정체불명의 이능 말인가……."

루프레우스가 희미하게 신음했다.

오만하기 그지없는 강령과의 군주라 해도 요정이란 이름은 무시할 수 없었기 때문이다. 영령의 보구가 마술의 구조만으로는 완벽히 해석할 수 없는 것과 마찬가지로 요정 또한 현대의 신비 바깥에 있다.

혹은…… 오밀조밀 이어진 현대의 마술로 완벽히 해석할 수 있는 사항이란 신비의 극히 일부에 불과하다고도 할 수 있을 것이다.

「──좋아, 아셰아라가 인정하게 만들었군.」

오라비의 사념이 내 뇌에 닿았다.

「──하지만 지금부터 어떻게 하지?」

「──아셰아라를 끌어냈으면, 회의를 다음 포인트로 가져갈 수 있어.」

나 혼자서 이야기를 진행하며 요령껏 꼬리를 잡아봤자 맥다넬이 끼어들면 끝장이다. 맥다넬과 나는 격이 다른 이상, '그것은 관위결의와 관계없다'고 하면 그 이상 추궁할 수단이 없기 때문이다. 그러나 동격인 루프레우스가 흥미를 보인 지금이라면 그대로 회의와 연루시킬 수 있다.

제길, 아오자키 토코가 재미있다는 듯 웃어대는군.

이쪽 사고도 술수들도 파악하고서 관위결의의 반면을 관전하고 있다.

하긴 그렇다고 해서 우리에게 수단을 가릴 여유라곤 없지만.

"한 가지 더, 질문할 수 있을까요."

내가 의견을 냈다.

"아셰아라 씨. 당신이 보기에, 하트리스와 그의 제자인 크로는 어떤 관계였습니까."

"……크로?"

루프레우스의 말에 물음표가 붙은 것도 당연하다.

원래부터 하트리스 본인과 접촉이 없었으므로 제자 이름 따위야 일일이 기억하지도 않을 것이다. 특히 루프레우스에 이르러선 뒷배가 될 가문도 없는 신세대의 개체 인식을 할 필요가 있는가 생각할 성싶다.

"애제자일까요."

아셰아라가 대답했다.

"숱한 제자 중에서도 크로는 특별했습니다. 본인에게 자각이 있었는지 모르겠습니다만 극히 다양한 방면에 걸친 닥터 하트리스의 마술 및 그 이론을 가장 유연하게 받아들이던 것은 틀림없이 크로입니다."

"제자 중에서도, 라는 말은 당신들 다섯 명 중에서 말입니까."

"⋯⋯⋯⋯음."

아셰아라의 표정에 희미한 긴장이 퍼졌다.

"이번에 살해당하거나 유괴당한──시체가 발견되지 않았을 뿐이지 후자도 살해당했을 거라 저는 생각합니다만──세 명의 제자와 당신, 크로까지 다섯 명은 예전에 영묘 알비온에서 팀을 구성하고 있었지요."

"숨기던 것은 아닙니다만."

거짓말도 오죽해야지.

하트리스의 제자가 되는 것이 부자연스럽지 않게 그때까지의 경력을 사칭한 흔적은 여기저기에 남아있었다. 그렇다고는 해도 이것은 본론이 아니다. 그 점을 꼬집어본들 아셰아라도 회피할 수단은 얼마든지 준비했을 것이다.

그렇기에 그다음 단계로 말을 진행한다.

이건, 자폭을 각오한 수가 되지만 말이지?

"한 식구의 망신을 드러내는 꼴이라 면구스럽습니다만, 당신들은 그 시절부터 알비온에서의 밀수를 성공시켰던 것이 아닌지."

"……뭐라?"

루프레우스가 눈길을 보냈다.

"……알비온에서의…… 밀수……? 무슨 소리지……?"

탁한 눈동자에 아세아라의 얼굴이 비쳤다.

이 경우, 즉시 부정하지 않은 것은 역시 대단하다 할 수 있을 것이다. 당황해서 그런 수로 나왔으면 나야 꽤 편했겠지만.

"증거는 있으신지요."

"상황증거라 송구하지만 슬러의 장부를 뒤져봤습니다."

나는 장부의 사본을 원탁 위로 턱 올렸다.

"여기저기 숫자에 숨겨두었지만 만년 적자였던 슬러의 수입이 크로와의 접촉이 있었다고 짐작되는 5년 동안부터 크게 개선되었더군요. 아아, 우리 학생 중에는 평소 수업에는 전혀 열성을 보이지 않지만 이런 숫자의 불합리는 금세 눈치채는 변태가 있어서 말입니다."

물론 플랫을 말한다.

말하기로, "딱 들어맞지 않는 숫자는 볼록 뛰어나온 것처럼 보이잖아요." 라고 해서, "너 마술회로만이 아니라 뇌도 변태구나." 하고 내가 받아친 것은 양해 바란다.

아무튼 플랫이 눈치챈 불합리한 숫자를 스빈이 체크해서 누구나 알기 쉽게 변환하였다. 엘멜로이 교실 쌍벽이라는 면모를 보여주는 활약이다.

장부 사본을 휙 훑어본 아세아라는 살며시 눈썹을 찌푸릴 뿐이었다.

그럼 여기선 밀어붙이겠다.

"물론 알비온은 본래 밀수란 불가능하니까 성립되는 장소입니다."

나는 말을 이었다.

"그러나 닥터 하트리스는 불가능하지 않음을 증명했습니다. 그렇지 않습니까? 슬러 지저에 불안정해도 알비온으로 이어지는 균열이 발생하는 것을 하트리스는 꿰뚫어보았으니까요. 그 시기도 위치도 완벽하게."

그렇지 않으면 그 타이밍에 슬러 지하까지 보구로 길을 내고 알비온에 이동하기는 불가능했을 것이다.

"그러면, 하트리스는 무슨 수로 그런 수단을 손에 넣었는가."

한 박자 띄우고 나는 말했다.

"당신들 다섯 명의 팀이라는 선발주자가 있었기 때문 아닙니까? 아뇨, 아마도 그중에서도 당신이 하트리스의 애제자라고 말한 크로야말로 알비온과의 밀수를 성공시킨 요점이었던 게 아닌가요?"

"…………."

아세아라는 침묵했다.

아아, 제길, 궁지에 몰고 있는 내 쪽도 심장이 불안하다.

여하튼 순 가설에 순 추측뿐.

당장에라도 끊어질 듯한 밧줄 위에 외줄 타기를 하는 꼴이다. 어떻게 보아 이런 외줄 타기가 성립하는 이유는 용의자를 모으고 하는 추리 쇼가 아니라 시계탑의 운영을 결정하기 위한 회의이기 때문이다.

미묘한 역학관계의 대화이기 때문에 논리로서는 허약해도 도망치는 아셰아라를 물고 늘어질 수 있다.

"당신들 다섯 명의 팀은 이 밀수로 금전을 얻어 정식 루트로 알비온에서 생환했습니다. 그 후, 밀수 상대인 하트리스의 비호 아래로 들어가는 것은 자연스러운 흐름이었을 테지요. 하트리스로서도 한동안은 수중에 두는 편이 안심일 테니까요."

그렇기에 여기서 또 하나 패를 깔 수밖에 없다.

"왜, 하트리스가 다른 제자들을 실종시켰는가."

최대한 감정을 죽이고 담담히 말한다.

"저희는 이것을 복수로 보고 있습니다."

"복수?"

이노라이의 한쪽 눈썹이 올라갔다.

"스승이, 제자에게 말인가? 그러면야 앞뒤는 맞지만."

완전히 납득하지 못한 건 당연하다. 내가 지금부터 하려는 말은 다소 뉘앙스가 달라진다.

그렇기에 아셰아라에게 다시금 물었다.

"짚이는 바는 있습니까. 아셰아라 씨."

"아무것도."

고개를 내저은 아셰아라에 이어 오라비의 사념이 말을 건넸다.

「——이봐, 라이네스.」

「——어쩔 수 없잖아, 오라버니. 이에 관해서는 증거가 모이지 않았어. 억지 같아도 여기서 자백을 끌어내는 수밖에 없다고.」

그래, 아직 증거는 모이지 않았다.

오라비가 쌓아 올린 추리의 핵심이라고 하건만, 이런 것은 뜬금없는 발상이라 비방을 받아도 어쩔 수 없다. 하지만 그렇기에 여기서 들이밀 수밖에 없다.

"10년 전에 말이죠."

나는 말했다.

"10년 전, 애제자로 선택된 크로를 제외한 당신들 네 명이, 닥터 하트리스를 살해했기 때문입니다."

＊

"——방금, 그건?"

말을 건네자 스승님은 떨떠름한 표정을 지었다.

'이렇게 될 줄 예상은 했었지만 결코 환영하지는 않았어'

라고 털어놓는 것만 같았다.

"라이네스의 도박이야."

그리 짧게 말했다.

아까 세이겐의 마술은 아직 유지되고 있다. 거리가 멀어진 루비아 일행과는 연결되지 않은 모양이지만 나와 스승님 사이에는 어느 정도 상황이 공유되고 있었다.

"확증을 얻은 것은 아니야. 하지만 저기서 아세아라를 흔들어볼 수밖에 방법이 없어. 어떻게 보아 나보다 라이네스 쪽이 적임이었을지도 모르겠군."

"하지만 하트리스가 죽었다니, 무슨 소리인가요."

그렇다면 우리가 쫓고 있는 것은 누구인가.

유령을 쫓고 있는 기분이 들어서 약간 가슴에 동요를 느꼈다. 묘지기 노릇을 하던 시절, 그토록 두려워하던 대상으로 하트리스가 전락했더라면?

"소기의 답은 있네. 하지만 현 단계의 관위결의^{그랜드 롤}로는 저렇게 진행할 수밖에 없어. ──확증을 얻기 위해서는 여기서 우리가 하트리스를 궁지에 모는 게 가장 첩경일세."

그렇구나, 하고 생각했다.

이전, 하트리스의 제자가 가진 공방의 조사와 맥다넬과의 회담을 동시에 진행했을 때처럼 이번에도 두 사상은 연결되고 말았다. 동요하는 관위결의^{그랜드 롤}의 반면과 대미궁을 방황하는 우리의 운명은 하트리스를 둘러싼 수수께끼의 중력에 끌려가 빙글빙글 위성처럼 맴돌고 있다.

그러나 초조감은 서서히 물러갔다.

우리는 지저의 허공을 내내 추락 중이다.

마치 지저의 제트코스터. 아니면 유성에 타고 있는 것 같다. 암흑 속을 그저 둘이서 떨어진다.

"……분명, 머지않았겠네요."

"……그래."

스승님이 끄덕였다.

거꾸로 떨어지면서 나와 스승님은 어째선지 차분한 마음가짐을 되찾았다.

루비아 일행과 분단됨으로써 한 가지 결심이 선 것 같은 —— 내 고향에서 시작되었던 일련의 사건에 드디어 끝날 때가 가까워졌다는, 그런 예감을 느끼고 있었다.

"이히히히히, 기분 내는 중에 미안하지만 나도 있다고!"

애드의 목소리에 그만 웃음이 새고 말았다.

"그러면, 돼요."

그리 대꾸했다.

"애드가 없으면 소제는 곤란해요."

내 말에 오른쪽 어깨의 구속구(후크) 속 상자는 잠깐 입을 다물었다.

"너무 솔직하면 영 기분이 그래!"

애드의 투덜거림에 쓴웃음을 흘렸다.

여러 사건을 거쳐 이런 땅속까지 와서야 비로소 우리는 괜찮은 팀이 된 기분이 들었다.

"여기까지 오면 나라도 하트리스의 위치를 쫓을 수 있지."

스승님이 금화 한 닢을 품속에서 꺼냈다.

"그때의, 스타테르 금화."

토코와 페이커가 싸웠을 때 라이네스가 주웠다는 금화.

하트리스가 신령 이스칸다르를 소환하려 한다고 스승님이 간파한 것도 그 금화 덕분이었다.

"이것은 직접 페이커와—— 페이커가 재림하는 신령 이스칸다르와 연결되어 있지. 마력의 흐름을 따라가면 저절로 그 녀석들하고 만나게 될 거야."

"히히히! 드디어 때가 왔다 이건가! 히히히히히히히, 참 길었어!"

애드의 웃음소리가 갑자기 멈추었다.

그 원인을 나도 알아채고 있었다.

거꾸로 뒤집힌 내 머리 위—— 즉, 허무의 구멍^{널 핏}의 더 깊은 바닥이었다.

"이봐, 뭐야, 저게……."

애드의 목소리가 이렇게 공포를 머금은 것은 처음일지도 모른다.

몇 초 늦게 스승님도 같은 방향을 보았다.

"만약……."

중얼거리는 스승님의 목소리는 쉬어 있었다.

"만약 이 허무의 구멍이 이어지고 있는 곳이 옛 심장 수준이 아니었다면……?"

"스승님……?"

스승님은 이 영묘 알비온에 들어온 뒤로 가장 절망적인 표정을 짓고 있었다.

아직 아무것도 보이지 않는다. 그런데도 그 기척만으로 우리는 완전히 움츠러들었다. 그야말로 신대의 마술사인 페이커를 앞두고도 이만한 무력감은 맛보지 못했건만.

"이 구멍이…… 요정역이거나, 그것에 가까운 어딘가까지 닿았다면. 혹시 신대보다 더 위험한 그 토지로."

이윽고 나와 스승님은 어둠의 바닥을 엿보았다.

빛, 이다.

보다 정확히는, 빛이 서린 눈동자였다.

빛은 여섯 개 있었다. 즉, 목은 세 개였다.

우리를 송두리째 잡아먹으려 드는, 세 머리를 가진 거수의 아가리.

"어……."

이상하다.

거리감이, 잘못되었다.

애당초 지금도 낙하하고 있는 중인데, 괴물은 전혀 가까워지지 않고 있다.

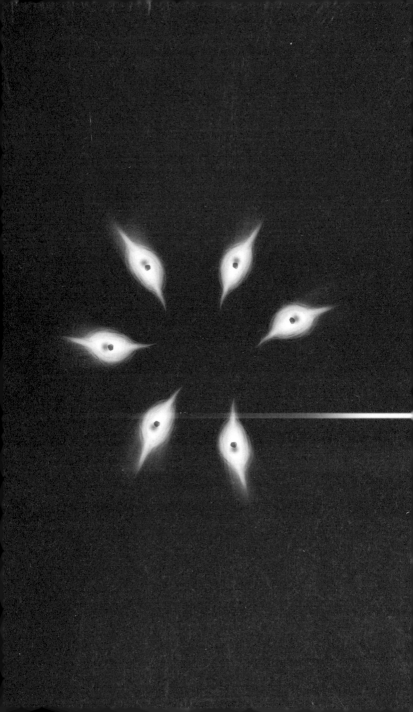

"상대가…… 지나치게 거대해……?"

그렇다면 저 안구 하나하나가 수십 미터는 되는 셈이리라. 거수의 체격과 이 허무의 구멍 크기 사이에 모순이 발생한다. 우리의 감각이 그 모순의 조정을 마치지 못해 혼란을 일으키고 있다.

"설마, 명계의 번견^{케르베로스}……!"

스승님의 외침이 고막을 때렸다.

"아니, 그게 아니야. 번견^{케르베로스} 및 아바돈과 같은 원류이며, 같은 원형을 가진 짐승……? 경우에 따라서는…… 이것이 바로……."

끊어진 음성에 나도 목이 말라붙은 것을 느꼈다.

글렀다.

시야에 더 이상 두었다간 그것만으로도 혼이 날아갈 수 있다.

저것은 환수는커녕 신수에 발을 들이민 괴물이다. 영묘 알비온의 기생생물 수준이 아니다. 차원이 다른 권능을 몸에 두르고 이미 현대의 마술 따위로는 절대로 동렬에 낄 수 없는 룰을 내장한 규격 외.

……기억하고 있다.

나에게는 딱 한 번, 비슷한 것과 만난 기억이 있었다.

아오자키 토코의 상자. 혹은 그녀의 체내에 숨어 있던, 형용하지 못할 괴물.

결코 동일하지는 않다. 그러나 규격 외라는 한 점에서 동종인, 인류 따위의 인식으로는 따라잡지 못할 괴물이 구멍 밑바닥에 도사리고 있었다.

영묘 알비온의 터주라고 해야 할 짐승.

"스, 승님……."

경련하는 목이 가까스로 그 이름을 흘렸다.

"숨을, 멈춰……."

스승님이 그리 대답했다.

"절대로…… 절대, 들키지 마……."

금화를 들고 활공하는 스승님이 필사적으로 어금니를 악다물었다.

3

「──이봐, 왜 그래, 오라비?」

또다시 오라비의 응답이 끊어지자 나는 이를 갈았다.

초조감이 심장을 움켜쥐었다.

그저 사념 자체는 아직 연결되어 있었다. 이쪽과 대화나 나눌 수 없는 사태가 되었다는 뜻일 것이다. 제길, 저쪽이나 이쪽이나 골칫거리 천지인가. 대강의 추리 내용은 들었지만 지금부터는 고립무원이나 다름없잖아.

그런 나에게로.

"닥터 하트리스의 제자인 저희가, 스승을 죽였다……?"

아셰아라는 목소리로 내며 쿡 웃었다.

갈색 피부가 죽은 용의 마술회로에 의해 요염하게 빛난다.

"당치도 않은 말씀을 하시네요. 그렇다면 당신이 거론한 실종 사건의 범인이 닥터 하트리스라거나, 하트리스가 마술사를 위한 신령을 만들어내려고 한다던 이야기가 전부 의미를 잃는 것이 아닌가요?"

"그에 관해서는, 나중에 답해드리겠습니다. 지금은 그 사실을 확인해 주십사 합니다."

"사실이라니요. 아무래도 아직도 주장하실 요량이시나 본데, 그런 짓을 해서 제자인 저희에게 무슨 이득이 있지요? 확실히 애제자였던 크로를 제외하고 저희는 이미 다음 길로 나아갔습니다만 그래서는 그냥 스승의 뒷배를 잃을 뿐이지 않나요?"

"이익이라면 있고말고요."

나는 돈벌이를 발견한 장사꾼마냥 장담했다.

"당신들은, 애제자인 크로를 제외하고 처음부터 닥터 하트리스의 제자 같은 것이 아니었기 때문이지요."

"호오. 무슨 소리지?"

질문한 이는 이노라이였다.

나는 노파에게 시선을 보내고 말을 이어갔다.

"영묘 알비온의 탐색자 중에는 사전에 시계탑 파벌의 명령을 받고 잠입한 공작원이 섞여 있기 때문입니다."

토코가 간파하고 오라비가 당도한 가설.

루프레우스가 말을 꺼내지 않는 것을 보건대 본인도 하고 있거나 혹은 가까운 파벌이 했다는 말을 들은 것이리라.

"다섯 제자 중에서도, 최소한 살해당한 캘루그는 그랬습니다."

형제였던 캘루그와 조렉이 뒤바뀌었을 가능성에 관해서는 일단 생략한다. 이야기가 진행되지 않아 군주^{로드}들의 관심을 끌지 못하면 바로 이 자리에서 끌려 내려올 수 있기 때문이다.

"아, 그렇지, 지금 이 이야기를 조사한 것은 저만이 아닙니다. 저기 있는 아오자키 토코 씨도 포함됩니다."

"내게 패스를 보냈나. 그러고 보니 하트리스와의 대화를 들었더랬지."

토코가 쓴웃음 짓고 가녀린 어깨를 으쓱였다.

하트리스의 제자가 다른 이의 스파이라는 사실은 우리보다 토코가 먼저 당도한 사실이었기 때문이다.

──『그들은 누구의 제자였던 걸까 하고 묻고 있는 거라고, 전 학부장.』

슬러 지하에서 페이커와 토코가 싸웠을 때의 일이다.

하지만 지금 중대한 것은 그녀의 입으로 그 사실을 추인(追認)시키는 것이다.

"할 수 없지. 숨어서 들었다고는 해도 사실은 사실이야.

책임상 긍정해둘까. 맞아, 나는 그렇게 하트리스를 추궁했지. 대답은 이렇더군. ——나는 그들에게, 너의 인생을 가장 빛나는 것에 바치라고 말했다. 그들에게는 바쳐야 할 것이 있었다. 그러니까 그럴 만해서 그럴 결과를 낳은 셈이라고."

"……윽."

아셰아라의 시선이 한순간 흔들렸다.

관위마술사가 추인한 이상, 이미 이 사실은 움직이기 어렵다. 섣불리 부정하다가 단숨에 입장이 무너지는 사태를 두려워한 것이리라.

"가령 그것이 사실이라고 해도, 어쨌다는 것입니까."

철판을 깔기 시작했다.

과연, 부정보다 더 영리한 전술이다. 발언력 저하가 최저한으로 그친다.

"애당초, 저의 스승—— 닥터 하트리스를 은밀히 죽이기는 불가능합니다. 런던에서 메인 학과의 학부장이 죽기라도 하면 금세 들통 날 텐데요."

화제의 초점을 틀었다.

그래, 아직 상대방이 더 유리한 거지.

우리는 외줄 타기를 성공해야만 하지만 상대는 허름한 밧줄 중 어디 한 곳만이라도 자르면 이기는 셈이니까.

그렇기에 신중하게 끄덕이면서 나도 대화에 다음 독을 탔다.

"그러네요. 런던 어디에도 시계탑의 눈이 닿고 있지요. 암살까지는 가능할지도 모르지만 마술전의 흔적은 어딘가에 남을 수밖에 없습니다. 학부장을 죽여 놓고 누구에게도 들키지 않기란 어려울 테지요."

"이해해주셔서 감사합니다."

"하지만 당신들에게는 누구에게도 들키지 않을 장소가 있습니다."

원탁을 손끝으로 만졌다.

전원에게 말이 침투하기를 기다렸다가 나는 이렇게 말했다.

"당신은, 10년 전에 영묘 알비온으로 하트리스를 불러들인 것이 아닙니까."

"그거, 밀수를 가능케 한 수법?"

올가마리의 눈이 살짝 커졌다.

끄덕이고 말을 이었다.

"네, 하트리스가 슬러 지하에서 불안정한 균열^포털^을 이용했듯이, 아세아라 미스트라스는 10년 전에도 이 수법을 이용했을 겁니다. 크로를 제외한 제자 대부분은 하트리스 슬하를 떠났습니다. 조사하기로, 당신이 마지막이 되었다던데요. 그렇다면 스승에게 보은하고자 영묘 알비온에 안내하고 싶다고 말했을지도 모르겠군요. 마술사가 보자면 해부국을 빼고 알비온에 내려설 기회는 놓칠 수 없지요. 하트리스는 자못 기뻐했겠습니다.

　동시에, 시계탑의 감시도 이곳에는 미치지 않지요. 영묘 알비온은 알비온 독자적인 룰로 움직이고 있기 때문입니다. 그리고 그 룰은 당신들의 영역일 테지요. 물론 마술사로서는 학부장인 하트리스 쪽이 우수했겠지만 그 점에서도 당신들은 영묘 알비온에서 단련된 팀입니다. 연구자 쪽 마술사를 죽일 수단이야 얼마든지 마련할 수 있었을 겁니다."

　"…………."

　또다시 아셰아라가 침묵했다.

　하지만 이번에는 반론하려는 기척을 엿볼 수 없었다.

　루프레우스와 아오자키 토코 쌍방이 흥미를 보이는 이 환경에선 섣부른 항변이 더욱 불리한 상황을 부름을 깨달은 것이리라.

　"네, 이때 애제자 크로는 반대한 것일 테지요. 그렇다면 크로를 데려가지 않으면 끝나겠습니다만 아마 균열^{포털}을 찾으려면 그 애제자는 불가결했을 겁니다. 뭐, 균열^{포털}이 어느 정도 시간 동안 유지되는 것은 페이커가 슬러를 습격했을 때 알았으니 알비온으로 이동만 하면 재빨리 하트리스도 크로도 죽이면 그만. 어쩌면 설득 정도는 하려 했을지도 모르겠습니다만 이것도 균열^{포털}의 지속 시간을 보면 거의 의미가 없었을 테고요."

　"……아무리 그래도 폭론이 과한 것이 아닌지."

비로소 쥐어짜내듯 아셰아라가 말했다.

물론 맞는 말이다. 다 알고 하는 짓이지. 정론이 통할 곳이라 생각했었냐, 하고 되묻고 싶다.

"단지, 그렇기에 그 단기간에는 시체의 확인을 못했던 게 아닌가요?"

"……무슨, 소리인가요?"

"아까 당신이 했던 질문 말입니다. 지금의 하트리스가 누구냐는 것이요. 시체를 똑바로 확인하지 못했다면 지금의 하트리스가 누구인지 추려낼 수 있습니다. 왜냐면 지금의 하트리스는 이전 애제자인 크로밖에 특정하지 못했던 불안정한 균열의 위치와 시간을 특정하지 않았습니까."

"당신……."

아셰아라가 낮은 신음과 함께 말문을 잃었다.

맥다넬은 섬뜩할 만큼 조용히 딸의 그 모습을 지켜보고 있었다.

"당신은 설마…… 지금의 하트리스가 크로라고 말하는 거야……?"

"하트리스── 지금 하트리스라고 이름을 밝힌 마술사의 변신술에는, 마안수집열차에서 저희도 한 방 먹어서요."

카울레스로 연기한 탓에 우리가 얼마나 골탕을 먹었는지.

그만한 변신술이 있으면 오래 알고 지낸 스승의 모습으로 위장하는 것쯤이야 지극히 손쉬울 것이다.

"……말도 안 돼!"

아셰아라의 음성은 비통할 정도로 일그러져 있었다.

"그러니까 물었습니다. 시체를 확인하셨느냐고."

"…………."

여자의 안색에서 삽시간에 핏기가 가셨다.

물론 아셰아라도 뛰어난 마술사이니 그 정도의 신체 기능은 자유롭게 제어할 수 있을 터다. 반대로 말하면 현재 아셰아라는 그 정도의 신체 조작도 잊을 만한 충격을 받은 것이었다.

"그런 건…… 죄다 가설에 가설을 거듭한 엉터리잖아!"

"물론이지요."

나도 인정했다.

역시 긍정은 해두어야 진행이 된다. 여기까지는 어디까지나 사전준비. 대화를 진행하기 위한 조각^{피스}에 불과하니까.

"하지만 다음은 가설이 아닙니다. 영묘 알비온에서 돈독한 관계인 마술사가 증거를 찾아주었습니다."

알비온의 마술쟁이 겔라프.

오라비가 조사해달라고 말한 것은 바로 이것 하나였다.

"하트리스의 제자, 크로의 풀 네임이지요."

"크로의?"

아셰아라가 얇은 눈썹을 찌푸렸다.

분명, 두 사람은 똑같이 알비온 출신이었을 터다. 어쩌면 소꿉친구였을지도 모른다. 그런데도 배신할 때는 배신하는 것이 마술사라는 것이리라. 과연 배신을 시킨 것은 맥다넬이었을지 어땠을지.

"이것은 당신도 몰랐던 게 아닐까요. 이 토지에서는 성이 없어도 아무도 신경 쓰지 않겠지요. 만약 알고 있었으면 어떠한 기록에 남아있었을 가능성이 크니까요."

젤라프에게는 감사할 수밖에 없다.

나에게 이 회의에서 빠트릴 수 없는 은탄환이었으므로.

"당신들은 하트리스의 살해에 반대한 크로를 말살하지 못했습니다. 아마도 모종의 수단으로 시체를 위장한 것이겠지요. 이 또한 저희는 잘하는 분을 한 명 알고 있거든요."

나는 토코의 등 뒤로 눈길을 돌렸다.

그녀가 데려온, 법정과의 여마술사에게로.

"어머, 혹시 저를 말씀하시나요?"

히시리가 놀란 듯이 눈을 깜빡였다.

연기에 어떤 평점을 주어야 할지는 모르겠다. 아아, 히시리도 이 때문에 만난을 마다하고 관위결의^{그랜드롤}에 왔을 텐데.

"그의 이름은 쿠로 아다시노^{당신}."

소리가 뚝 끊어졌다.

그 의미를 모두가 깨달았기 때문이리라.

아셰아라는 경직되고, 올가마리가 침을 삼켰다.

맥다넬은 굵은 목에 손을 짚었다.

루프레우스는 메마른 기침을 흘릴 뿐이었다.

이노라이와 토코는 어딘지 비슷한 표정으로 눈을 빛냈다.

"동양의 성과 이름순대로 나열하면, 아다시노 쿠로가 될 겁니다."

말한 내 쪽이 한숨을 쉬고 싶어졌다.

정말이지, 어디부터 연결되었는지. 시계탑의 음모극에는 10년짜리 100년짜리 책략도 있을 수 있지만 복잡함으로 따져서 이것은 특출나다.

이렇게까지 숨겨낸 것을 과연 법정과라며 찬사를 보내야 할는지.

"당신이 숨기던 패는 이거군요. ──네, 그레이로부터 들었지요. 마안수집열차 사건에서, 당신은 자신의 오빠를 쫓고 있다고 말했었어요. 닥터 하트리스는 같은 널리지의 양자라서 그렇다는 둥 말했는데, 이 사실을 알고 나니 기가 찬 변명이죠."

아아, 그때 히시리의 말은 이렇게나 심플했다.

지금의 하트리스는 정말로 자신과 피를 나눈 오빠인 것을 히시리는 깨닫고 있었으니까.

"어떻습니까, 미스 아다시노."

아다시노 히시리는 옅은 미소를 띠고 있었다.

나는 동양의 예술이라는 노(能)에서 쓰는 탈을 떠올렸다.

*

여럿 연결된 나선의 빛 속에서 하트리스는 문득 입술을 움직였다.

역시 한쪽 눈은 막은 채다.

한 획만이 남은 손으로 얼굴 절반을 가리고 있었다.

"……오고 말았습니까."

발밑으로 시선을 내린다.

술식을 기동하기 위해서 거기에는 몇 가지 물건이 배치되어 있었다.

우선 한때 에미야라 불리던 마술사였던, 살아있는 마술예장. 이 술식을 관리하기 위한 시계. 그리고 주위에 어마어마하게 진열된 스타테르 금화.

그 금화가 떨리고 있었다.

아마도 엘멜로이 2세는 충분히 접근한 뒤에 그가 주운 스타테르 금화를 사용해 하트리스의 위치를 탐색하려고 했을 것이다.

하지만 하트리스 또한 금화를 주운 사실을 눈치채지 못한 것은 아니었다.

상대가 금화의 경로(패스)를 통해서 탐색한다면, 당연히 하트리스도 같은 행위가 가능하다. 만에 하나 엘멜로이 2세가 쫓아왔을 때의 보험으로 하트리스는 이 금화를 이용할 심산이었다.

만에 하나란, 바로 이 순간이었다.

그는 금화 표면을 손가락으로 어루만지며 말했다.

"제가 할 수 있는, 최후이자 최대의 방해가 이것입니다."

지독히 지친 것처럼 목소리가 가라앉았다.

페이커가 지금 맛보고 있는 막대한 시간을 마술사도 경험하고 있는 것만 같았다.

"혹은…… 제가 떨어진 최후의 함정이."

목소리와 마력이 뒤틀린 빛의 공간으로 번져나간다.

"편히 주무십시오……. 엘멜로이 2세."

그렇게 말하고 붉은 머리카락의 마술사는 뜨고 있던 한쪽 눈을 감았다.

*

조용히, 조용히, 우리는 활공하고 있다.

마력 소비도 최저한으로 누르고 허무의 구멍(널 핏)을 필사적으로 잠행하고 있다.

관위결의에서 밝혀진 여러 가지 충격조차 지금의 우리에게는 허상보다 더 얄팍했다. 가슴을 물밀 듯이 채운 검은 것이 모든 것을 뒤덮고 있기 때문이다.

다시 말해, 공포다.

지금이라면 우리가 어디서 왔는지 단언할 수 있다.

이 검고 무거우며 구원이 없는 공백에서 우리는 태어났다. 어둠보다 한층 더 어두운 심연이야말로 요람이다. 마치 우주의 진공에 홀로 내던진 것 같다. 얼어붙어 죽을 듯한 것은 육체도 정신도 아니라 훨씬 중대한 혼의 문제였다.

벽이 닿을락 말락 한 곳에서 서서히 활공을 속행한다.

몇 군데 옆으로 난 굴이 보였다.

아마도 그중 하나가 하트리스와 연결되어 있을 것이다.

스승님은 창백한 것을 넘어서 이미 흙빛이 된 표정으로 떨림을 참으며 손아귀의 금화를 응시하고 있었다. 꼴불견이라 비방하는 이도 있으리라. 딱하다고 슬퍼하는 이도 있으리라. 그러나 같은 공포의 도가니에 있는 내가 보자면 이만한 공포 속에서도 여전히 최선을 다하며 움직일 수 있는 쪽이 훨씬 든든하고 별의 한 조각처럼 고귀했다.

"조금 더…… 조금만 더, 가면."

중얼거림조차 사력을 다해 억누르고 있다.

구멍의 바닥을 볼 용기는 나에게도 스승님에게도 없었다.

상대방이 보자면, 우리는 겨자씨 정도의 존재일 것이다.

존재로서의 급수가 너무나 다르다. 차원이 다르다 함은 바로 이것이다. 영묘 알비온보다 더 아래, 옛 심장조차 더 넘어간 곳에 있는 룰의 구현. 스승님이 무심코 말하려던 것처럼 명계의 번견이라는 신화가 존재하는 것은 저 짐승의 존재를 사람들이 잊었기 때문이 아니겠는가.

아주 살짝, 바람이 악취를 나른다.

결코 크지 않은데도 으르렁대는 소리에 허무의 구멍 전체가 삐걱거린다.

그 모든 것을 제대로 의식하기만 해도 기절할 것만 같다. 온갖 의지력을 총동원하여 인식을 떼어놓는 것만으로도 나는 한계였다.

금화를 움켜쥔 스승님의 시선이 흔들렸다.

"그레이……!"

저기 옆에 난 굴이라고 몸짓으로 가리켰다.

딱 한순간, 희망의 불이 켜진 줄 알았다.

그때였다.

세 개의 머리—— 여섯 개의 눈 중 하나가 우리를 보았다.

……………….

시간이 날아갔다.

영묘 알비온의 괴물은 아무 짓도 하지 않았다.

그저 바라보았을 뿐이다. 마안이고 사안이고 뭐고 아니다. 그런데 존재의 격차가 우리의 혼을 꺾었다. 손톱도 뼈도 피부도 근육도 폐도 위장도 심장도 척수도 혈관도 뇌도, 모든 게 다 한 번에 쥐어터지는 것 같았다.

호흡이 멎는다.

혈류가 멎는다.

세포 하나하나가 처음부터 돌인 양 정지한다.

공포란 미지에서 발생한다고 누군가가 말했다. 아마 아주 약간 틀릴 것이다. 모르기 때문이 아니라, 알 방법이 없기 때문이다. 절대적이기 그지없는 존재를 앞두고 우리의 인식이 전부 한계에 치달아 주인보다 먼저 자살을 택한 것이다.

아아, 그것은, 참으로 옳다.

"스······승님······."

물론 스승님도 똑같은 상태였다.

"시선을······ 유도한 거야······."

헐떡이듯이 말한다.

물속에서 죽음 직전에 뿜는 날숨처럼.

"역시······ 하트리스는······ 그 녀석이 가진 마안은······."

의식이 끊기기 직전, 나는 그제야 납득했다.

──요컨대.

그만한 준비를 하고도 우리는 영묘 알비온을 얕보고 있었다.

4

이윽고 감탄한 듯이 히시리는 살짝 끄덕였다.

"정말로, 용케 조사해냈군요."

"우리 오라비── 엘멜로이 2세는 처음부터 위화감을 품었다더군요. 한 명만 성을 알 수 없는 것은, 그것을 알면 무언가 특색이 확실해지기 때문이지 않느냐고."

그렇기에 은폐한 게 아닌가 추측한 모양이다.

나도 사고방식이 비슷하지만 오라비의 경우에는 사물보다 사람이 기준인 사고 방법이었다. 더욱 상대에게 가까이 다가갔다고 말하면 될까.

이 경우, 크로라는 제자와 아다시노 히시리 쌍방에게 의문을 품었다고 한다.

"마안수집열차 때도 그랬습니다만 당신은 단순히 법정과

라기에는 적극적인 관여가 많았지요. 하트리스가 같은 널리지의 양자이기 때문이라고 말은 했지만 솔직히 널리지의 양자라면 그 밖에도 얼마든지 있습니다. 하트리스에게 그렇게까지 집착할 이유 같진 않지요."

"거짓말은 하지 않았잖아요."

히시리의 미소는 어딘지 장난기까지 있었다.

"당시부터 지금의 하트리스는 제 친오빠일 가능성이 컸기 때문이에요. 아아, 친오빠라고 해도 배다른 남매이기는 하지만 말예요. 듣자니 제 아버지는 갓 태어난 자식과 전처를 두고 홀로 영묘 알비온에서 생환했다더군요."

"아버지가 생환자였나요."

"후후, 돈을 긁어모아서 겨우 혼자만 나왔다는 뜻이니까 실력은 별 볼 일 없었겠지요. 마술사로서 명맥을 잇기 위함이라고는 해도 실로 어리석다고 생각하지 않나요?"

히시리는 우습다는 듯이 후리소데의 어깨를 들썩거렸다.

"뭐, 아내를 두고 온 쇼크로 지상에 나온 아버지는 많이 얼간이가 되었다더군요. 그 결과, 새 아내에게 저를 낳게 하자마자 죽었고, 덕분에 저도 널리지의 양자로 잠입하기 전까지는 많이 고생했습니다. ──이러면 뭐, 오빠도 자기 성을 대기 싫어지지 않을까요."

여자는 시원시원한 말투로 말을 쏟아냈다.

나부터도 '설마' 하는 생각을 숨기지 못했었다.

그러나 생각해보면 암시는 있었다. 널리지의 양자라고 말하면서 원래 가진 아다시노 성을 쓰던 것은 필시 오빠를 찾기 위함일 것이다. 어쩌면 법정과에 들어간 것도 비슷한 심리의 작용이었을지도 모른다.

살짝 숨을 깊이 들이마시고 물었다.

"언제부터, 그 가능성을?"

"상상하신 바와 같을지도 모르겠습니다만, 법정과에 소속되고 얼마 지났을 적이지요. 아쉽지만 하트리스도 크로도 이미 종적을 감추었습니다만."

두 사람의 실종이 10년 전.

히시리의 나이를 살피면 앞뒤는 맞는다.

"그러면, 당신은 크로의 비밀을 알고 있는 건가요."

"네. '아마도' 라는 단서를 달아야 하겠지만요."

히시리가 안경다리를 쓱 쓸고서 말했다.

"하지만 저는 오빠와 실제로 만났던 것은 아닙니다. 그 부분은 알비온에서 오빠와 함께하던 팀메이트에게 말씀을 듣는 편이 낫지 않을까요."

그 눈동자는 사냥감을 품평하는 뱀처럼 어느 인물에게 달라붙었다.

물론 아셰아라다.

관위결의^{그 랜 드 롤}에 나타났을 때와는 전혀 다른 고뇌가 갈색 피부의 미간에 새겨져 있었다.

"……크로는."

말하려다가 한순간 말을 끊었다.

"크로는, 분명히, 어느 종류의 이능을 지니고 있었습니다. 영묘 알비온과 지상을 오가기 위한, 불안정하고 일시적인 균열^{포틸}을 찾아내는 재능을."

"호오……."

루프레우스의 주름이 더욱 깊어졌다.

그러자 가뜩이나 불길한 군주^{로드}는 더더욱 노회한 악마 같이 비쳤다.

"처음부터 그랬던 게, 아닙니다. 단지 어느 날, 균열^{포틸}을 찾아냈을 때 그 남자의 그 재능이 싹텄어요."

"균열^{포틸}을 찾아냈을 때?"

내가 질문하자 아셰아라는 희미한 주저와 함께 끄덕였다.

"탐색자 말고는 거의 알려지지 않았지만요. 알비온에는 웬만큼 되는 빈도로 균열^{포틸}이 발생하거든요. 다만 크로는 이 균열^{포틸}과 마주치는 빈도가 심상치 않았죠. 본인은 부끄럼을 탔지만, 어떻게 이런 걸 찾아낼 수 있느냐고 물어보니 본인도 모르겠지만 끈을 끌어당기는 거나 비슷하다고 하더군요."

"마안의 일종이군요."

히시리가 말했다.

"아다시노의 가계에 드물게 발현하는 재능이라 들었습니다. 한 쌍이 된 것을 찾아내는 마술——이라기보다 분실물 찾기용 미신이라 하는 편이 나을까요."

……아아, 역시 그랬었나.

당연히 그런 부품이 없으면 이 퍼즐은 완결되지 않는다.

아마도 마안의 격으로 치면 대단하지 않다. 나의, 쓸데없이 마력에 과잉 반응하는 마안과 똑같다. 그러나 우연히 크로의 마안은 알비온에 절묘하게 맞아떨어졌다. 지금 히시리가 설명했듯이 마안이라 해도 극동의 토속 마술에 가까울 것이다.

그러자 토코가 끼어들었다.

"과연, 아다시노의 마술이란 뱀에 유래한 것이었나 보지?"

"맞습니다만, 무슨 문제라도."

히시리가 대꾸했다. 이전 사건에서도 몇 번쯤 히시리의 마술을 목격한 적은 있었지만 확실히 본인과 똑같이 뱀이란 인상이 강했다.

"아니, 뱀과 분실물 찾기는 인연이 깊기 때문이야. 특히 떨어뜨린 돈을 찾을 수 있기를 빈다든가, 그런 종류는. 이건 뱀의 피트 기관 등, 고대는 정체불명이던 능력을 인간이 신성시했기 때문이기도 하겠지. ……그리고 뱀은 용에 가깝다고 할지, 때로는 동일시되는 존재지."

납득했다는 듯이 토코는 몇 번 끄덕였다.

"그렇다면 이 토지에 익숙해질수록 크로의 이능은 발전되었을 테지. 그건 죽은 용의 시야에 크로라는 뱀의 마안이

동일화해가는 셈이야."

"호오. 우리 제자에겐 뭔가 짚이는 점이 있었나."

그런 토코에게 이노라이가 힐끔 눈길을 주고 물었다.

토코는 어깨를 으쓱일 뿐이었다.

"아뇨, 상황이 잘 갖추어졌다고요. 여러 가지로 납득이
갔지요."

거기에 포함된 것은 나로서도 확실히 모르겠다.

군주와 관위마술사 사제(師弟). 시계탑이 넓다고 해도 이
에 필적한 조합은 그리 없으리라. 동시에 한쪽은 제자의 봉
인지정을 추천한 마술사이며, 한쪽은 그 봉인지정에 떠밀려
몇 년이나 속세를 방황해온 마술사이기도 했다.

'……뭐, 생각할수록 헛수고인가.'

정치적인 부분이라면 몰라도 마술적인 부분에서 이 둘에
게 견주려 해봤자 어쩔 수 없다. 그런 무익한 노력은 우리
오라비가 복귀하거든 맡기기로 하겠다.

사고를 전환하려던 차에 아셰아라가 입을 열었다.

"하지만 라이네스 님의 주장에는 명백한 오류가 있습니
다."

"뭐?"

철렁, 하고 가슴이 뛰는 것을 느꼈다.

필사적으로 건너던 외줄이 끊기는, 있어서는 안 될 예감.

"……무슨 말씀이지요?"

"…………."

몇 초 망설인 뒤에 아셰아라는 재차 입을 열었다.

"죄송합니다, 아버지. ──제가, 저희가 멋대로 한 짓입니다."

먼저 맥다넬에게 사죄한다.

그러고 나서.

"라이네스 님. 당신이 말씀하신 대로 저희는 영묘 알비온에서 팀을 맺고 있었을 때부터 지상과 연루되어 있었습니다."

"……그건."

안 된다.

불길한 예감밖에 들지 않는다.

이제 와서 그녀가 그 점을 인정한다는 말은.

간격을 두었다가 아셰아라는 아니나 다를까 이렇게 토로했다.

"하지만 10년 전 저희가 손을 쓴 것은 하트리스가 아니라 크로 쪽입니다."

순간, 무슨 말을 들었는지 알 수 없었다.

최종 라운드 가까이 가는 접전 끝에 더블 KO를 각오한 크로스카운터를 맞은 기분.

그래서는 확실히 우리 쪽 주장이 근본부터 성립되지 않는다. 그런데 상대방도 궁색한 변명이 아니라 뼈를 깎은 판단으로 고백했음을 표정으로 읽어내고 말았다.

"……어째서?"

"10년 전 사건의 흐름에서, 하트리스가 지나치게 성공할 가능성이 있었기 때문입니다. 그리고 군주가 아니어도 메인 학과 두 곳의 학부장이 한꺼번에 없어지는 건 지나친 혼란을 부릅니다."

아셰아라의 말에 나는 무심코 천장을 올려다보고 싶어졌다.

10년 전에 일어난, 시계탑을 뒤흔드는 사건.

그런 거라면 하나밖에 더 있겠나.

"즉…… 선대 로드 엘멜로이가 숨겨서 그런 거군."

"……맞습니다."

아아, 제길, 그녀가 그리 생각하는 것도 당연하다.

실제로 선대 로드 엘멜로이── 내 의붓오라비인 케이네스가 세상을 떠서 시계탑은 큰 소란이 벌어졌다. 엘멜로이파는 현대마술과로 내쫓기고 멜루아스테아파는 고고학과와 광석과 두 곳을 독점하게 되었으니까, 당시 아셰아라의 생각은 극히 정확했다고 칭찬해야 할 것이다.

그 타이밍에 하트리스가 행방을 감추지 않았으면 멜루아스테아가 두 과를 독점한다는 이상 사태보다 하트리스가 광석과의 학부장에 앉는다는 흐름 쪽이 훨씬 자연스러웠을 테니까.

"하트리스의 한 팔인 크로를 죽임으로써, 그 남자의 약진을 막을 수 있다고 생각했나."

내 질문에 아셰아라는 잠시 멈칫하다가 끄덕였다.

"그래……. 맞아."

"그러나 어떻게 보면 예상을 배신해서, 어떻게 보면 예측 이상의 성과가 올랐고. 한쪽 팔을 잃은 하트리스는 시계탑에서의 지위를 잃는 수준이 아니라 그대로 실종되고 말았다……는 뜻인가."

그것은 아무도 상상하지 못한 성과였다.

심장이 펄떡펄떡 뛰고 있다. 어떻게 된 일이지? 나는 무엇을 틀렸지? 바로 오라비와 상담하고 싶은데, 아직도 대답이 돌아오지 않는다. 무슨 일이 있었지? 앞뒤가 안 맞지 않나? 이 결전장에서, 영문도 모르는 사이에 나는 무엇을 역전당한 거지?

"다소 상상하지 못한 흐름이었지만, 이걸로 끝났는가?"

맥다넬이 물었다.

진지 그 자체라고밖에 표현할 길 없는 태도로 끄덕인다. 여기까지 거의 참견하지 않았던 민주주의파 톱의 말은 재판소에서 내리치는 망치 소리와 비슷했다.

"물론 내 딸의 죄는 명백하지. 닥터 하트리스의 제자를 앗아갔다면 동등한 배상을 준비해야 할 거야."

'……붙잡는 데, 실패했다.'

여기까지 와서 내 뇌리는 절망으로 가득 찼다.

학부장인 하트리스를 죽였다면 아무리 시계탑에선 정상적인 법이 기능하지 않는다고 해도 큰 문제로 규탄할 수 있다.

그러나 상대가 제자 중 한 명에 불과한 크로라면 주범인 아셰아라를 내놓으면 거기서 끝나고 마는 것이다. 이 부분에서 시계탑의 윤리관은 마피아의 법도에 가깝다. 눈에는 눈, 이에는 이, 라는 말은 곧 대등 이상의 대가는 필요 없다는 뜻이다.

군주의 긍정을 받은 이노라이가 질문했다.

"동등한 배상이란 무슨 뜻이지? 맥다넬."

"그녀는 나의 딸이라고 말하지 않았나. 그렇다면 내 실수지."

맥다넬이 인정했다.

다부진 주먹을 무릎에 놓고 머리를 숙였다.

"그녀의 독단이든, 내 사주든 마찬가지야. 그녀는 내 딸이니까, 내가 모든 책임을 지고말고. 이 잘못에 관해서는 전면적으로 인정하지."

"…………윽!"

이것도 상상외의 전개였다.

마술사로서의 기개도, 딸에 대한 사랑도, 전부 진실.

아무리 악랄한 계획을 획책하더라도 그 요소들이 결코 거짓일 리는 없다. 그리고 그러므로 이 군주는 두렵다.

재미있다는 듯이 이노라이는 턱짓했다.

"호오. 책임이라. 구체적으로는?"

"하트리스의 현대마술과를 현재 운영하는 건 엘멜로이파일 테지. 그렇다면 내가 가진 이번 관위결의의 투표권을 맡기겠다."

"뭣⋯⋯!"

그 말에 목이 턱 막혔다.

이건 속세의 사고방식과는 아예 다르다.

개인에게 보상하려는 생각은 한 톨도 없다. 설령 죽은 것이 하트리스의 제자든, 피해를 본 것이 하트리스든, 시계탑의 군주인 한 그 대가를 갚을 쪽은 파벌지간이어야 한다는 논리.

"이런, 필요 없으면 취소할까."

뭐지, 이건.

죄상을 밝혀냈을 텐데, 지금 궁지에 몰리고 있는 건 우리 쪽이다.

물론 조건으로서는 아득히 유리해졌을 터다. 그런데 프리핸드로 맡긴 권리의 무게에 정신이 압도되었다.

"하트리스와의 공범이란 이야기는⋯⋯ 어찌 되었지⋯⋯?"

이번에는 루프레우스가 물었다.

"지금 말을 듣기로…… 이 못 써먹을 멍청이 아닌가……! 애초에, 마술사를 위한 신령을 만들어내겠다는 웃기지도 않은 계획에…… 묘안이라고 떠들었단 말이다, 이놈은……."

노인이 적의를 숨기지 않고 말을 퍼부었다.

그 적의를 받는 맥다넬 쪽은 호들갑스럽게 어깨를 으쓱였다.

"어이쿠, 확실히 묘안이라고는 말했습니다만 그것만 가지고 하트리스와 공범이라 말씀하셔도요. 애초에 지금 이야기로는, 그 남자의 힘을 덜어내려 한 것은 제 딸입니다. 그리고 하트리스의 제자가 한둘 죽든 말든 상관없다고 말씀하신 건 노인장이지 않습니까."

회의의 공수 교체가 더욱 속도를 높인다.

보이지 않는 천칭은 이곳의 유리와 불리를 표현하며 바쁘게 오락가락하고 있다. 한순간도 멈추지 않으며 기우뚱기우뚱 흔들리고 있다.

나는 그중에서 베스트를 찾아내야만 한다.

'……하트리스를 막겠다고 말했지, 우리 오라비여.'

연락이 끊어진 오라비를 생각한다.

일단 아직 경로는 이어져 있다. 사망 몇 초 전일 가능성도 있지만 강행할 때라면 지금이다. 도박 없이 이길 만한 회의가 아님을 바로 직전에도 뼈저리게 알았으니까.

"……조금만, 확인을 해보겠습니다."

아셰아라에게 제안을 건넸다.

"뭐지요?"

"당신은 맥다넬과 연결되어 있고, 크로의 이능을 알면서 유도했습니다. 혹시 처음에는 맥다넬 밑으로 오라 권유할 생각이던 것은 아닌가요."

"──. 맞아."

망설임을 띠면서 아셰아라가 대답했다.

의붓아버지인 맥다넬을 신경 써서 그런 것이리라.

"그러나 몇 가지 우연 때문에 그 남자는 하트리스와 연결되고 말았습니다. 맞습니까?"

"그것도, 맞아요."

인정한 아셰아라를 앞두고 나는 필사적으로 사고했다.

손끝에 걸린 사고의 계기를 최대한 전력으로 끄집어낸다.

'……오라비의 추리가 정확하다면.'

지금의 나는 오라비가 하는 생각 전부를 들은 것이 아니다. 애초에 오라비의 추리도 이 단계에서 다 완성된 것이 아니기 때문이다. 회의 진행을 보면서 정보를 정리해가야 했지만 아까부터 오라비의 답신이 두절되어 이 꼴이다.

'……그럼, 이렇게 치고 나갈 수밖에 없어.'

숨을 들이마신다.

3초만 더 회의의 미래도를 시뮬레이션한 뒤에 이렇게 선언했다.

"저는 여기서 닥터 하트리스의 공범자 수색을 포기하겠습니다."

"뭐……?! 잠깐 라이네스, 무슨 소리를 하는 거야!"

올가마리가 눈을 부릅떴다.

내 생각도 그렇다고.

어느 세상에 막바지가 가까워진 끝에 추리를 때려치우는 탐정이 있을까. 아니, 물론 수많은 미스터리 중에는 그런 전개도 아마 있겠지만 많은 독자 또는 시청자가 기대하는 왕도란 그렇지 않을 것이다.

그렇기 때문에.

"다시 한번 말하겠습니다. 범인 수색은 여기서 포기하겠습니다."

"여기까지 휘저어놓고서 말인가? 제법 방자하고도 재미있는 소리인데."

이노라이가 말한다.

제자인 토코는 입가를 가리고 있었다.

아아, 당장에라도 터지려는 웃음을 참으면서 우리 쪽의 다음 수를 애타게 기다리는 거겠지. 추리 쇼 끝에 관위결의가^{그랜드 롤} 어디로 당도할지, 마치 영화라도 감상하는 것처럼 관찰 중이다.

그렇다면 만족할 수 있도록 처박을 뿐이지.

"한 가지 더 제안이 있습니다."

나는 말을 꺼냈다.

"트란벨리오는 저에게 투표권을 맡기겠다고 말씀하셨지요."

"그래, 분명히 말했고말고."

끄덕인 맥다넬은 확인한 다음 나는 이어서 패를 깠다.

"그렇다면 엘멜로이파는 트란벨리오와 함께 관위결의의 투표권을 포기하겠습니다."

"……그대……!"

이번에야말로 루프레우스는 눈알이 튀어나올 듯이 눈을 부릅떴다.

솔직히 저주 때문에 심장이 멎는 게 아닌가 싶었다.

군주_{로드}쯤 되면 그 감정 하나만으로도 마술이 성립해도 이상하지 않다. 비명을 지를 듯한 공포를 복강에 밀어 넣으며 나는 말을 더 이었다.

"전원이 그러면 됩니다."

쥐어짜 내듯이 천천히 말을 엮었다.

"이 회의를 없었던 것으로 치는 거죠."

"관위결의_{그랜드 롤}……를……?"

"원래 관위결의_{그랜드 롤}는 군주_{로드}와 일부 관계자에게만 알려졌습니다. 저희가 전원 권리를 포기하고 그런 것은 없었다고 주장하면 문제없지 않겠습니까."

이것이 목표로 한 골인 지점.

전원의 약점을 찾아내고, 대신에 강점을 포기해달라는 결말.

'귀족주의로서는 알비온의 재개발을 저지한다는 우선 목적을 달성할 수 있고, 민주주의로서는 군주^{로드}의 딸이 학부장의 제자를 죽였다는 오점을 털어낼 수 있지.'

지금이라면, 이 순간이라면 거기서 타결할 수 있을 것이다.

하물며 토코가 투표권을 맡겼다는 중립주의는 이 회의에서 사수해야 할 조건이 없다.

"설마, 그런 식으로 수를 놓을 줄이야."

크크 어깨를 들썩이며 이노라이가 말했다.

창조과의 노파는 이 회의에서도 독특한 위치를 유지한 채였다. 맥다넬의 패기와도, 루프레우스의 노회함과도 다른, 이 또한 군주^{로드}의 기풍일까.

"하지만 공범은 궁금한데."

"그건, 오라비가 걸맞은 상대에게 말하겠지요."

"걸맞은 상대라고? 애초에 하트리스의 술식은 어쩔 셈이지?"

이것은 맥다넬의 말참견이었다.

"자네가 하던 말이 맞는다면 닥터 하트리스의 술식은 당장이라도 발동할 지경이지 않은가. 그리되면 관위결의를 없던 것으로 치기는 불가능하다만?"

"그러니까, 저의 오라비가 그것을 저지하고자 영묘 알비온을 내려가고 있습니다."

내가 대답하자 루프레우스가 지팡이로 바닥을 딱 두드렸다.

"그…… 신세대의_{뉴 에 이 지}…… 군주가_{로 드}…… 말이냐……."

"그거, 알비온을 공략하고 있다는 말이야? 하지만 아까 이야기로는 이 옛 심장에서 의식을 거행한다고 했었잖아. 그런데 어떻게 도착한다고 그래!"

올가마리의 의문도 당연하다.

그래서 여기선 솔직하게 털어놓는다.

"이미 옛 심장 근처까지 잠행했습니다."

"어머. 여전히 두려운 것을 모르네요. 그분은."

어디까지나 진심인지 히시리가 옅게 미소 지었다.

법정과의 그녀가 무슨 생각을 하고 있는지는 모르겠다. 하트리스가 오빠 크로라고 밝혀지거나, 그랬어야 했는데 이미 크로는 죽었다는 고백을 듣고…… 대체 지금 이 극동의 미녀의 속내에는 어떤 마음이 나부끼고 있을는지.

물론 그 옛 심장까지 잠행한 오라비의 소식은 두절된 바지만 일단 옛 심장 근처에 도착했다는 것까지는 거짓말이 아니다.

"하지만 엘멜로이 2세가 닥터 하트리스를 막을 수 있다고요?"

"물론입니다. 그 정도로 오라비를 믿지 못해서야 엘멜로이의 이름에 봉한 보람이 없지요. 선대인 케이네스라면 간단히 막았을 테니까요."

응, 새빨간 거짓말이다.

아쉽게도 히시리에게는 통하지 않은 모양이지만 이 자리는 밀어붙이도록 하겠다. 아아, 물론 그레이는 믿고 있지만 말이지?

"여기는 정치하는 곳이지 않습니까. 그러니까 정정당당히 정치를 합시다. 저는 그럴 생각으로 왔습니다."

"멋진 궤변인걸."

이노라이는 대범하게 끄덕였다.

천천히 옆을 바라보고 속삭였다.

"맥다넬 도령. 어차피 투표권을 맡길 생각인 것은 변함이 없지?"

"물론이지요. 미즈 이노라이."

"그럼 30분."

이노라이가 손가락을 세웠다.

회중시계를 꺼내어 원탁에 놓는다.

"엘멜로이 2세가 근처까지 내려왔다고 말한 이상, 하트리스를 막을 때는 상황을 알 수 있는 것이지? 그렇다면 30분만 기다려주지."

"……엘멜로이와…… 트란벨리오의 투표권이 있으면……

이쪽이…… 구태여 물러날 이유는 없지만…….”

"이것 봐, 강령과. 엘멜로이의 공주님은 포기한다고 말했잖아. 피차 쓸데없이 고집부리지 않는 편이 낫지 않겠어?"

윙크와 함께 이노라이가 루프레우스를 견제했다.

이번 관위결의에서는 최고령이 되는 두 사람은 둘 다 양보하지 않는다. 혈액 대신에 권력의 진액이 둘의 혈관을 흐르고 있는 것 같았다. 물론 나도 남 말 할 처지가 아닐 것이다.

그때였다.

갑자기 마력의 흐름이 변화했다.

연락은 없어도 가까스로 우리 오라비와 연결된 경로가 갑자기 단절된 것이다.

'──오라버니?!'

비명을 죽이느라 나는 한도였다.

그 단절은 마치 죽음의 선고처럼 여겨졌다.

제 5 장

1

1초마다 몇 시간씩 지나간다.

1분은 가속해서 수십 일.

1시간은 더욱 가속해서 수십 년가량까지.

모순된 시간은 하트리스가 준비한 봉인지정 술식이 만들어낸 것이다. 원래는 고유결계 내에서 시차를 만들어내어 우주 끝을 보는 마술. 지금은 신령에 이르기까지 그녀를 가속시키는 로켓.

페이커는 시간의 요람에 부유하고 있다.

길게, 멀게, 한없이.

인류 중 누구도 정상적으로 체감할 일이 없는 세월을.

그러면서도 그녀의 기저를 이루는 분노는 변하지 않았다.

'……어째서, 그런 유언을 남겼지.'

'……어째서, 그런 유언을 진담으로 듣고 죽고 죽였지.'

'……어째서, 그때 나는 살아서 막을 수 없었지.'

반복하는 자문자답은 이미 몇백만, 몇천만을 넘었다.

그때마다 분노가 에테르의 혈관을 누비며 부글부글 뇌가 끓어올랐다.

이만한 반복에 견딜 수 있는 것이, 자신이 서번트이기 때문인지도 페이커는 알 수 없었다. 물론 생전이라면 육체가 부스러지기에 이만한 횟수는 불가능했을 것이다. 어쩌면 마스터에 의한 영주가 정신을 고정시키고 있어서 무한으로까지 느껴지는 시간에 견딜 수 있을지도 모른다.

다만 생전에 없던 것이 딱 하나 있었다.

기도하듯이 내내 올려다보는 남자다.

페이커의 시점에서 보면 이미 백 년 이상, 그는 자신에게 기도를 올리고 있다. 자칫하면 우스꽝스럽고, 동시에——아주 살짝, 마음이 흔들렸다.

'……바보로군.'

그리 생각한다.

'그렇게 울 것 같은 표정을 짓지 않아도 되는데.'

하트리스라니 누가 붙인 별명일까.

본인이라면 너무나도 자기 자신을 이해하지 못하고 있다.

페이키는 이렇게나 감정 풍부한 상대를 모른다. 아니, 함께 한 시간으로 치면 이토록 오래된 상대는 존재하지 않겠지만.

현실적으로 함께 있던 시간은 불과 2개월쯤.

일방적으로 페이커가 바라보는 시간은 이미 백수십 년.

그 백수십 년을(하트리스에게는 두 시간쯤을) 깜빡일 때 말고는 시선을 떼지 않고 그는 끝없이 기도하고 있었다.

영주까지 구사해 영주에게 버텨달라고 비는 것이었다.

"⋯⋯⋯⋯⋯."

신앙이 페이커를 신으로 만든다고 한다.

단 한 사람의 신앙은 이미 이 몸에 두루 미쳤다.

물론 그러기 위해서 하트리스가 마련한 숱한 촉매^{카탈리스트} 및 영묘 알비온에 가득한 마력도 큰 요인이지만, 역시 그 방향성^{벡터}을 결정짓는 것은 너무나도 진지한 그의 신앙일 것이다.

그리고 그의 출발점이 된 것은――.

'――너에게 그만큼 중요한 사건이었던 거겠지.'

그렇다면 좋다고 생각한다.

아직 그가 자기에게 숨기는 것이 있는 것쯤이야 알고 있다. 그럼에도 이백 년이나 기도해주었으니 속아주어도 좋다. 진실이야 그 정도의 기도보다 우선될 것이 아니다.

'⋯⋯너를 위해, 어리석은 신 정도는 되어주어도 돼⋯⋯.'

몹시 고요히 페이커는 그리 생각했다.

시간은 가속한다.

두 시간은 백수십 년.

세 시간은…… 천 년을 넘어서.

신령으로서 안정되기에 이르러 그녀의 인식은 넓어진다.

영령이라면 몰라도 근원의 소용돌이와 직접 연결된 신령에게 시간이란 결정적인 장벽이 되지 못한다.

그렇기에 그녀는 현재^{지금}에 존재함에도 과거의 그 순간을 보고 있었다.

과거시라는 것이 아니라 더 편재된 시점이다. 신령으로서의 영기가 또다시 경계기록대^{고스트 라이너}로 왜소화될 때까지 그녀의 지각은 아주 한순간 만능에 가깝다.

물론 한도는 있다.

온갖 시공간을 인식할 수 있든 말든 연산 가능한 범위는 신령으로서의 규모가 상한이 된다. 페이커에서 재림하려는 그녀는 신령으로서는 걸음마를 뗀 처지다. 연산 가능한 좌표는 자신과 그럭저럭 인연이 있는 지점으로 한정된다.

그럼에도, 그러므로, 지금의 그녀는 보았다.

희미한 놀람과 동시에.

'그런가…….'

그렇게 납득했다.

'그랬었나…… 너는…….'

단 한 명뿐인 신자의, 진실.

그리고 또 하나 보고 말았다. 자신과 단 한 명뿐인 신자와 관계가 깊은, 또 하나의 운명을.

　‘미래의…….’

　그녀는 생각했다.

　‘미래의 왕이…… 온다……!’

2

암흑이었다.

그것이 바라보면 인간은 그리될 수밖에 없다. 왜냐하면
그것은 죽음의 전조. 일찌감치 인리판도에서 벗겨진 소멸의
상징.

사라진다.

사라진다.

한때 그레이라 불리던 인간의 역사 전부가 사라지는 것을
나는 느끼고 있었다. 그런 잔재 따위 있을 리 없을 정도로
괴물은 절대적이었다.

'............'

부스러진다. 찢어진다. 녹아내린다.

영묘 알비온에 진좌한 짐승이, 그저 바라보기만 했는데,

나는 분해된다.

『──겠다.』

……아아.
그런데.
목소리가, 들렸다.
결코 닿을 리 없는 목소리가.

『──묻겠다.』

실체로서의 목소리가 아니다.
머나먼 저편, 지구 반대편 수준으로 멀다. 그러나 영맥(靈脈)
을 타고 연결된 장소.

『──묻겠다, 당신이 나의 마스터인가.』

그 나라에서, 누군가가 계약을 성사했다고 내 오체가 부
르짖고 있었다.
어마어마한 활력이 온몸에 샘솟았다.
세포 하나하나가 마치 다른 것으로 뒤바뀐 감각. 인간이
라는 그릇에 허용된 한계를 크게 넘어서 혼 밑바닥부터 치

솟는 에너지는 확실히 죽었을 터인 내 의식을 흔들어 일깨
웠다.

'……아아.'

떠올랐다.

꿈속에서, 서 케이가 전해준 말.

──『네가 말려든 것은, 아아, 그 녀석이 이쪽 편에 가까
워졌기 때문인가.』

그것은, 이런 뜻이었나.

그렇다면 또 하나의 말은. 내가 피하기 어려운 운명이란.

──『결판은 금방 나겠지만, 그 운명은 너에게 엄격할지
도 몰라.』

손끝까지 불타는 것 같았다.

날숨이 수천 도짜리 화염이 되어 몸속을 누비는 줄 알았다.

부릅뜬 눈을 통해 평소의 10배가 되는 정보량이 주입되
어 활성화된 뇌는 그것을 완벽하게 받아냈다.

그 용솟음에 맡긴 채로 나는 등의 예장에 마력을 돌렸다.

단순한 자유낙하가 되었던 것은 과연 몇 초였을까. 이 자리
에서는 시간도 장소도 애매하다고 한 스승님의 말에 따르자

면, 내가 죽어 있던 동안은 시간의 흐름까지 정지했을지 모른다.

바로 수직 아래에 낙하하고 있는 스승님이 보였다.

"스승님——!"

외침에 반응은 없었다.

이대로 시선을 계속 받으면 그것만으로도 스승님이 죽는다.

인간은 저만한 괴물의 인식에 버틸 수 없다. 조금 전의 나와 비슷하게 혼까지도 깨져서 무로 돌아갈 수밖에 없다.

"야, 그레이! 뭘 꺼리고 있어!"

오른쪽 어깨의 구속구^{후 크}에서 쩡쩡 찢어지는 소리가 터졌다.

"애드."

"해방해! 지금이라면 가능하잖아!"

그 의미는 물을 필요가 없었다.

믿을 수 없을 정도의 마력에 떠밀리면서 나는 전율로 새끼사슴처럼 당황했다.

"소제, 는……."

"날려버려, 그레이!"

"그래도, 당신은——."

"그 고향을 나왔으니 가슴을 당당히 펴야 하지 않겠냐!"

과거, 단 하나뿐이던 친구의 질책이 가슴을 쳤다.

갖은 감정을 눌러 담고 나는 오른손을 쳐들었다. 올린 상자는 한순간에 분해되어 빛의 창으로 변해 내 머리 위에서 휘몰아쳤다.

"Gray…… Rave…… Crave…… Deprave……."
(어둡고)(들뜨고)(바라고)(타락시켜서)

자기암시의 주언(呪言)이 흘러나온다.

그래도 평소처럼 즉시 트랜스 상태가 되지는 못했다. 고향의 묘지에서, 그 벨사크 블랙모아에게 교육받은 비법은 지금 이 순간만큼은 뜻대로 되지 않았다.

그래도 여전히 입술이 움직인다.

가르침 받은 대로 말을 엮는다.

"Grave…… me……."
(새기고)(내게)

"――의사 인격 정지. 마력의 수집률, 규정치를 돌파. 제2단계 한정 해제를 개시."

애드의 목소리가 평소의 자동음성으로 전환되었다.

인격을 정지시키고 실컷 주위의 대원을 삼킨다. 지상과 다른 영묘 알비온의 마력도 관계없이 애드가 흡수한다.
(마나)

"십삼 구속 해방―― 원탁의결――."
(실 서틴)(디시전)

'――안 돼――!'

필사적으로 막아낸다.

아슬아슬한 순간에 그 성창을 끝까지 구속한다.

"Grave…… for you……."
(무덤을 파자)(당신에게)

해방되어야 했을 마력이 내 마술회로를 역류해 가까운 근육을 찢어발기고 오른쪽 어깨에서 피를 뿜어냈다. 조금 전

흘러든 『힘』이 없으면 그것만으로도 절명했을지도 모른다.

뜨뜻미지근하게 오른손에서 흘러 떨어지는 혈액을 느끼면서 나는 그 창의 진명을 선고했다.

"──세상 끝^론에서^고."

아아, 이런 절망적인 기분으로 창의 이름을 입에 담는 것은 처음이다.

흉포하기 그지없는 빛이 내 오른손을 감싸고 있다. 세계를 잡아두는 닻. 세상 끝의 탑. 무수한 개념을 포괄하며 고대의 마력이 웅웅 사납게 우짖는다. 신비가 희박해진 현대에는 존재할 수 없어야 할 대성보구(對城寶具)가, 여기서 봉인이 풀려 재현된다.

"──빛나는 창^{미니아드}──!"

발사된 빛의 창은 불과 몇 초, 허무의 구멍^{널핏}을 빛으로 채웠다.

공기의 분자를 태우며 주위의 마력조차 모조리 쓸어버리다가── 그리고.

──그리고 창에서, 이상을 전하는 희미한 소리가 전해졌다.

파괴의 규모로 보자면 절대로 들리지 않아야 했을, 몹시 자그마한 소리를, 내 청각은 분명히 잡아냈다. 잡아내고 말았다.

그것은 결정적인 흠집이다.

분명히 알겠다.

심장이 찢어진 거나 같다. 아무리 다른 곳을 수선해도 돌이킬 수 없는, 속절없는 대미지. 나는 유리 성채가 깨지는 모습을 상상했다. 다시는 원래대로 돌아오지 못하는 그 성을, 내가 얼마나 사랑했었는지를.

처절한 광망이 어둠 속으로 사라진다.

이 보구조차 바닥에 도사린 짐승을 상처 입히지 못했다──고 생각한다.

그저 시선을 돌렸을 뿐이다.

그러나 그거면 충분.

낙하 도중의 스승님을 끌어안고 그대로 옆에 난 굴로 쑥 들어갔다.

＊

옆에 난 굴로 들어온 나는 휘청 무릎을 꿇었다.

"아야……!"

몸 내부를 득득 깎아내어 살도 뼈도 재조립되는 기분.

성장통을 백 배로 확대한 것과 같을까. 1초마다 나는 내가 아닌 것으로 전락한다. 아아, 이미 나의 바깥쪽은 그녀와 동

일하니 지금 바뀌고 있는 것은 신비로 이어지는 내면이다.^핵

나에게 없는 장기가 생기고, 나에게 없는 인자가 스며든다.

복강에 마그마라도 심긴 것처럼 호흡 하나하나에 제어 불능의 마력이 창출된다.

그렇지만 그런 것은 아무래도 좋았다.

무엇보다 먼저 말을 걸어야 할 상대가 있었다.

"……애드!"

"오냐."

대답이 있었다.

평소와 전혀 다를 것이 없는, 그러나 속절없는 피로가 달라붙은 음성이었다.

"왜 그래. 울 것 같은 목소리로."

"……아뇨, 아뇨."

고개를 저었다.

이미 알고 있다. 알아버렸다.

아무리 감추려고 해봤자 사용자인 나에게는 전해진다.

애드의 이 모습이, 불과 일시적으로, 기적적일 정도의 아슬아슬하게, 말할 수 있는 형상을 유지하고 있을 뿐임을 알아버렸다. 만약 십삼 구속을 해방했으면 지금 이 기묘한 상자는 흔적도 남지 않았을 것이다.

옆에서 몸을 일으키는 기척이 났다.

"······그레이······."

엉덩방아를 찧은 모양새의 스승님이 몹시 굳은 표정으로 내 쪽을 바라보고 있었다.

무슨 말을 해야 할지 모르겠다.

그런 표정이었다.

정말로, 때때로 이 사람은 어리석다고 생각한다. 당신 탓이라곤 하나도 없는데.

나도 둘도 없는 친구도 이렇게 될지도 모른다 생각해서 이 미궁에 왔다가, 그 생각대로 되었을 뿐이다. 애초에 반대 입장이라면 아무런 희생 하나 없이 끝날 줄 알았느냐, 멍청한 것, 정도는 말을 하는 주제에.

"스승님."

그러니까 일부러 잘못하겠다.

이 사람이 묻지 않은 말을, 입에 담는다.

"아마, 극동의 제5차 성배전쟁에 마지막 서번트가 소환되었어요. 그것도 소제와 인연이 있는——."

아서 왕이, 라고 입 밖에 내지는 못했다.

그럼에도 이 사람에게는 전해졌다.

"······자네 고향은, 그 영웅의 재래를 믿고 있었지. 과거의 왕이자 미래의 왕을."

아틀라스원의 원장이 지켜보던 내 고향은 곧 아서 왕이 소환될 거라 맹신하고 있었다.

그리고 기도는 여기에 닿았다. 이미 의미가 없더라도.

"……소제는, 또 변해가고 있어요."

10년 전과 똑같이.

옛 얼굴을 잃었을 때처럼.

앞으로의 나는 어떻게 변해갈까.

그러자 스승님은 결의를 굳힌 것처럼 시선을 내리고 입을 열었다.

"애드. 자네는……."

"이것 보셔, 칙칙한 표정 짓지 말라고, 선생! 아니 댁은 늘 그런 낯짝이던가, 이거 실례. 이히히히히!"

애드의 목소리에 스승님의 입술이 울어버릴 듯이 달싹거렸다.

아마 10대 시절부터 이 사람은 이런 표정을 짓고 있었을 것이다. 현재^{지금}가 그렇지 않다면, 그것은 연기가 능숙해졌을 뿐이다.

"그레이……."

"괜찮아요. 스승님."

있는 힘껏, 나는 입꼬리를 올려 보았다.

이 순간이나마 그럴 수 있던 내가 살짝 자랑스러웠다.

"죄송합니다만 지쳐버린 것 같아요. 스승님 먼저 가주실 수 있을까요."

"……알겠네."

끄덕이고 일어선 스승님이 걸음을 떼었다.

물론 하트리스가 기다리는 이상, 금방 쫓아가야 한다. 다행히 이 몸에서 넘치는 활력은 지금도 그치지 않았다. 오히려 그 양과 질을 무섭도록 향상시키고 있다.

옆에 곧게 뻗은 굴에서 아직 스승님의 등이 보이는 사이에 속삭였다.

"……약간만, 우쭐해 해도 될까요."

"얼마든지. 아가씨."

애드의 넉살이 애처롭게도 귀에 다정했다.

늘 비아냥거림이 듬뿍 담긴 이 음성에 10년이나 격려받아왔다. 만약 그가 없었으면 스승님이 고향을 찾을 때까지 나는 어떻게 생활했었을까. 아니, 애초에 살아있을 수 있었을까.

살아있다 함은, 몸이 움직이는 것이 다가 아님을 나는 그에게서 배우지 않았을까.

"……우리는, 아주, 아주 성실한 짝패였네요."

"……그리 생각해."

전혀 비아냥거림이 없는 상자의 말을 듣는 것은 얼마만인가.

여기에 올 때까지 우리는 10년이 걸렸다.

"미안하다, 굼벵이 그레이. 나는 잠깐 자련다."

"……네."

끄덕이고, 나도 일어섰다.

오른손의 상자가 사신의 낫으로 변화했지만 애드의 목소리는 이미 들리지 않았다.

다시는 들을 수 없을지도 모르겠단 사고를 꼭꼭 막아둔다. 지금 해야 하는 생각은 이 미궁에까지 찾아온 목표다. 나도 애드도, 그것 때문이라면 모조리 불태워도 좋다고 생각했다── 맹세코.

복부를, 누른다.

"……아파……."

나도 과연 어디까지 버틸지.

언제까지 나는 회색으로 있을 수 있을지.

그런데도 싸울 수 있도록, 친구가 사신의 낫의 형태를 남겨준 사실에 감사하면서 급히 스승님의 등을 쫓았다.

＊

"이봐, 방금 그 빛은──!"

"그 창을 쓴 거겠지요."

플뤼에게 대답하면서도 루비아는 적으로부터 눈을 떼지 않았다.

칠흑의 전차.

뼈의 용에 끌려 허공을 나는, 마천의 차륜.

"대체 무엇과 만난 기고. 설마 보구가 없는 상태로 페이커가 막아선 것도 아니긋제."

이것은 세이겐의 말이었다.

세 마술사는 각자의 입장에서 그 소녀의 보구를 보았었다. 그렇기 때문에 저 빛이 어느 정도의 파괴를 일으키는지 알고 있다. 그야말로 성 하나를 날려버릴 수준이다.

"모를 일이지요. 여기는 영묘 알비온이니까요. 무슨 일이든 있을 수 있습니다."

"——루비아 씨!"

외침과 함께 세이겐이 장착한 예장의 날개가 나부꼈다.

근처의 벽면을 박찬 것은 텐구 뛰어치기의 술법이었을까. 안긴 루비아가 바로 직전까지 있던 공간에 번갯불이 터졌다. 이온화된 공기의 냄새를 맡으며 루비아는 직감이 지시하는 대로 보석을 던졌다.

깨어나라
"Call!"

일곱 색깔의 빛이 전차를 덮쳤다가 모조리 튕겨 나갔다.

전혀 흠집을 내지 못한 것은 아니다.

실제로 라이네스의 말에 따르면 아오자키 토코는 약소하나마 이 전차를 훼손했을 터다. 그렇다면 절대로 뒤집지 못할 신대의 방어는 없는 뜻이다. 신비는 해묵은 것일수록 강대하지만 그것은 어디까지나 동질·동방향의 것일 때의 이야기다.

예를 들어 루비아의 보석 마술은 일반적인 마술로는 불가능한 축적이 가능하다. 사람들 사이를 오가며 많은 망집을 빨아들인 보석이라면 더욱 강대한 마술을 행사할 수 있다. 이 뼈의 용 상대로도 흠집을 낼 정도는 가능할 것이다.

즉, 소멸까지는 못 미친다는 의미다.

'……역시, 발목이나 잡는 게 한계겠어요.'

냉정하게 루비아는 판단했다.

전차의 돌격 때마다 귀중한 보석이 깨지고 플뤼와 세이겐의 지원을 받고서도 뭔가가 소모된다.

엘멜로이 2세와 그 입실제자도 마찬가지일 것이다.

알비온의 심부에 잠행해 그 하트리스와 대치함으로써 그 둘은 무엇을 잃을까.

'나의 선물은, 잊지 않았겠지요?'

속으로 물었다.

처음 만났을 때, 최악의 마술사라고 여겼다. 신비의 오의에 가까워지기란 불가능한 주제에 꼴사납게 매달리는 야비한 신세대.

그러나 그 마술사는 자신의 가치를 증명해냈다.

감히 루비아의 마술을 해체하고 그 너머를 제시해냈다.

'그렇다면 어떻게든 하세요, 지도자!'

3

그곳은 마지막 무대로 어울릴지 아닐지.

적어도 나는 눈을 부릅뜨고 망연히 천개를 쳐다보았다.

소용돌이치는 빛이 여럿 연결되어 신화에 나올 세계수를 연상시켰다. 좌표만 따지면 맨틀에 접어들 수준의 지저인데도 점점이 박힌 빛은 밤하늘의 별처럼 화려해서 마치 우주 한복판에 있는 것 같았다.

주위에는 마법원과 그것을 에워싼 금화. 시계 하나와, 은빛 트렁크.

"…………."

붉은 머리의 마술사가 마법원 앞에 서 있었다.

잠시 우리 쪽을 돌아보지 않는 채였다.

빛 속에 무엇이 있는지는 모르겠다.

단지 마술사는 우리가 공간에 침입해왔음을 인식했음에
도 곧장 뒤돌아보지 않았다. 그만큼 소중한 것이 빛 내부에
있는 것처럼 느껴졌다.

　"관위결의는 어떻게 되었습니까."

　등을 보인 채로 마술사는 말했다.

　스승님도 그리될 줄 예상했던 것처럼 자연스럽게 대답했
다.

　"미즈 이노라이의 제의로 중단했다고 합니다. 앞으로 15
분쯤 남았겠군요. 제가 당신을 막을 수 있을지 여부로 회의
자체를 없었던 것으로 치부할지 결정하겠다는군요."

　"……어이쿠, 그 흐름은 놀라운데요."

　"저도 그렇습니다."

　스승님이 쓴웃음 지었다.

　라이네스와의 통신이 복귀되어 처음에 확인한 것이 그 사
실이었다.

　옛 심장에 들어왔기 때문인지 한 번 경로가 두절되었기
때문인지 세이겐의 정보 공유 마술의 정밀도도 꽤 저하했지
만 회의의 대략적인 내용은 내게도 전해졌다.

　그럼에도 몇 가지 수수께끼는 남아있다.

　저 남자를 만날 때까지 분명히 밝혀지지 않을 거라 생각
해 스승님에게도 묻지 않았던 수수께끼가.

　"그러면, 그 15분 정도로 꽤 많은 일이 결정되겠군요.

……로드 엘멜로이 2세."

마술사가 천천히 뒤돌아섰을 때, 이렇게 민낯의 하트리스와 마주보는 것은 마안수집열차 이후로 고작 두 번째임을 문득 깨달았다.

이 마술사에게 휘둘리던 시간과 현실에서 접촉한 시간의 낙차.

한 걸음 우리 쪽으로 내디딘 하트리스가 물었다.

"무엇 때문에 온 겁니까. 저를 말리기 위해서입니까."

"물론, 그렇습니다."

스승님이 긍정했다.

하트리스가 이상하다는 듯이 갸우뚱했다.

"어째서지요? 당신이라면 와이더닛에 당도했을 텐데요. 마술사의 신을 만들어내려는 거잖습니까. 그것도 신령 이스칸다르를. 당신이 말릴 이유는 없는 게 아닌지."

"아마, 그 부분을 확인하러 온 것이지요."

스승님의 말에는 막힘이 없었다.

여태까지 줄곧 그 대화만 생각하던 것처럼.

"……과연."

하트리스는 끄덕였다.

그 뒤에 호감상의 웃음과 함께 이리 말을 이었다.

"어째서일까요. 그 짐승이라도 당신들은 막을 수 없을 것 같은 기분이 들더군요."

세상 끝에서 빛나는 창조차 시선을 돌리는 정도밖에 못
한, 영묘 알비온 가장 깊은 곳의 괴물.

떠올리기만 해도 몸 중심부터 움츠러든다.

아서 왕의 소환으로 전에 없던 활력이 솟구치는 지금이라
도 그 짐승에게 항거할 방법은 생각조차 할 수 없었다.

"10년 전, 당신은 그 짐승에게 먹힌 거로군요."

스승님이 선고했다.

"…………."

하트리스는, 대답하지 않는다.

"아니면 더 옛날, 30년 전에 먹혔다고 하는 편이 나을까
요."

"……거기까지 추측했습니까."

붉은 머리 마술사가 입술에 난처한 웃음을 띠었다.

그 표정이 살짝 스승님과 닮아서 나는 숨이 턱 막혔다. 어
째서 이 두 사람은 때때로 이렇게나 인상이 빼닮는 것일까.

"……방금 한 말은, 무슨 소리인가요."

"금방 알 거야."

내 질문에 스승님은 은은한 쓴웃음을 지었다.

"확인해둘 사항이 있습니다만."

운을 떼고 나서 재차 하트리스에게 묻는다.

"당신의 술식은 이미 자동적인 단계로 들어갔지요?"

"네, 여기까지 오면 제가 죽어도 알아서 움직입니다. 후

후, 알고 있을지도 모르겠지만 이번 술식으로 제 저장도 탕진했습니다. 여하튼 여기까지 서번트를 데려올 필요도 있었으니까요. 몇 번이고 보구를 쓰게 해서 빈털터리입니다."

말한 하트리스가 은빛 트렁크를 쳐다보았다.

스승님 또한 그 트렁크에 시선을 보내고 질문했다.

"트렁크의 내용물은 봉인지정 마술사와 저장하고 있던 마안 보유자였습니까?"

"허어."

한쪽 눈썹을 세운 하트리스와 반대로 나는 그 의미를 알수 없어서 스승님을 올려다보았다.

스승님은 천천히 설명했다.

"마안수집열차에서 하트리스는 마안 보유자를 머리째로 보존하고 있다는 이야기를 하지 않았나."

확실히, 그런 이야기를 했었다.

마안수집열차의 전제가 된 사건이다. 하트리스가 극동의 제4차 성배전쟁을 조사할 때에 이용한 방법.

그것은 마안 보유자를 머리째로 잘라낸 채로 살려두고 그 마안에 비친 정보를 죄다 해독하는 것이 아니었던가.

"마안은 그것 자체가 마력을 생성하지. 마술사에게는 외장형 마술회로 같은 것이기 때문에, 마안은 그 성능과 관계없이 귀중품으로 취급돼. 하트리스는 그것을 서번트의 유지 및 대마술을 위한 연료로 태운 거야."

"……스승님……! 그건……!"

아무리 그래도 끼어들 수밖에 없었다.

그렇다면 저 트렁크의 내용물은 여러 개의 마안—— 아니, 마안 보유자의 살아있는 머리로 빼곡히 차 있었다는 말인가. 그 마안 보유자들을 화로에 던져 넣으며 하트리스는 영묘 알비온의 길을 개척하고 신령 이스칸다르를 만들어내는 대마술을 성립시켰다는 말인가.

그러나 그 악랄한 행위를 언급하지 않으며 스승님은 뒷말을 이었다.

"앞으로 14분 미만. 나도 자기 생각이 맞는지 확인해보고 싶군요. 상관없겠습니까."

"그러시지요."

하트리스가 촉구했다.

그 대화는 시간의 장벽에 막힌 사제처럼도 느껴졌다.

그러기에 가슴의 불안을 금치 못했다. 스승님이 들어서서는 안 될 곳에 들어선 기분이 들어서.

"처음에는 이렇게 추리했었습니다. ……지금의 닥터 하트리스는, 닥터 하트리스가 아니라 10년 전부터 행방불명된 하트리스의 제자 크로라고."

그것은 라이네스도 관위결의^{그랜드롤}에서 했던 말이다.

중반부터 회의를 그 이야기로 구축해가다가, 아셰아라가 뒤집어버렸다. 하트리스의 다른 제자들이 죽인 것은 하트리스가 아니라 제자 중 크로 쪽이라고.

"과연. 처음에는, 이라는 말은 지금은 아니란 말입니까?"

"예. 이 설에는 사뭇 위화감을 품고 있었지요."

스승님이 인정했다.

"만약 크로로 뒤바뀌었다면 숱한 사건 뒤에서 하트리스의 움직임이 너무나도 교묘하기 짝이 없습니다. 이번 술식을 풀어 봐도 과연 현대마술과의 학부장이라고 신음했지요. 정식 수업을 몇 년 정도밖에 받지 못한 제자가 할 수 있을 짓이 아닙니다."

"당신이 하는 일이니 크로의 출생에 관해서도 확인했던 것 아닙니까?"

"아다시노 쿠로 말이군요. 그쪽은 물론 아다시노 히시리에게 확인을 받았지요. 확실히 아다시노의 가계는 다소 마술사로서도 특수했습니다만 학부장에 필적할 만한 고도의 술식을 다룰 수준이 아닙니다."

관위결의의 흐름에서 가장 놀란 사실이 이것이리라.

아다시노 쿠로.

하트리스의 제자가 설마 그 아다시노 히시리의 친오빠였을 줄이야.

그런 전제를 미리 깔고서 스승님은 이야기의 방향을 바꾸었다.

"닥터 하트리스. 당신을 구한 의사, 미스터 클로드와도 만났지요."

스승님의 말에 한순간 하트리스의 대답이 늦어졌다.

"……용케, 그런 것을 밝혀냈군요."

"제 친구가 가르쳐주더군요."

친구라는 말에 어느 정도 무게가 담겨 있었을까.

아트람 갈리아스타가 마지막으로 남긴 비디오레터. ——
결코 호의적일 수 있는 만남은 아니었다. 오만한 귀족으로
서의 태도를 고수하는 아트람과 스승님끼리 죽이 맞던 것도
아니다.

그럼에도 뭔가 남는 것은 있었다.

한쪽이 죽어도 무로는 돌아가지 않을 만한, 접촉이 있었
다.

"자기 인생을 가장 빛나는 것에 바쳐라, 라고 그 사람은
당신에게 말을 했다던데요."

"그래, 맞습니다."

"그때, 묘한 이야기가 섞여 있더군요."

스승님이 손가락을 세웠다.

"당신을 숨겨두던 시절, 그 의사가 괴질에 걸려서 단속적
으로 시각을 잃었다고."

분명히, 그런 이야기는 나왔었다.

옆에서 듣던 나는 그렇구나, 그런 병도 있구나 정도밖에
여기지 않았지만, 스승님의 다른 감상을 느꼈던 것일까.

"하지만 당신이 만졌더니 나았다던데요."

"…………."

이번에야말로 처음으로 하트리스의 표정이 흔들렸다.

지체 없이 스승님이 물었다.

"이것이야말로 당신이 요정의 납치로 얻은 이능이 아닙니까?"

공간에, 말이 떠돌았다.

"당신이 모종의 이능을 요정의 납치로 얻은 것은 시계탑에서 유명했지요. 그러나 그 정체에 관해 자세히 아는 사람은 없었습니다. 어쩌면 당신을 맞아들인 널리지 경이라면 알지도 모릅니다만 그 분은 무슨 사정이 있더라도 양자에게 불리해질 말씀은 하지 않겠지요."

"……네, 널리지 경은 그런 분이지요."

하트리스가 살짝 끄덕였다. 현대마술과 이름의 유래가 되기도 한 널리지 경은 이 두 사람도 인정할 만한 인격자인 모양이다.

그러나 지금은 화제가 된 이능 쪽이 신경 쓰였다.

"무슨, 소리인가요. 마안수집열차^{레일 체펠린}에선."

마안수집열차^{레일 체펠린}에서 하트리스는 분명히 요정으로 인한 것으로 짐작되는 이능을 발휘한 적이 있었다. 어디선가 부해림^{아인 나슈}의 새끼를 출현시켜서 열차의 진로를 막은 것이다.

──『허수 속성과는 다르지만 저도 비슷한 짓을 할 수 있거든요. 이 심장 대신에.』

분명히 그런 식으로 말했을 것이다.

"하트리스의 말 그대로라네. 요정에게 납치를 당한 아이에게는 축복과 저주가 딸리기 마련이지만 그쪽은 축복이 아니라 단순한 저주 그 자체야. 의사가 설명했었지만 어떤 기기를 써도 당신의 심장은 찾을 수 없었다더군요. 아마도 잃어버린 심장의 위치에는 허수 마술로 다룰 만한── 균열과^{포털}도 비슷한, 일종의 이공간이 유지되고 있는 게 아닙니까?"

"정답."

하트리스가 이것도 인정했다.

"하하하, 그래서 그건 매번 죽을 지경이 되지요. 심장을 절개하는 짓이나 마찬가지라서요. 하트리스라는 이름인데 심장이 망가지는 고통을 맛보다니, 부조리하다 싶지 않습니까?"

"조금 더, 이야기를 진행하지요."

스승님이 말했다.

공간에 우뚝 선 빛의 기둥이 그 옆얼굴에 옅은 그림자를 드리우고 있었다.

"의사가 시각을 잃은 것은, 잃은 것이 아니라 찬탈당한 거라는 게 제 생각입니다."

"찬탈……?"

내 의문에 스승님은 부드럽게 웃었다.

"그런 마안이라네. 그런 마안이 되었다고 해야 할까. 아아, 마안수집열차[레일 체펠린]에서 나는 치명적인 간과를 했었어. ──그레이, 그 열차에서 올가마리의 수행원이 한 이야기를 기억하나?"

"그…… 살해당한, 미래시를 가진 분이요?"

"그래. 그 아가씨가 말하지 않았나. ──경매에는 무지개의 마안이 출품된다고."

"…………윽!"

순간, 숨이 턱 막혔다.

무지개의 마안. 분명히 마안 중 최고위.

결국 당시의 마안 경매에서는 칼라보의 포영(泡影)의 마안── 보석의 위계까지밖에 출품되지 않았다.

"하지만 트리샤의 미래시는 분명 예측이라고 말씀하시지 않았던가요. 가능성이 큰 미래를 볼 뿐이라고."

그렇다.

그렇게 이야기를 했을 터다.

그렇기에 고위인 보석의 마안을 무지개의 마안이라 착각했을 뿐. 그럴 터다.

"나도 그리 생각했다네. 그래서 속았지. ……하트리스. 당신 쪽에서 보자면 자못 우스웠겠군요."

"…………."

하트리스는 대답하지 않았다.

그렇기에 스승님 쪽에서 파고들었다.

"아까도 이야기했습니다만, 그 사건에서 당신은 마안 보유자를 머리째로 보존하던 것이 판명되었습니다."

"그게 무슨 문제라도?"

하트리스가 은빛 트렁크를 다시 한번 쳐다보았다.

"이 경우, 머리라는 점이 핵심이지요. 그때는, 마안 보유자를 머리째 보존하고 있으니 철석같이 마안으로 얻은 정보도 본인이 실토하게 한 줄 알았습니다. 그러나 그럴 필요는 없었지요. 그렇게 번거로운 방법은 필요 없었습니다. 당신에게는 더 쉽고 편한 수단이 있었거든요."

오싹, 하고 등줄기를 무서운 것이 치달았다.

그 이야기에 뒷부분이 더 있었나. 상상도 하기 싫었던 진실이.

스승님이 손가락을 들이대고 말했다.

"당신이, 타인의 시야를 찬탈하는 마안을 가지고 있었다면?"

말은, 칼날과 비슷했다.

의사가 단속적으로 잃은 시각. 젊은 하트리스가 만졌더니 나았다는 증언. 단숨에 여태까지 나온 요소가 연결되었다.

그것은 마안의 정체 그 자체였나.

"안이하지만 찬탈의 마안이라고나 이름을 붙일까요. 곁에 있으면 무지개의 마안의 시야조차 찬탈 가능한 마안이지요. 아까 짐승이 우리 같은 겨자씨에게 시선을 돌린 것은 바로 이거지요. 당신이 짐승의 시야를 찬탈했기 때문일 겁니다."

"⋯⋯⋯⋯윽."

숨을 죽이고 있던 우리를 짐승이 주목한 것도 역시 동일한 신비.

그렇기에 그때의 스승님은 하트리스가 가진 마안이라 말했던 것인가. 시선을 유도한 거라고도.

"그래서 경매에 무지개의 마안이 출품된다고 트리샤도 예측했지요. 무의식을 활용해 미래를 해독하는 예측의 마안은 이런 혼선을 막기 어렵습니다. 여하튼 이성으로 논리를 구축하는 것이 아니니까요. 본래 무지개의 마안 보유자와 무지개의 마안의 시야를 찬탈할 수 있는 마안 보유자를 확실히 구별하지 못합니다."

"⋯⋯이거 참, 숨길 수가 없는 상대군."

하트리스가 쓴웃음 지었다.

즉 그 말은, 스승님의 말을 인정한다는 뜻이었다.

"그 마안을 마안수집열차^{레일 체펠린}에서 쓰지 않은 것은 제어 문제입니까."

"전투 중에 가볍게 쓸 수 있을 만큼 다루기 쉬운 마안이 아니거든요. 만약 쓸 수 있다 해도 도리어 전황을 혼란시켜서 페이커에게 불리하게 작용할 가능성도 컸습니다. 애초에 그 반면에서 제가 이길 필요는 없었으니까요."

그랬었다.

닥터 하트리스는 페이커를 소환한 시점에서 그 사건에서의 목적을 달성했었다. 우리와 교전에 이른 것은 흥분한 페이커가 멈추지 않은 까닭에 불과하다.

한 호흡을 띄우고 스승님은 다시 말을 꺼냈다.

"앞으로 10분. 이야기를 처음으로 되돌리겠습니다."

시간은 아마 마술회로로 계측하고 있을 것이다. 스승님의 성능이라도 그 정도는 할 수 있다고 전에 이야기한 적이 있었다.

"관위결의^{그 랜 드 롤}에서 아오자키 토코가 간파했습니다만 알비온에서 균열^{포 털}을 발견할 수 있는 크로의 이능은 아마도 아다시노 가문의 마안이, 죽은 용의 눈동자와 동조한 것이겠지요. 예, 당신이 가진 찬탈의 마안과 이 동조하는 마안은 요정의 납치로 변질되기야 했으나 기본적으로 같은 성능입니다."

"……네?"

안 되겠다.

혼란스럽다.

왜냐면 균열^{포 털}을 발견하는 이능이란 크로의 이능이지 않았던가. 하트리스와는 관계가 없다.

관계가 없을, 터다.

"스승님, 저기, 무슨 말씀을?"

"확신을 얻을 때까지 시간이 걸렸습니다. 실제로 이 결론에 이른 것은 알비온에 들어온 다음이지요. 라이네스가 관위결의^{그 랜 드 룰}에서 말한, 지금의 하트리스는 제자 크로가 위장했다는 말은 결코 틀리지 않지만, 정확하지는 않습니다."

"…………"

하트리스는 침묵한 채로 미소 짓고 있었다.

"원래부터 닥터 하트리스는 크로였던 거지."

4

엎치락뒤치락하고 있달지, 이번 사태는 이미 나로서는 전
모를 파악할 수 없었다.

그토록 우여곡절이 있던 관위결의^{그랜드 롤}에서 크로가 하트리스
로 위장하고 있을 가능성이 시사되었고, 심지어 그 또한 아
셰아라의 고백으로 부정되었을 터였다.

그런데 여기에 와서 또다시 그 가능성이 돌아온 것인가?

아니, 그게 아니다.

스승님은 원래부터라고 말했다.

그렇지만 그 진의가 뚜렷하지 않다. 눈앞에 제시되어도
나로서는 차마 수용할 수 없다.

"30년쯤 전, 그 의사의 구조를 받은 하트리스는 상처투성
이에다 기억을 잃고 있었다고 들었습니다."

스승님이 말했다.

"그것이 10년 전, 과거의 동료에게 배신당해 다친 크로였다고 치면 어떻습니까?"

"…………네?"

얼떨결에 옆에서 듣던 내가 소리를 지르고 말았다.

역시 스승님이 무슨 말을 하는지 모르겠다.

순서가 뒤죽박죽이다. 30년 전의 사건에, 10년 전에 배신당한 사건을 끼워 맞추어서 대체 어쩌겠다는 말인가.

"그래, 순서가 반대지."

내 생각을 읽은 것처럼 스승님이 말했다.

"문제는 크로가 알비온과 지상을 오가는 수단을 가지고 있었다는 점이야. 그리고 아셰아라의 고백대로라면 배신은 알비온에서 벌어졌지. ——그렇다면 죽기 직전 크로는 다른 균열을 발견했던 것이 아닙니까. 단, 크로는 지상으로 도망치려 했으나 성사되지 않았지요. 네, 반대로 간 겁니다."

스승님은 손가락을 아래로 가리켰다.

"아마도 허무의 구멍과 연결된 균열을 통해, 요정역으로."

요정역.

영묘 알비온의 최심부. 이 옛 심장보다 더 아래.

"거기서 실제로 무슨 일이 일어났는지는 모릅니다. 요정이 일으키는 신비는 아직도 마술사에게 미지의 영역이고요. 그러나 알고 있는 사항은 있지요. 예를 들어 요정의 납치는 시대도 지역도 뛰어넘을 수 있다거나."

요정의 납치는 시대도 장소도 뛰어넘을 수 있다.

스승님은 분명하게 그리 말했다. 하트리스를 숨긴 의사와 이야기했을 때, 진찰실에서 강의해주었다.

——『극동에는 우라시마 타로라는 이야기가 있다나 보지만, 그것은 전형적인 카미카쿠시야. 납치된 인간은 시대도 장소도 다른 어딘가로 끌려가지.』

그리고 이 알비온 탐색 중에도 이야기했었다. 스승님만이 아니라 서 케이부터 같은 말을 하지 않았던가.

여기서는 시간도 공간도 애매하다고.

그렇지만, 그렇다고 해서, 이런 엉터리가 통용된단 말인가.

"물론 황당무계 그 자체지. 이런 것을 정색하며 말해도 곤혹스러워할 수밖에 없을 거야. 그래서 라이네스에게도 전하지 않았어. 관위결의에서 이런 정보를 꺼내봤자 일소에 부치고 끝날 테니까."

라이네스에게 모든 것을 전하지 않은 이유. 물론 스승님도 이번 발상에 관해 확신까지 이르지 못했다는 이유도 있을 것이다.

"그렇지만 이곳이라면 다르지. 여기에 있는 것은 두 명의 마술사다."

눈빛을 번뜩이며 스승님이 하트리스를 응시했다.

"아아, 덧붙이자면 요정역으로 이어지는 균열을 발견한
것이 크로였다고는 단정할 수 없지요. 원래 당신이 크로였^{하트리스}
다면, 같은 능력으로 그런 균열은 스스로 발견할 수 있을 테
고, 한 번 지나가 봤을 테니 발견하기도 쉽겠지요."

"즉…… 하트리스가, 빈사의 크로를 요정역으로 보냈다?"

"그래. 10년 전, 그 짐승에게 먹힌 아다시노 쿠로=크로
는 요정의 납치로 30년 전으로 이동했어. 이 요정의 납치로
당신이 받은 변이 전부는 헤아리기도 어렵습니다. 대체 어
느 타이밍에 모든 기억이 떠올랐지요? 하트리스라고 이름
을 대었을 때입니까? 아니면 자신의 과거인 크로와 대면했
을 때입니까? 아니지, 어쩌면 동료에게 배신당한 크로가 살
해당하려는 순간이지 않습니까?"

"…………."

나는 망연해 있었다.

현상만을 보면 내 고향에서 일어난 사건과도 비슷한 부분
은 있을 것이다. 아틀라스의 7대 병기 중 하나, 로고스 리액
트는 과거를 재연하고 그 세계로 나와 스승님을 보냈으니까.

그러나 이것은 현실이다.

영묘 알비온이라는 사람의 지혜를 초월하는 장소를 경유
했다고는 해도 7대 병기의 연산 세계 따위가 아니라 현실의

사건이지 않은가. 그런데 이런 일이 일어날 수 있단 말인가. 가령 일어날 수 있다손 쳐도 타임 패러독스는 어떻게 되는 것인가.

그리고.

"······용케 다다랐군요."

하트리스는 한숨을 쉬었다.

아다시노 쿠로=크로=닥터 하트리스.

한 식(式)이 여기서 완성된다. 먼 옛날에 규정된 원환처럼.

"시간역행은 마법의 영역입니다. 저희의 마술로는 다다를 수 없지만 신비로서 존재하지 않는 것이 아니지요. 다섯 마법에는 그런 작용을 가진 것도 존재하고, 무엇보다 그레이의 고향에서 로고스 리액트를 보았습니다."

"흠. 그것은 단순히 과거의 재연이지 않았습니까."

"예, 그것 자체는 재연에 불과하지요."

하트리스가 나와 같은 의문을 입에 담자 스승님도 끄덕였다.

"그러나 동시에 가능성은 엿보았습니다. 그 재연에서 발견한 당신의 논문에는 신령 이스칸다르를 재림시키는 술식 외에도 몇 가지 연구하고 있는 흔적이 있었기 때문이지요. 그 의미를 깨달은 것은 아쉽게도 이 미궁에 내려온 뒤입니다만."

"······과연. 다만 그것은 일찌감치 포기했었어요. 과거를 관측해서 시행하는 레이시프트라고나 해야 할 역소환에 의한 시간역행은, 이론상으로는 가능할 겁니다. 하지만 이 시간역행을 안정시키기 위해서는 최저라도 아틀라스원의 전면적 협력과 시계탑에서도 군주(로드)를 배출하는 명문의 비술이 필요할 거라고 나오더군요. 후후후, 이것만으로도 이미 불가능한 일입니다. 더군다나 새로운 시설이나 실험에 필요한, 천문학적인 비용을 고려하면 그거야말로 성배전쟁에서 승리라도 해야 하지요. 그리고 거기까지 하고도 시간역행 가능한 인간의 자질은 한정적일 테고요."

담담히 하트리스가 고백했다.

그 하나하나가 정통의 마술사라면 경천동지할 내용임이 확실하다.

스승님은 그저 작게 숨을 내쉴 뿐이었다.

"다행이군. 솔직히 망상이란 비방은 피하지 못할까 싶었습니다."

"그럼, 저의 공범자도 이미 아시겠군요?"

"관위결의(그랜드 롤)의 공범자라면 이노라이겠지요."

스승님이 덤덤하게 폭로했다.

"이런 건 단순한 소거법입니다. 맥다넬의 딸이 하트리스의 제자를 살해하려던 이상 이쪽과 손을 잡기는 어렵습니다. 타고난 귀족주의인 루프레우스에게는 신대의 마술 형식

같은 것에 찬성할 여지가 없고요. 올가마리와 이노라이는 사실 꽤 고민했습니다만 만약 천체과와 손을 잡았더라면 나오는 건 군주 본인인 마리스빌리일 테지요.

그리고 미즈 이노라이라면 복잡한 사상이고 뭐고 없이, 단순히 유리하기 때문이라는 이유만으로 당신 편에 붙습니다. 예, 그 사람은 호흡하듯이 권력과 친근하지요. 아무 악의 없이, 고집 없이, 음모의 실을 칠 수 있습니다."

"옛날부터 이노라이 선생은 친절히 대해 주셨거든요."

"지금의 현대마술과를 상대로도 노상 민주주의로 갈아타라고 잔소리가 많으니 말입니다."

하트리스가 말하고, 스승님이 한쪽 눈을 감았다.

"그렇다고는 해도 미즈 이노라이는 당신을 성공시키려던 것이 아니지요. ……당신이 성공해도 실패해도 괜찮도록, 반면을 컨트롤하고 있었을 뿐이지. 맥다넬 쪽도 이노라이가 당신과 결탁했다는 점 정도는 어렴풋이 눈치채고 있었을 겁니다."

"맥다넬 씨도, 눈치를 챘었다……?"

내가 앵무새처럼 되뇌자 스승님이 끄덕였다.

"그러니까 라이네스는 범인 수색을 그만둔 걸세. 특정에 성공해봤자 상대의 퇴로를 끊어 완전히 적으로 돌아설 뿐이니까. 물론 최악의 경우 맥다넬에게는 속았다는 불명예가 남지만 이 정도라면 얼마든지 정치적인 리커버리가 가능해.

군주쯤 되면 당연한 판단일 테지."

　대체 그 회의에서는 몇 겹이나 기대 및 음모가 뒤엉키고 있었는가.

　이렇게 풀리고 보니 나로서는 절반도 알 것 같지 않았다.

　그리고 하트리스는 천개를 쳐다보았다. 빛이 그의 얼굴에 떨어지자 눈을 감았다.

　"당신은 탐정이 아니야. 사건을 단죄할 역할이 아니지. ……단지 필요하니까 사건을 해체할 뿐이다."

　그러니까 범인을 폭로하지 않는다.

　그러니까 죄를 추궁하지 않는다.

　단지 사건을 해체한다. 마치 기계의 톱니바퀴를 빼듯이. 마치 사랑하는 신비의 근간을 무의미화시키듯이.

　"그렇다면 나에게는 어떤 와이더닛이 있을 수 있을까."

　어딘지 장난스럽게 하트리스가 물었다.

　전에 만났을 때도 이 마술사에게는 기묘한 이면성이 있는 것처럼 느껴졌다. 어쩌면 그것은, 크로로서의 성질과 하트리스의 성질 때문이었을까.

　"당신은 시간역행으로 제자인 크로와 스승인 하트리스 쌍방의 시점에서 시계탑과 알비온을 바라보게 되었습니다. 그리고 동료이며 제자인 그들로부터 두 번 배신당했지요."

　엄숙히 스승님이 말했다.

"거기서 얻을 수 있는 교훈은, 몇 번 해도 똑같은 일이 된^{와이더닛}다, 입니다."

"정답이야."
짝짝, 하는 하트리스의 박수.^{클랩}

"잘못된 것은 내가 아니야. 물론 아셰아라도 게셀츠도 조렉도 캘루그도 아니지."

뒤에 이어진 것은 과거 크로와 함께하던 팀메이트다.

크로를 배신하고 죽이려던 마술사들의 이름. 그리고 아셰아라 말고는 이 사건 중에 아마 크로=하트리스가 복수한 마술사들의 이름.

"……좋은 팀이었어요. 아셰아라는 제 소꿉친구였습니다. 게셀츠는 믿음직한 마술약을 구사하는 연금술사고, 조렉과 캘루그 형제는 제 미흡한 점을 보충하며 전투 멤버로서도 무드메이커로서도 활약했었습니다. 그리고 그 전원이 저에게는 사랑스러운 제자들이었지요."

쌍방에서 크로=하트리스는 그들과 관계를 맺은 것이다.

생사를 함께한 둘도 없는 동료로서, 또는 같은 교실에서 마술의 심연을 주제로 토의한 사제로서, 그들은 크로=하트리스와 관계를 맺었으며, 그리고 결국 두 번 다 크로=하트리스를 배신했다.

"그렇다면 잘못된 것은 그들이 배신하게 조장한 현대의

마술사 세계일 테지요. 아무리 해도 여기에 다다르는 마술 세계야말로 고질병입니다."

……아아.

드디어 여기에 이르렀다.

닥터 하트리스의 와이더닛. 어째서 그가 이랬느냐는 동기. 신대의 마술 형식도, 영묘 알비온이라는 대무대도, 그걸 위한 수단에 불과하다.

몇 초 침묵한 뒤에.

"……당신은, 신대의 마술 형식으로 신세대를 구원하고 싶은 게 아닙니다."

스승님이 말을 이었다.

"자네의 인생을 가장 빛나는 것에 바쳐라. 그렇게 말한 당신에게 가장 빛나는 것은 이미 상실했지요. 그러니까 당신은 그 보상행위를 할 수밖에 없었습니다. 상실한 것을 되찾는 것이 아니라, 상실하게 만든 어리석은 자들을 미워했습니다. 그 대상이 사람이 아니라 마술사라는 세계였을 뿐이지. 신대의 마술 형식이라는 폭탄으로 기존의 마술사 세계를 모조리 다 부수어버리고 싶을 뿐이야."

'……그, 건.'

나는 생각했다.

예전에 페이커와 두 차례 말을 나눈 적이 있었다.

그녀는 왕의 사후, 후계자 전쟁을 시작한 전우를 미워하고 있었다. 아마도 미워한 전우가 세상을 떴기 때문에 더욱 그녀는 그 대가로서 왕을 신으로 만들기를 바랐다.

그렇다면 그녀가 몸에 깃들인 분노와 하트리스의 감정은 완전히 동질이지 않을까.

"맞습니다."

재차 하트리스가 끄덕였다.

"그러면 무슨 문제라도?"

"아니요."

스승님이 고개를 내저었다.

"하지만 그렇다면 멈출 수밖에 없습니다. 숭고한 이념도, 도박할 만한 보상도 없으니까. 한낱 파괴충동에 제 제자들의 미래를 맡길 수 있을 턱이 없습니다."

"멈춘다라."

우스운 말을 들은 것처럼 하트리스는 웃었다.

"그 의미로 치면 저는 진즉에 정지했습니다. 진즉에 배턴은 그녀에게 건넸으니까요. 그래요, 뒷일은 저의 신이 모든 것을 이루어줄 겁니다."

마침 하트리스가 말을 마쳤을 때였다.

등 뒤에 있는 빛의 기둥에서 무언가가 일어섰다.

5

그것은, 몹시 천천히 눈을 떴다.

눈을 뜨기만 해도 가볍게 몇 년은 걸릴 터였다.

인간과 신령(사람)은 시간 감각이 다르다. 살아있는 시간도 차원도 다르다. 인간이 이루는 일에 대해서 신령은 정확히 인식하지 않으며, 혹은 지나치게 정확히 인식하기에 인간과는 크게 어긋나고 만다.

그것의 자기인식도 이미 인간(사람)과는 달랐다.

영기허영재림.

하트리스가 그리 부른 술식은 서번트를 다시 한번 좌(座)와 접속하는 것이었다.

페이커라는 클래스로 묶여 있던 경계기록대(고스트 라이너)는, 이 술식으로 페이커로서의 기록, 이스칸다르로서의 기록을 동시에 입력받게 되었다.

본래 영웅이 가진 한 측면의 재현밖에 허용되지 않는 서번트의 한도를 크게 넘어서서 신앙 대상으로서의 현상——신령의 규모까지 기록의 규모가 확대된다. 그것은 이스칸다르가 거쳐 온 실제 역사이며, 무수한 민중에게 이스칸다르라는 영웅이 신앙 받아온 이천 수백 년이며, 그 뒤에서 페이커가 경험한 역사이고, 단 한 명의 마술사가 페이커를 신앙한 몇 시간이었다.

그리고 그것은 세계를 보았다.

6

한순간에, 모든 것이 치환되었다.

하트리스가 마법원을 깔아둔 영묘 알비온의 공간은 찰나만에 날아가고, 우리가 서 있는 곳은 붉은 황야였다.

"어……?!"

느닷없는 변화에 주위를 둘러보았다.

토지만이 아니다.

어느 틈에 우리는 수많은 병사들에게 둘러싸여 있었다.

다양한 문화의 갑옷으로 몸을 감싸고, 혹은 창을 들고, 혹은 기마에 타서 지평선까지 이어지지 않을까 싶은 무시무시한 수의 그림자 인간이 줄지어 있었다.

"왕의 군세다……."
아이오니언 헤타이로이

스승님이 신음했다.

그 이름은 들은 적이 있었다. 이스칸다르가 서번트로서 현계했을 적에 행사한 규격 외의 보구. 고유결계와 함께 자신이 연을 맺은 수만 명의 병사를 소환한다는, 상식에서 벗어난 신비의 군세.

신령 이스칸다르의 각성을 그 군세의 병사들이 축복하는 것은 필연이기도 했나.

아니나 다를까 그림자 병사들 중심에 유달리 큰 기병의 그림자가 있었다.

아니, 어마어마한 그림자 인간 속에서 그 존재만이 빛을 내고 있었다.

신령 이스칸다르.

나로서는 그 모습을 정확히 인식할 수 없다.

신장이든 체격이든 전혀 다른데, 그 페이커처럼도, 이야기로 들었을 뿐인 거한 이스칸다르처럼도 느껴졌다. 아서 왕의 소환으로 서번트에 한없이 가까워진 내 시각으로도 그 존재를 직시할 수 없다. 인식하지 못할 과도한 정보를 내 시각이 눈부신 빛이라 오인한 것이다.

"……아아, 이것이 신령의 도래야."

하트리스의 음성에 숨기지 못할 희열이 있었다.

그의 의도대로 세계에는 신대의 마술 형식이 도래했다. 이리하여 시계탑과 귀족주의에 의한 마술사 세계는 종말을 고했다.

잠시 뒤에 스승님이 입을 열었다.

"확인해두고 싶군. 성배전쟁에서 마스터는 서번트의 요석입니다. 아무리 강대한 마력이 있을지라도 마스터를 잃으면 빠르게 고갈되어 소멸할 테지요. 이 경우의 신령도 마찬가지이지 않습니까?"

"아아, 나를 죽이면 신령 이스칸다르는 소멸할지도 모른다는 소리인가 보지? 그것은, 당신치고는 다소 우둔한 질문이군. 그래서는 전혀 의미가 없어. 몇 가지 루트를 통해서 이미 금화를 나누어준 지상의 신세대들도 납득하지 못하지."

하트리스가 쓴웃음 지었다.

"스타테르 금화를 가지고 있는 마술사는 모두 마스터와 똑같은 경로로 맺어졌어. 물론 요석으로서의 기능도 겸비하지."

"⋯⋯즉, 나도 신령 이스칸다르의 마스터 중 하나라는 뜻인가."

금화를 든 스승님이 입술을 깨물었다.

"믿을 곳이 빗나갔나?"

"아니요, 비로소 안심했습니다."

천천히 스승님이 슈트의 먼지를 털었다.

신령 이스칸다르에게로 그 시선을 돌린다.

"어쩔 셈입니까?"

"라이더⋯⋯."

그렇게 말한 스승님은 찬란히 빛나는 이스칸다르에게로 걸어가기 시작했다.

　"그 이스칸다르에게는 당신과 함께 제4차 성배전쟁을 달린 기억은 없어요. 아뇨, 애초에 영령 이스칸다르와 신령 이스칸다르는 근본만 같을 뿐인 별개 존재입니다. 당신이 어떠한 감상을 느낀다 해도 신은 그런 것에 눈길을 주지 않습니다."

　하트리스의 말이 과연 닿았는지 말았는지.

　스승님의 발걸음에는 아무 변화가 없다.

　들뜬 것 같은 걸음걸이는 흡사 사막에서 기갈로 죽기 직전에 성지를 발견한 신앙자 같으니. 설령 그 성지가 죽는 순간에 본 환상이라 해도 그가 느낀 구원이 환상일 리 없으매.

　아아, 진실로 환상이 아니었다.

　영묘 알비온에 들어오기 전부터 내내 끼고 있던 장갑을, 스승님이 세게 잡아 뺀 것이다.

　"뭣……!"

　"어……."

　하트리스도, 나도 말문을 잃었다.

　있을 리 없는 것이 거기에 존재하고 있었다.

　단 한 획. 벌겋게 빛나는 기괴한 형상을 그린 문양이.

　──단 한 획뿐인 영주가!

　"그럴 수가…… 엘멜로이 2세. 그 영주를 어디서……."

"제3차 성배전쟁."

말은, 결코 답이 아니었다.

그러나 나는 알 수 있었다. 그 장면을 보았기 때문이다.

루비아젤리타 에델펠트가 수업료라 주장하며 넘긴 보석 상자. 에델펠트의 혈족이 제3차 성배전쟁에 참가했었다는, 그때의 이야기.

아아, 그렇다면.

세계에서 가장 화려한 사냥꾼이라 자부하며 하이에나라 비난받아도 당당한 그녀의 혈족이라면, 영주를 보존하고 가쳐오는 것은 충분히 가능한 일이 아니었을까.

"지금, 나도 마스터 중 한 명이라고 말했겠지, 하트리스......!"

"하지 마!"

그 의미를 깨닫자 처음으로 하트리스가 외쳤다.

들어 올린 손에서 마탄이 발사되었다.

"──윽, 어림없어요!"

내 발이 땅을 박찼다.

하트리스의 마탄을 모조리 사신의 낫로 베어 넘긴다. 여태 없던 수준의 민첩성과 동시에 몸에 격렬한 통증이 번졌다. 아서 왕이 되고자 하는 몸은 전에 없던 활력으로 가득했으나 지금도 변화의 대가를 치르는 중이었다.

신령 이스칸다르도 그 요인이었다.

갓 재림한 신령이 뿜는 마력이 우리의 마술회로를 태운다.

스승님에게는 더 고통스러웠을 것이다. 나만큼 튼튼한 마술회로를 가지지 못한 이상, 그야말로 지옥의 고통에 온몸이 시달리고 있을 것이다. 신령에 다가가려는 한 걸음 한 걸음이, 그야말로 연옥의 불꽃에 달구어지는 것과 다를 바 없을 것이다.

"……너, 옛날에, 수육(受肉)하고 싶다고 그랬었지."

스승님의 얼굴이 보이지 않았다.

그렇지만 날카롭게 곤두선 감각은 그 뺨에 흐르는 이슬을 감지했다.

"미안해, 라이더. 네 바람을 이루어주고 싶었어."

"하지 마! 하지 마, 엘멜로이 2세!"

하트리스의 외침일랑 스승님은 들리지 않는 것 같았다.

"스승님……."

이전, 스승님은 이야기했었다.

제5차 성배전쟁에서 이스칸다르를 불러내려 했던 것은, 그 서번트가 성배전쟁에서 승리할 수 있는 그릇이라 증명하고 싶었기 때문이라고. 그 말은 결코 거짓일 리 없다. 과거의 미숙하고 어리석던 자신의 속죄로 항상 하던 생각이었으리라.

그러나 그보다 더 깊은 곳에 또 하나의 소원이 있었다.

하트리스는 도구로서 쓰고 싶으니까 신령 이스칸다르를

재림시키려고 했다.

페이커는 신으로서 숭배하기 위해서 신령 이스칸다르를 재림시키려고 했다.

그렇지만 결국, 스승님의 경우에는.

"정말로, 나는, 네 바람을 이루고 싶었어."

스승님이 말했다.

지독히 차분한 음성이었다.

이 사람이 이런 식으로 말하는 것을 나도 처음 들었다.

그림자 병사들은 일절 움직이지 않는다. 주인의 명령이 없기 때문이다. 신령 이스칸다르도 불려 나온 채로 미동도 하지 않는다. 그저 저기에 있을 뿐이다. 갓 태어난 신령이란 그런 법인 것이리라.

하트리스도 달려가기 시작한다.

그 앞길을 내가 가로막았다.

최소한 이 한순간만은 스승님을 위해서 지켜내고 싶었다. 그러기 위해서 여기까지 따라온 것이라고 진정으로 생각했다.

"그러니까 말이야, 너는 늘 성급하다고. 늘 이쪽 준비가 되기도 전에 찾아와선 신나게 침략만 하고 떠나가고 말이지."

걸으면서 스승님이 말했다.

마술회로의 통증 따위보다 지금 마음에서 우러나오는 무

언가 쪽이 훨씬 소중하다는 듯이.

"그래, 이번만큼은 얌전히 기다리고 있어. 평소처럼 대범하게 웃으며, 남이 하는 일이나 지켜봐. 언젠가는 좌에 가줄 테니 남의 이야기를 대충 들으며 등짝이라도 두드려주면 되는 거야, 멍청아."

조금 더, 다른 방식이 있었을지도 모른다.

마술이 제대로 된 것이라면, 다른 군주처럼 할 수 있었다면. 스승님이 몇 번 말했는지 모를 넋두리.

그런데도.

"약속한다. 누가 믿지 않아도, 나도 믿지 못해도, 내가 아무리 해도 영령의 그릇이 아니어도."

한 마디씩, 피를 토하듯이, 스승님이 내뱉는다.

"목숨을 모조리 불태울 때까지, 나는 당신에게 다가가겠어."

한 걸음씩, 목숨을 바치듯이, 스승님이 걸어간다.

"그야 그렇잖아. 나는 너의 마스터고…… 너의 신하이며…… 너는 내 왕이고……."

이번에는 그 얼굴이 보였다.

흐느끼며 무너질 듯한 얼굴로, 스승님이 말했다.

"너는…… 내, 친구니까……."

천천히 오른손이 올라갔다.

눈물을 주르륵 흘리며 마지막 한 획이 붉게 빛난다.

"영주로 명한다."

"그만둬! 웨이버 벨벳!"

하트리스의 손도 올라갔다.

그도 영주를 쓰려던 것이리라. 이쪽도 마지막 한 획을 사용해 신령에게 모종의 지령을 내리려 했으리라.

순간, 그 손이 공중에 날았다.

내 낫이 자른 것이다. 절단되어 날아간 손이 피보라와 함께 허공을 날았다.

"퇴거해라, 라이더!"

라이더, 라고 말했다.

현재의 신령 이스칸다르가 아니라, 과거 스승님이 소환했을 때의 영기로.

그러나 그 의미는 신령이 된 존재에게로, 정확히 닿았다.

7

"아……."

목소리를, 들은 것 같았다.

그것은 분명히 스승님에게는 들리지 않을 것이다.

영(靈)에 지나치게 민감한, 블랙모아의 묘지기인 나만이
느낀 사념.

난생처음으로 자신의 체질에 감사한 그 『목소리』는——.

8

변화한 것이 한순간이라면, 모든 것이 원래대로 돌아오는
것도 역시 한순간이었다.

"스승님!"

부른 순간에 붉은 황야는 이미 사라져 있었다. 우리는 영
묘 알비온의 옛 심장으로 돌아와 있었다. 죽은 용의 마술회
로가 하얗게 주위를 밝히며 이 자리에는 아무 일도 일어나
지 않았다고 시치미 떼는 것만 같았다.

"……바보 녀석."

옛 심장의 천개를 쳐다보며 스승님이 말했다.

"언제나 남의 말을 듣지 않으면서 이럴 때만 얌전히 듣나."

표면만 들으면 너스레 같으면서도, 지독히 무거운 음성이
었다.

그런 뒤에 천천히 뒤돌아섰다.

"……엘멜로이 2세……!"

쓰러진 하트리스가 잃어버린 한쪽 손을 잡고 있었다.

그 옆에 또 한 명, 이 공간에 돌아온 이가 있었다.

"어째서지……."

그녀는 신음했다.

"어째서 마지막 영주로 나를 불렀지. 하트리스."

"페이커……!"

나도 눈을 홉뜰 수밖에 없었다.

하트리스의 몸을 검은 머리 여전사가 부축하고 있었다.

하트리스는 팔이 잘리기 직전, 혹은 잘리고도 경로를 억지로 이어서 명령을 마쳤다. 마지막 영주를 사용해 신령 이스칸다르로부터 핵이 된 페이커를 분리시킨 것이다.

그런 짓이 가능한지 나로서는 모르겠다.

다만 그 순간 하트리스는 성공했다는 생각만 들었다.

"반반이거나, 그보다 불리했어도 네가 영주로 명령하면 엘멜로이 2세쯤이야 무시하고 신대의 마술 형식이 성립할 가능성은 충분히 있었어. 어째서지?"

"어째서일까요……."

피투성이의 하트리스가 눈썹을 모았다.

"엘멜로이 2세를 막을 수 없다고 생각한 순간, 어째서 대마술의 완수보다 당신의 얼굴을 한 번 더 보고 싶다고 생각했을까요."

"…………."

약간, 알 것 같았다.

크로=하트리스는 영묘 알비온의 팀에 두 번이나 배신당했다. 동료로서도, 제자로서도 배신당했고, 그래서 그렇게 될 수밖에 없는 마술사의 세계를 미워했다.

그 이름과 반대로 페이커는 처음으로 그를 배신하지 않은 상대였던 것이 아닐까.

혹은 정말로 하트리스가 추구하던…….

"……스승님."

자세를 잡고 사신의 낫을 고쳐 잡았다.
^{그림 리퍼}

그러나 스승님은 내 어깨를 짚고 고개를 저었다.

"그만 됐네, 그레이. 지금 대마술로 하트리스는……."

"……하하, 역시 잘 아십니다."

하트리스가 입술을 뒤틀었다.

영묘 알비온을 돌파하고 서번트에게 몇 번이나 보구를 쓰게 하고서 이번 대마술을 가동한다. 확실히 마안 보유자를 태워서 마력은 보충했겠지만 결코 술자 본인도 무사히 끝날 만한 행위가 아니었다. 진즉에 하트리스도 한계를 맞이한 것이다.

그렇지 않으면 아까 스승님을 막을 때에 단순한 마탄만 쏘는 우책에 빠지지 않았으리라.

"10년—— 아뇨, 30년을 소비한 당신의 대마술은 끝났습니다."

스승님이 선고했다.

"당신의 의향이 있으면 엘멜로이파에서 신병을 맡아도 됩니다. 적어도 다른 파벌보다는 나은 처우를 약속할 수 있으리라 봅니다."

"마음씨 고우시군요. 그거야말로 미즈 이노라이라면 같은 말을 하면서 다음 음모에 어떻게 써먹을지 고민하겠지만, 당신은 단순한 선의로 말을 하고 있습니다. 그것은, 시계탑에서의 미덕이 아닌데요?"

"아주 잘 압니다."

떨떠름한 표정으로 스승님이 말하자 하트리스는 큭큭 웃었다.

"하지만 이런 곳에서 꼴사납게 스러지는 모습을 보여주는 것도 부아가 치미는군요. 네, 당신에게만은 보여주기 싫다고, 아무래도 저는 그런 생각을 하나 봅니다. ……페이커."

"뭐지."

"일으켜 주십시오."

페이커의 어깨를 빌려 하트리스가 일어섰다.

절단된 아래팔을 슈트 가슴에 붙인다.

흘러나온 속삭임은 확실히 이랬었다.

【뒤집혀라. 내 심장.】

그 주언과 함께 두 사람이 사라졌다.

심장 대신에 봉입한 균열^(포털)을 이용한 순간이동. 그러나 그 것은……

"……그 신비를 쓰면 완벽한 상태라도 죽을 지경이라고 말했었지."

스승님의 중얼거림은 내 생각과 일치했다.

"그렇다면 이미 결과는 나와 있을 테지."

하트리스는 결말^(끝)을 선택했다.

그는 페이커와 함께 어떤 경치를 보고 있을까. 크로이며, 하트리스였던 기괴한 인생 마지막에 무엇을 보려 생각했을 까.

마술회로를 태우는 통증이 남는지 스승님이 위팔을 붙잡 았다.

"앞으로 2분. 아마도 계약대로, 관위결의^(그랜드 룰)는 포기되겠지. 아무 일도 없었던 것이 되는데…… 잃어버린 것만이 너무 많군."

"소제는…… 그 두 사람이……."

말하려던 순간이었다.

내 손에 이변이 발생한 것이다.

그것을 눈치챘는지 스승님이 돌아보았다.

"왜 그러지?"

"애드가……."

옅게 빛을 내는 사신의 낫^{그림 리퍼}을 들어 올린 내 손은 가늘게 떨고 있었다.

*

지상의 연구동에서 어느 소년이 시선을 내렸다.

바닥이다.

더 엄밀히 말하면 바닥보다 까마득히 아래── 마치 지저를 바라보는 것 같았다.

"어, 르 시앙 군 왜 그래?"

플랫이 갸웃거렸다.

라이네스가 지시한, 서고 정리 도중이었다.

관위결의^{그 랜 드 롤}의 결과를 대비해 이것저것 서류 정리나── 일부 증거의 인멸 등을 부탁받았다고는 강사들에게도 말 못할 사항이다.

물론 관위결의^{그 랜 드 롤}의 추이에 따라서는 이 노력들도 물거품으로 돌아가고 자칫하면 현대마술과 그 자체가 사라지겠지만, 그런 진지한 사정은 물론 고려하지 않고 있다. 그렇다기보다 그런 고려를 하지 않는 플랫과 자그마한 도의보다 은사를 우선하는 스빈의 조합이니까 이 임무에 뽑혔다 해도 될 것이다.

그러자 스빈 글라슈에이트는 불만스럽게 입술을 삐죽였다.

"르 시앙이라 하지 마. ……방금, 끝난 냄새를 맡은 느낌이었어."

"끝난 냄새."

플랫은 이 급우가 실제로 냄새를 맡은 것은 아니라 여기고 있다. 그가 맡는 것은 인과의 엉킴 그 자체. 냄새라고 여기는 것은 어디까지나 그의 지각에 대응해서 뇌가 변환하고 있음에 불과하다.

그렇기에 플랫은 지극히 순순히 끄덕였다.

"르 시앙 군이 하는 말이라면 분명히 그렇겠네!"

그렇게 단언한 소년의 등 뒤에서.

창밖의 밤하늘에 한 줄기 별이 흘렀다.

＊

런던의, 바(bar)의 일각이었다.

아는 사람만 안다는 것은 신비와 관계가 깊은 이들 사이에서 자주 이용되는 주점이기 때문이다.

광원은 극단적으로 적으며, 시각의 『강화』를 할 수 있는 이가 아니라면 가게 안에서 이동하기에도 지장이 생긴다.

자리의 간격도 적당히 넓어서 필요하다면 옆의 상대가 누구인지도 알 수 없도록 카무플라주용 마술을 쓸 수 있게 되어 있다.

이번 경우, 테이블석에 있던 것은 드문 구성이기는 했다.

한쪽은 별 모양 안대를 차고 핑크빛으로 머리카락을 물들인 소녀.

한쪽은 바이올린 케이스를 발밑에 놓은 은빛 머리카락의 청년.

이베트 L. 레이먼과 멜빈 웨인즈였다.

"아~ 슬슬 끝났을 무렵이지, 관위결의.^{그 랜 드 롤}"

"그럴 때겠어."

와인 잔을 들고 멜빈이 끄덕였다.

또한 테이블 구석에 붉은색으로 젖은 행커치프가 놓여 있는 것은 어김없이 각혈한 다음이기 때문이다.

"당신이라면 민주주의파의 정황 정도는 들은 것 아니야? 여하튼 트란벨리오의 분가잖아."

"안타깝게도 이번에는 되도록 정보를 받지 않도록 처신해서."

멜빈의 대답에 이베트가 밑에서 들여다보듯 시선을 움직였다.

"그거, 실수로 자기가 배신해서 친구를 방해하지 않으려고?"

"그렇지! 누가 뭐래도 나는 우정이 돈독하거든!"

"우정이 돈독한 사람은 실수로 배신하지 않는다 보는데."

지극히 당연한 딴죽을 걸면서 이베트는 등을 쭉 폈다.

"하지만 난감하게도 방금 말만은 사실이네. 그렇다기보다 우연히 마주쳤다고 바 같은 곳으로 부른 거, 나 상대라면 언제 배신해도 죄의식을 느끼지 않아서 그런 거잖아."

"응. 너도 언제든지 나를 배신할 거지?"

"물론이야. 그야 마술사인걸."

시계탑의 주민이라면 극히 평범한 사고방식이다.

새삼스럽게 그런 자기 자신을 부끄러워할 일도 없고, 그렇기 때문에 그렇지 않은 사람에게 끌리는 것일지도 모른다고 이베트는 생각했다.

엘멜로이 2세든, 그레이든, 마술사로서는 이단이다.

"크리스마스 전, 눈 오는 날 밤에 그레이와 이야기했거든."

멜빈이 말했다.

"그래, 약간 심술을 부렸지. 웨이버가 엘멜로이 2세 같은 노릇이나 하는 것은 결코 그 친구 본의가 아니라고 까발렸어. 그뿐만 아니라 라이네스에게 유유낙낙 따르는 것은 벨벳 가문의 수준 낮은 마술각인을 담보로 잡혔기 때문이라고."

"그레이는 뭐라 대꾸했어?"

"아무 말도."

어이없다는 듯이 멜빈은 어깨를 들썩 세웠다.

"그저 앞으로 웨이버가 로드 엘멜로이 2세를 그만둔다 해도 자기에게 스승님인 것은 변함없다. 다른 학생에게도 그렇다네."

"어린애 같네."

노래하듯 이베트가 감상을 입에 담았다.

어딘지, 부러운 듯이.

"바보 같네."

한 번 더 말했지만, 멜빈은 대꾸 없이 유리잔을 들어 올렸다.

"저기, 웨이버."

그리고 속삭였다.

"너는, 네 꿈을 따라잡았어? 꼭 하고 싶은 일이 있으니까 돈을 빌려달라며 나를 놀라게 한, 그 시절의 꿈을."

속삭임이 끊어졌는지 아닌지.

때마침 그때, 창밖에 한 줄기 별이 흘렀다.

9

고요한 밤이었다.
아주 고요한, 겨울밤이었다.

그리고 마치 꿈의 눈물처럼, 한 줄기 유성이 밤하늘을 건
너갔다.

1

알비온에도 낮과 밤은 있다.

정확히는 제1층인 채굴도시에도, 라고 해야 할까. 어디까지나 천개의 광량 변화에 지나지 않지만 비해해부국은 이 부분을 조작하여 더욱 효율 높게 노동자를 일하게 하려는 논문까지 제출했다.

지금은, 밤이다.

채굴도시에서 멀리 있는 야트막한 언덕에 인영이 서 있었다.

"여기면 되나."

페이커는 업고 있던 남자를 내려놓았다.

거친 동작으로 보임에도 바위에 등을 기대어 눕힌 손길은 친절했다. 당장에라도 끊어질 만큼 가느다란 호흡을 잇는 하트리스는 흐릿하게 눈을 떴다.

"아름답네요."

그리고 입술에 웃음을 머금었다.

채굴도시에서 흘러나온 불빛이 마치 대지로 뒤집힌 밤하늘의 별빛 같다. 채굴도시의 천개에 별이 없는 만큼, 그런 인상이 증폭되는 것도 한 이유이리라.

"옛날의 크로는 이 광경을 사랑했지만, 동시에 진짜 하늘을 동경했었습니다."

하트리스가 말했다.

"……아아, 그래서 처음 런던에 나왔을 때는 기뻤지. 설마 만난 학부장이 자기 자신일 줄은 몰랐지만요."

참으로 우습다는 양 등을 들썩거린다.

운명이라고 하면 너무나도 얄궂었다.

동일인물의 젊은 시절과, 나이 든 시절. 양쪽 다 특별한 것을 느낀 것이야 당연한 노릇이다. 청년에게 소년은 잃어버린 과거 그 자체이며, 소년에게 청년은 언젠가 잃어버릴 미래 그 자체였으니까.

"감개에 잠기는 거야 자유인데 말이다."

페이커가 앉았다.

하트리스와 같은 시점에서 채굴도시를 바라보며 말했다.

"네가 죽으면 나도 금방 사라진다고."

"……네, 그렇겠네요. 신령 이스칸다르의 술식이 풀린 이상, 다시 저만이 당신의 마스터입니다. 요석인 제가 죽으면 당신은 사라질 수밖에 없습니다."

"너는 최악의 마스터야."

표정을 바꾸지 않은 채 페이커가 매도했다.

"성배전쟁조차 아닌 사건에 서번트를 끌고 다니고, 네 소원을 이루어주겠다 해놓고 중요한 순간 주춤해서 나 따위나 구해냈지. 최소한 한 방 갚아줄까 싶었더니 도망쳐서 여기서 이 꼴이야. 대체 어떻게 변명할 셈이냐."

"하하하, 할 말 없군요."

부정 따위는 할 수도 없다고 하트리스는 끄덕였다.

그 옆얼굴에서 삽시간에 생기가 사라져갔다. 한계까지 정기를 소모한 끝에, 금지된 수법이라고 해야 할 심장의 균열을 사용한 결과였다.

딱, 하고 가벼운 소리가 났다.

페이커가 튕긴 검지가 이마를 때린 소리였다.

"그 비실대는 표정은 싫어하지 않으니까, 술잔치를 할 때라도 보이라 말했었지."

깜짝 놀란 표정의 하트리스 품속에서 페이커가 스키틀을 꺼냈다.

"그럼, 마셔라. 약속했잖아."

"약속이라면 어쩔 수 없겠군요."

재촉받는 대로 하트리스가 딱 한 모금만 술을 마셨다.

그걸로 만족하고 페이커도 스키틀을 들이켰다.

"너와 만나서 좋았던 점은 결국 이 술맛 정도로군."

밤바람이 언덕을 어루만졌다.

여전사의 검은 머리카락을 흔들며 지나간다.

다시 술을 마시고 문득 물었다.

"크로와 너 자신의 관계를, 나에게까지 비밀로 하던 것은 신뢰할 수 없었기 때문이냐. 마치 남인 양 서투른 연극까지 했었지."

"솔직한 심정이라서 그랬어요. 크로의 기억은 선명합니다만 전생 같은 거지요. 하하하, 저는 전생에 충동질 받는 망령 같은 족속입니다. 이런 어이없는 이야기, 아무에게도 못 털어놓지요."

가쁜 숨결로 하트리스가 고백했다.

안색은 모든 색을 잃어가지만, 그럼에도 아주 희미하게 기쁜 것처럼도 보였다.

"아아, 그래서 당신 앞에서는 나쁘지 않은 기분이었어요. 망령인 것을 긍정 받은 것처럼 느껴졌지요."

"그렇군, 나쁘지는 않았어."

페이커도 끄덕였다.

마스터의 힘든 내색 따위는 일고도 하지 않고—— 하지 않는 것 같은 태도로, 애써 야경을 눈여겨보고 있었다.

"여기도 세상 끝 중 한 곳이잖아. 우리 왕조차 보지 못한 끝을, 너하고는 공유했어. 고작 한순간 만에 깨졌다고는 해도 우리 왕을 신령으로 세운다는 꿈도 꾸었지. 다음에 소환된 나는 아마도 이런 기억은 유지하지 못하겠지. 그렇지만……."

전사가 돌아보았다.

페이커의 금은요동(金銀妖瞳)이, 하트리스를 비추었다.

"그렇지만 설령 나도 너도, 그 누구도 떠올려주지 못할 망령이라 해도, 너와의 여행에 의미는 있었어. 의미는 있었다고, 하트리스."

"……기쁘네요."

입꼬리를 올릴 힘조차 남지 않았는지, 대답은 땅바닥을 기었다.

그럼에도.

"……그래도, 살짝 다릅니다."

하트리스는 부정했다.

고개 숙인 채로 그저 평범한 교사처럼, 그는 온화한 음성으로 말을 이었다.

"지금 그렇게 말해주는 당신이, 의미를 준 거죠. 여기서 사라질 당신이, 여기서 죽는 제게. 진즉에 죽어 있던 제게."

"윽……."

페이커는 숨을 멈추고 무슨 말을 하려고 했다.

그렇지만 그 목소리가 나올 일은 없었다.

"…………."

하트리스는 더 이상 입을 열지 않았기 때문이다.

하얀 손가락이 그 눈꺼풀을 부드럽게 내려주고 나서.

"편히 잠들어라. 꿈을 잊은 남자."

스키틀에 남은 마지막 술을 입에 머금고, 페이커의 입술이 하트리스의 입술과 포개졌다.

딱 한 번, 목이 꿀꺽 움직였다.

이윽고 언덕을 뒤덮은 밤안개에 모든 것이 녹아들었다.

　　　　　　　　　　　　*

시계탑의 소동은 그리 많은 시간을 두지 않고 종식되었다.

귀족주의와 민주주의와 중립주의가 전면 일치해서 '없었던 일로 한다'고 합의한 탓일 것이다. 토코가 어떤 식으로 중립주의에 설명했는지는 모르겠지만 적어도 이 사건에 관해서 시계탑이(극히 드물게도) 하나로 뭉친 것은 사실이었다.

황폐해진 슬러에도 귀족주의로부터 공사 인원과 마술사가 파견되어 불과 며칠 만에 깨끗이 원상복구하고 떠나갔다.

두려워할 대상은 귀족주의의 저력이라고 할지, 또다시 힘의 차이를 과시 받았다고 해야 할지.

어쨌든 간에 한동안은 줄곧 그랬듯이 나는 집무실 데스크에서 쭉 뻗어 기진맥진했다고 어필 중이었다.

"이봐, 우리 오라비여."

나는 과로로 비명을 호소하는 어깨를 문지르면서 입을 열었다.

"나는 슬슬 죽을 것 같은데, 하나만 남은 일거리를 대신 해줄 수 없을까."

"내 여동생이라면 죽을 때까지 일을 해줄 거라 생각했다만."

오오, 대답 한 번 싸늘하시지.

한쪽은 회의, 한쪽은 미궁 탐색을 하며 생사를 함께한 의붓여동생에게 너무나도 매몰찬 말이지 않을까. 혹시 혈관에 드라이아이스라도 흐르시나?

관위결의^{그랜드롤}가 끝난 후, 오라비와 그 동료들은 옛 심장에서 합류하고 나와 같은 균열을 이용해 귀환^{포털}했다. 물론 영묘 알비온에서 지상으로 가는 루트에는 해부국의 검문도 들어가지만 그것은 관위결의^{그랜드롤}를 없었던 것으로 한다는 대전제 덕분에 처리되었다. 하트리스가 가져온 주체나 트렁크 등도 모두 회수되었다고 한다.

그 뒤로 일주일 정도는 영묘 알비온에서 새로운 세균을 가져오지 않았는지 이것저것 검사를 받았는데, 드디어 오라비도 현장에 복귀한 바였다.

평소처럼, 혹은 평소 이상으로 미간에 깊이 새겨진 주름만이 나에게는 휴식의 샘이었다.

"여하튼 간에 그대로 지저에서 스러지는 것보다는 낫다고 생각해야겠지."

대량의 서류를 훑어보면서 오라비가 입술을 삐죽였다.

이런 성실한 정리 기법에는 오라비도 일가견이 있어서, 내가 불평하는 와중에도 효율은 크게 올랐다.

다만 이번 문제는 따로 있었다.

몇 가지 서류에 사인을 한 뒤에 오라비의 시선이 눈앞의 소파에 던져진 것이다.

"그렇지 않나? 아다시노 히시리."

"글쎄, 어떨까요. 스러질 거라면 알비온이 좋다는 마술사도 계시니까요."

소파에 후리소데를 입은 여자가 앉아 있었다.

그녀의, 법정과로서의 보고서를 받아 검토 중인 상황이었다.

말은 그래도 형식상에 불과하다. 이번 관위결의는 묻어버리기로 결정을 내렸으니 여기에 나열된 숫자는 다 가짜다. 그런데 검토해야 한다는 것은 어처구니없는 이야기지만, 자고로 가짜야말로 딱 부러지게 해야 하는 것이 세상 법도다.

여하튼 진짜는 진짜란 것만으로도 거들먹댈 수 있지만, 가짜에는 남을 속일 만한 간판이 필요하니 말이지?

잠시 간격을 두었다가 오라비가 물었다.

"이걸로, 자네는 만족했을까."

"불만이 끝났다⋯⋯ 쪽이 정답일지도 모르겠네요."

히시리의 대답은 자그마한 슬픔을 숨기고 있었다.

듣자니 하트리스의 시체는 결국 찾지 못했다고 한다. 마지막에 어디로 도약했는지는 모르겠지만 영묘 알비온 내부라면 그것도 당연하긴 당연하리라. 신대의 마술 형식이란 것을 재흥하려던 이상, 사정을 안 파벌은 눈빛이 바뀌어서 그의 공방이나 유물 등을 뒤지고 있겠지만, 과연 결과가 어떻게 나올는지.

어쨌든 오라비는 평소와 똑같이 물었다.

"아다시노 쿠로를 찾아내거든 어쩔 셈이었습니까."

"지금에 와서는 저도 잘 모르겠습니다. 이상하다고 생각하시나요?"

"아니요."

오라비의 말에 미소 지은 히시리의 입술이 움직였다.

"하트리스의 제자가 오빠일지도 모른다고 눈치챈 것은 법정과에 들어간 이후예요. 신인에게 맡길 만한 일이야 뻔하니까요. 우연히 제게 떨어진 것이 현대마술과의 담당이었지요."

과연, 하고 귀를 쫑긋 세우면서 나도 납득했다.

그러면 널리지 경의 양자인 그녀의 경력도 판단 재료가 될 것이다. 이름이 붙어 있는 값은 해서 아직도 현대마술과와 널리지 경은 돈독한 사이다. 직접적인 파이프는 아니더라도 이런 커넥션은 사회에서 필수적인 요소다.

"과거의 안건을 수색하던 중에, 크로라는 제자가 아다시노 쿠로인 것 같다는 답에는 금세 이르렀습니다. 이것은 저로서는 당연하지요. 오빠와 같은 시기에 하트리스가 실종된 것도 금방 알았습니다. 나머지는, 어째서일까요, 실종된 오빠에 관해서 알고 싶었습니다. ……네, 하트리스와 오빠가 뒤바뀌었을지도 모르겠다 추측한 것은 마안수집열차^{레일 체펠린} 때예요."

"혈족에 관해 알고 싶은 것은 당연하다 생각합니다."

오라비의 말은 진부하지만 지금 이 순간에는 나쁘지 않았다.

최소한 괜히 찝찝한 뒷맛을 곱씹지 않아도 된다.

"엘멜로이 2세."

히시리가 불렀다.

"아다시노 쿠로는—— 혹은 하트리스는, 저를 어떻게 생각하고 있었을까요."

"그건……."

순간 우물거리며 사인하던 손길을 멈춘 오라비가 무슨 말을 입에 담으려 했다.

그때였다.

"아가씨, 손님이 오셨습니다."

트림마우가 목소리를 냈다.

과연 몇 초쯤 뒤에 집무실 문이 열렸다.

"여어, 자네도 있었나."

새 등장인물은 히시리를 쳐다보고 쾌히 웃었다.

일어난 오라비가 곧장 인사했다.

"미즈 이노라이도 정정하신 것 같아 다행이군요."

"이 친구가 비꼬나. 아무리 그래도 이번에는 지쳤다고."

뒷목을 문지르며 창조과의 노파는 서류 한 장을 내밀었다.

"그래서 오늘은 재미없는 보고를 하러 왔네. 비해해부국과 협의한 뒤에 이런 방침이 굳어졌어. 현대마술과에서도 괜찮으면 협력받을 수 없을까 생각했지."

"영묘 알비온의 재조사 의뢰 및 탐색자 증원을 시계탑 내부에 요구한다……입니까."

과연, 일이 그렇게 된 모양이다.

재개발을 의제로 올린 관위결의는 없었던 것이 되었다.

그러나 없었던 것이 되었으면 부정된 것이 아니다. 따라서 민주주의 쪽이 건 그래플링 기술은 속행 중이라는 뜻이다. 실수해도 손해만 보지 않는 점이 참으로 민주주의파답다. 귀족답게 깨끗이 물러나는 태도야 개나 주라는 뜻일 테지.

"알겠습니다. 학생들에게는 말해두지요."

"호오, 고마운걸. 엘멜로이 교실의 학생에게는 나도 기대하는 바거든."

"네, 그런 환경이야말로 배우는 데에 제일이라는 학생도 있을 테지요. 그렇다면 제가 말릴 처지가 아닙니다."

말한 뒤에 오라비가 문득 물었다.

"당신에게 관위결의^{그랜드롤}는 뭐였습니까."

"그건 없었던 일이 되었잖아?"

한쪽 눈을 찡긋한 이노라이가 말 안 해도 알 소리를 확인했다.

그 뒤에 관자놀이를 두드리고 말을 이었다.

"그렇다고는 해도 답은 해둘까. 새삼스러운 질문이지만 말이지. ——축제야. 긴 인생이니까 가끔 자극이 필요할 테지?"

그 정도의 기분으로 이 노파는 사람을 궁지에 몬다. 혹은 같은 기분으로 누군가를 도울 때도 있을 것이다.

그녀가 보자면 모든 것이 반면 중 하나다.

왜냐면 이러는 편이 유리할 거라며 말을 움직인다. 설령 자기 생명이나 인생이 걸려 있어도 거기에 주저가 없다. 기계라도 자기보존의 원칙은 유지하고 있으니 그 정체성은 도리어 인간적이었다.

하트리스의 공범자로서 오라비를 함정에 빠트려놓고 다음 차례에는 싱글벙글 협력을 요구하듯이.

"자, 이다음에 제1과^{미스티르}에도 얼굴을 내밀어야 해서 말이야. 미안하지만 바로 실례하지."

"맥다넬 씨께도 안부 부탁드립니다."

"물론이고말고."

뒤돌아선 순간, 소파에서 히시리가 일어섰다.

"그러면, 저도 실례하겠습니다. 미즈 이노라이, 잠시 시간 내주실 수 있을까요?"

"이런, 법정과에서 부르다니 무서운데. ──물론 농담이야. 괜찮으면 근처의 모던 차이나는 어떻겠나? 요새 안면을 튼 셰프인데 말이야. 마음에 들어서 출자해주었지."

"영광이군요. 꼭 부탁드립니다."

두 사람이 같이 고개를 끄덕이고 떠나간다.

이 뒤에도 저 두 사람 사이에 허허실실의 심리전이 이어지리라.

관위결의가 없었던 일이 되어도 음모극이 사라진 것은 아니다. 시계탑이 있는 한 언제까지나 시답잖은 권력항쟁은 이어진다.

무대만 약간 바꾸었을 뿐, 마술사의 무도회는 끝나지 않는다는 말이다.

무심코 내가 어깨를 으쓱인 순간.

"엘멜로이 2세."

방을 나가기 직전에 히시리가 뒤돌아보았다.

"감사합니다. ──또, 금방 만납시다."

극동의 이국적인 웃음과 함께 법정과의 요녀는 떠나갔다.

＊

　"정말이지, 연이 끊어질 것 같지 않군."

　두 사람의 기척이 멀어진 뒤, 나는 진심으로 넌더리가 난 표정으로 말했다.

　"저건 그런 눈이었어. 성가신 상대의 마음에만 드는 것은 당신의 나쁜 버릇인걸!"

　"너에게만은 듣고 싶지 않은 소리지만."

　입을 다문 오라비에게, 뭐, 동정하지 않는 것은 아니다. 물론 나는 성미 고약한 여자라서 앞으로도 탈탈 짜낼 생각이 그득하다. 빈틈을 보인 자기가 잘못이라고 체념해주었으면 좋겠다.

　"작별 인사를 어떻게 말하면 될지 모르겠어. 말이 나오지 않아."
　<small>I don't know how to say goodbye. I can't think of any words.</small>

　"조용히 해, 트림."

　여기서 『로마의 휴일』이라니 센스가 좋지만 이럴 때만 절묘하게 딱 맞추는 게 이 녀석의 자동지성은 어떻게 발달하고 있는 건지. 인간형 수준의 지성을 준 것은 오라비의 조언을 받고 난 나지만, 지성의 토대가 된 것은 케이네스가 만들어낸 월령수액(月靈髓液) 그 자체의 연산 기능이기에, 앞으로 이 녀석이 어떻게 성장할지는 사실 나도 알지 못하는 바였다.
　<small>볼루먼 하이드라저렴</small>

어쨌든 또 하나, 마음에 걸리는 점도 있었다.

'……성배전쟁이라.'

전원이 견제하던 결과, 극동의 제5차 성배전쟁에 즉시 간섭하는 사태는 없어졌다.

그러나 만약 제6차 성배전쟁이란 것이 있으면, 그러지도 못할 것이다. 이전에는 하트리스가 정보 조작을 하고 있었지만 이미 은폐하는 인물은 없다. 성배전쟁을 지켜오던 베일은 이미 존재하지 않는 것이다.

이번에야말로 시계탑의 손길은 그 전쟁에 뻗친다.

그 결말은 어떤 재앙을 부를지.

영령이라는, 마술사라도 감당이 되지 않는 현상을 앞두고 도저히 낙관적으로 있지 못한 것은 사실이었다.

혹은 이 관위결의조차 전초전인 것이 아닌가, 하는 생각에 얽매였다.

"……지나치게 신경 써도 방법이 없나."

일어난 뒤 옷장에서 아끼는 코트를 꺼냈다.

"라이네스. 아직 서류는 남아있을 텐데."

"음, 일단 휴식할 거야. 그렇다기보다 아주 중대한 미션이니 우리 오라비도 따라오도록."

＊

──기다리는 것은 싫어하지 않았다.

특히 겨울의 분위기는 나에게 친밀감이 깊은 것이었다. 물론 교사 복도에는 중앙난방도 켜져 있지만 슬며시 찬 공기에 몸을 내밀고 손끝에 숨을 부는 시간이 나는 마음에 들었다.

혹은 누군가를 기다린다는 기분을 좋아하는 것일지도 모른다.

기다리는 동안에는 기대를 할 수 있으니까. 분명히 누군가가 와줄 거라는, 그런 느낌이 나는 사랑스러웠다.

얼마 전부터 창밖에 어른어른 하얀 것이 비치고 있었다.

'……눈이.'

그것도 분명히, 그 영묘 알비온에는 없는 것이리라.

소리 없이 솔솔 내려오는 조각을 한동안 정신없이 바라보았다. 그러고 있으면 나도 어중간한 회색에서 새하얘진 것 같은 기분이 들어서.

새장을 한 손에 들고 멍하니 있으려니, 복도에 세 그림자가 나타났다.

"스승님, 라이네스 씨."

"여어!"

등 뒤에 수은 메이드를 거느린 소녀가 활달하게 손을 들었다.

스승님은 여전히 언짢은 얼굴이었지만 나를 보자 약간 표정이 풀렸다.

"뭐지, 그레이까지."

"저기, 그게, 음."

"물론 중대 미션이라서 그렇지. 당신, 입실제자 없이 대응할 생각이야?"

말문이 막힌 순간 라이네스가 도움의 손길을 보냈다.

"자, 딴소리 말고 둘 다 따라오기나 해."

믿음직하게도 라이네스가 나와 스승님의 손을 끌었다.

나도 이 정도는 할 수 있는 편이 좋겠지만 지금은 그 손끝의 온도가 기뻤다.

그렇게 복도 모퉁이를 돌았을 때 새로운 두 학생이 기다리고 있었다.

"교수님!"

"선생님!"

플랫과 스빈이었다.

"음, 너희 둘이 모여서."

실로 귀찮다는 티를 내는 스승님의 미간에 주름이 깊어졌을 즈음 플랫이 빙글 돌았다.

"어이쿠, 교수님. 답은 광고 뒤에 바로 발표되니 추측하면 안 되거든요? 갑니다, 3, 2, 1, 휴~!"

발레처럼 발끝으로 서며 회전한 플랫이 두 손을 살짝 펼치자마자 복도 오른쪽부터 왼쪽으로 화려한 현수막이 떨어졌다.

『슬러 재건&퇴원 축하합니다!』

현수막에 맞추어 동일한 축복의 말이 복도 너머에서 터졌다.

꼼꼼하게도 조금 전까지 은신 마술로 기척을 숨기던 학생들이 복도에 몰려서 웃고 있었다. 뒤에는 샤르댕 옹을 비롯한 강사들도 모여서 저마다 손뼉을 치고 있었다.

"너희들……."

스승님이 얼굴을 가렸다.

"역시 이 정도 숨을 돌릴 기회는 있어야지 않겠어요?"

옆에서 또 하나의 아름다운 그림자가 말했다.

아리따운 롤 머리만은 다른 누구와 섞여도 혼동할 여지가 없다.

"루비아도 있나."

"세이겐과 플뤼도 불렀지만 말이지요. 아무리 그래도 외부인이니 사양하겠다고 하더군요. 대신에 둘에게서 축하의 말을 맡아 왔어요. 플뤼는 그 겔라프와도 한 번 더 만났다는 것 같고요."

"……그런가."

스승님의 음성에 따뜻한 것이 일렁거렸다.

영묘 알비온에서 탈출한 이후로 얼굴을 본 적은 없었지만 아무래도 스승님 딴에 마음을 졸였던 모양이다. 특히 그 마술쟁이 노인 젤라프와 만났었다는 말에 나도 비로소 안도의 한숨을 쉴 수 있었다.

"아, 일단 그 두 사람에게는 알비온 사건의 사례를 넘겨두었다고. 혹시 우리 오라비는 사랑하는 여동생이 무상으로 사람을 혹사하는 귀축이라 여기지 않았겠지."

"걱정하지 마라. 너는 확실하게 보수를 주고 길고 가늘게 부려먹는 타입이다."

"어이쿠, 그런 필요 이상의 이해는 필요 없는데!"

라이네스가 부정은 하지 않으며 이어지는 대화를 회피했다.

'……아아.'

겨우 돌아왔다는 심경이었다.

어쩌지.

이상하게도 울고 싶어졌다. 슬픈 일은 이제 없을 텐데도. 기쁠 텐데도. 길고 긴 여행 중에 놔두고 온 마음이 드디어 우리를 따라잡은 느낌.

"……응."

쿵, 하고 코를 실룩거린 스빈이 말했다.

"……음, 그럼 선생님과 그레이땅은 이따가 와주세요! 저희, 먼저 교실에서 준비하고 있을 테니까요!"

"어, 하지만 이대로 안내할 예정이지 않았어? 르 시앙 군
——."

"그래그래, 잔말 말고! 꼭 와주세요!"

플랫의 등을 밀며 스빈이 복도 저편으로 갔다.

그에 이끌려 다른 학생과 강사들도 같이 걸어갔다. 이번 만이다, 하고 입술을 움직인 이베트가 내게 손가락을 들이댄 것도 보였다.

"그러면, 스승님."

"정신없어서 지쳤군. 잠시 돌아서 갈까."

남은 스승님이 말했다.

＊

이윽고 눈의 틈새로 햇빛이 비쳤다.

"한 가지, 묻고 싶은 것이 있었어요."

조용해진 복도를 걸으며 나는 말을 꺼냈다.

뚜벅, 뚜벅, 발소리가 울린다. 한동안 제대로 닦지 않았었구나, 하는 기억이 났다. 슬슬 크림과 왁스도 채워둬야겠다.

"무엇이든 말씀하시지요. 나의 아리따운 <ruby>숙녀여<rt>마 이 페 어 레 이 디</rt></ruby>."

스승님의 재촉을 멋쩍게 생각하면서 이리 물었다.

"겨우 안 건데요, 스승님은 그 임금님과 만나는 것을 전

혀 포기하지 않은 거군요."

"……음, 으."

자그맣게 스승님이 신음했다.

"들켰나…… 아니 자네는 들었었지."

그야 그렇지. 어째서 들키지 않을 거라 생각하는지.

──『목숨을 모조리 불태울 때까지, 나는 당신에게 다가 가겠어.』

그런 말, 그 자리의 분위기를 탄다고 스승님이 할 것 같지는 않다.

그렇다면 내게는 비밀로 했지만 스승님에겐 스승님의 생각이 있는 것이다.

포기한 것처럼 멈춰 선 스승님은 슈트 속에서 시가를 꺼냈다.

"한 대 피워도 괜찮겠나?"

"물론이죠."

끄덕이자 시가 커터로 끄트머리를 자르고 성냥으로 태운 뒤에 입술에 물었다. 연기와 향기가 천천히 번져간다.

아아, 이 향기도 오랜만이었다.

아이오니언 헤타이로이
"왕의 군세는, 수만에 달하는 영령을 불러내지."

이윽고 연기와 함께 스승님이 말을 내뱉었다.

"그러나 평범하게 고려하면 그것은 영령의 수로는 너무 많지 않나. 위업을 이룩한 인물이야말로 인류사에 새겨지는 이상, 이스칸다르의 부하 일개 병졸까지도 모조리 영령이 되기란 어려워."

평소의 마술 강의처럼 말을 거듭한다.

연기를 휘날리며 하나하나 소중한 추억의 사진을 바라보듯이 이어간다.

"그렇다면, 아마 순서가 반대인 거야. 영웅인 부하들이 이스칸다르와 연을 맺은 것이 아니라—— 그들은 대영웅인 이스칸다르와 연을 맺었기 때문에 영웅으로서 좌에 새겨진 거지."

스승님이 가슴에 간직해온 고찰.

"그렇다면, 어쩌면, 왕의 부하인 내게도 뭔가 꼼수가 있을지도 모르지. 내가 영령에 이를 만한 그릇이 아니어도 말이야."

"내내 그런 생각을 하고 있었나요."

"……문제될 것 있나."

부끄러운 듯이 스승님이 말했다.

부모에게 낙서를 들킨 어린아이 같은, 겸연쩍은 표정이었다. 이 사람은 때때로 이런 표정을 지으니까 치사하다 싶다.

무심코 웃음이 터진 것도 이 사람 문제다.

"문제될 리, 없죠."

입가를 가린 채로 나는 여러 번 끄덕였다.

마침 그 몸짓이 창문 유리에 비쳐서 머리카락을 반사적으로 누르고 말았다.

후드에서 흘러나온 머리카락에 한 움큼 금빛이 섞여 있었기 때문이다.

"그레이……."

"소제의 몸 상태는 아직 진행 중이에요."

아서 왕이 되려던 이 육체는 아직 변모 도중이었다.

영묘 알비온을 나온 뒤로, 아무래도 어느 정도 안정된 것 같지만 언제 다시 진행이 재개될지 모를 상태다. 만약 재개한다면 어떤 이변이 일어날지 상상도 가지 않는다.

"……앞으로, 어떤 폐를 끼칠지 몰라요."

솔직하게 말한다.

"하지만 소제는, 스승님과 함께 있어도 괜찮을까요."

"자네가 없으면 곤란하다고 늘 말하잖나."

스승님은 즉시 대답해주었다.

시가 연기를 날리며 다시 걷기 시작한다.

나도 그 옆에 따라갔다. 허락해주어서 얼마나 안심했는지. 이 사람에게, 이 장소에, 폐를 끼치는 것은 이렇게나 무서운데. 그래도 지금은—— 폐를 끼치지 않는 것도 이기적인 짓임을 알고 말았다.

아마 그 고향에서 런던으로 건너와 내가 배운 몇 없는 사실 중에 하나.

잠시, 간격을 두고서.

"무책임한 기대감은 주지 않을 생각이었지만."

그렇게 운을 뗀 뒤에 스승님이 말했다.

"하트리스의 술식에는 자네와 아서 왕의 연결고리에 관한 것이 많았었지. 케이네스 선생이 남긴 비술과 조합하면 진행을 끊는 것이 가능할지도 몰라. 물론 내게는 버거우니 플랫이나 스빈 등의 도움은 필요하겠지만…… 흥, 미안하지만 필드워크에는 따라와 주어야겠어."

"……아, 네!"

힘차게 끄덕였다.

그리고.

"이히히히히히! 폐나 실컷 끼치고서 제구실한다니 말이야!"

요란한 목소리가 복도에 울렸다.

*

——마지막으로 하나만 더.

이것만은, 스승님에게도 말하지 않은 비밀이다——

*

　그, 영묘 알비온의 싸움.

　신령이 사라지는 찰나의 순간, 호방한 웃음소리를 들은 느낌이 들었다.

『꼬마 녀석. 용케 짐의 대리자를 궁지에 몰아붙였어.』

　정말로, 그런 목소리를 들었는지는 모르겠다.

　내 소망이 환청을 꾸며냈을 뿐일지도 모른다.

　왜냐면 본래라면 새로 소환된 이스칸다르는 스승님의 기억은 잃었을 터이지 않은가. 마술에서는 무의식이 복잡하게 작용하기에 자신이 느낀 것이 정말로 영적인 대상인지, 아니면 뇌가 꾸며냈을 뿐인 착각인지를 엄격히 구별해야 한다고 스승님의 강의에서도 곧잘 들었다.

　아니.

　나중에 돌이켜보면 그것은 신령으로서의 성능이었을지도 모른다. 시간과 공간을 초월하는 인식 능력. 그래서 스승님을 기억해내고—— 아니 그보다는 새로 알아냈을지도 모른다.

　어쨌든 간에 이렇게 중요한 사실을 애매한 채로 스승님에게 말할 수 있을 리가 없다.

『자. 신하의 공로에는 보답을 해야겠지만, 지금의 짐은 존재조차 위태롭지.』

『따라서 아주 한순간 신령으로 등극했기에 가능한 기적으로 상을 내리겠다. 뭐 어떤가, 어차피 꼬마는 이런 쪽 소원밖에 안 빌어.』

과연 꿈이었을까, 아닐까.

손바닥의 기적을 나는 깨지는 물건처럼 바라보고 있었다.

옅게 빛을 내던 사신의 낫이 복잡한 부품 조립을 마치고, 작은 상자로 돌아와 있었다. 10년 동안 줄곧 얄미운 말을 떠들던 상자였다. 사랑을 털어놓지 못하던 어머니 대신에 나를 지켜봐 준 상자였다.

나를 지키고 기능 정지했을 터인 상자였다.

"그레이⋯⋯."

등 뒤에서 스승님의 목소리가 들렸다.

그 어미가 심상치 않은 충격으로 갈라진 것도 당연하리라.

무엇보다 나부터 믿을 수 없었다. 더 이상 아무리 해도 이 운명은 뒤집을 수 없다고 포기했었으니까.

"⋯⋯애드."

"으으음?"

졸린 듯이 상자 표면의 눈이 눈꺼풀을 떴다.

"뭐냐, 그레이냐⋯⋯. 난 졸리다고⋯⋯."

"애드!"

참지 못하고 가슴에 상자를 껴안았다.

"애드! 애드……!"

"뭐, 뭐야, 굼벵이 그레이! 인마, 휘두르지 마! 그만두라 니까, 야!"

옛 심장에 울린 둘도 없는 친구의 목소리가 이 사건 최후 의—— 나에게 최대의 축복이었다.

해설

나스 키노코

평균적인 재능, 평균적인 견식을 가진,

인간으로서 평범한(그렇기 때문에 마술세계에서는 고독하지만) 소년이,

놓쳐버린 『별』에 한 번 더 닿고자 늘 소원을 빌었다.

이것은 그뿐인 이야기.

양쪽 다 똑같은. 양쪽 다 똑같은 꿈과 책무를 짊어진,

금화 한 닢의 앞면과 뒷면 같은, 어느 마술사들의 이야기였다.

◆

이 권으로 『로드 엘멜로이 2세의 사건부』는 완결했습니다.

처음으로 그 내용과 들인 시간에 찬사와 감사를 읊겠습니다.

마술세계를 무대로 한 다섯 개의 괴기담.

이론과 신비, 의지와 풍류가 엮어내는 와이더닛의 여행.

그, 끝나버리면 눈 깜짝할 새였던 『일련의 사건부』 마지막에 기다리는, 생각지도 못한 맞거울.

모든 복선이 땅속에서 수렴되어 어둠 속에서도 빛을 내는 일등성이 된다…….

이 이야기는, 그와 그의 사건은, 그런 결말을 맞이했습니다.

작품 세계의 설정을 맡은 이로서 이만큼 기쁜 일은 없습니다.

또 하나, 멋진 작가와 작품으로 『Fate』의 마술세계는 넓어졌으니까요.

이 시대와 독자 여러분, 산다 마코토 씨에게 감사를.

자.

여기서 새삼스럽기는 합니다만 『사건부』의 성립 과정을 해설토록 하겠습니다.

『사건부』는 PC 게임인 『Fate/stay night』의 스핀아웃으로 시작되었습니다.

2008년 겨울의 일입니다. TYPE-MOON BOOKS를 발족하고 싶다는 타케우치의 요망을 듣고 제 안에는 한 가지

욕구가 움텄습니다.

'마술세계를 무대로 한 『마술』과 『미스터리』를 믹스한 소설을 읽고 싶다.'

'게임에서는 할 수 없는, 한 권 완결 구성의 추리 소설의 날카로움을 TYPE-MOON 전기(傳奇)에서도 해보고 싶다.'

하지만 이 욕구는 그야말로 생떼, 달성하기 힘겨운 것이었습니다.

먼저 『TYPE-MOON 작품의 지식이 풍부』할 것.

『전기 소설도 미스터리도 쓸 수 있는 기량이 있을』 것.

무엇보다 『TYPE-MOON이 쌓아 올린 세계관과 분위기를 공감해줄 수 있을』 것.

이런 조건을 만족한 작가로 딱 한 명 짚이는 이가 있었습니다만, 당시부터 그 작가분은 인기 작가라 스케줄 확보는 불가능하다고 포기했었습니다.

하지만 거절당한다 쳐도 우선 상담이나 해보자고 말씀드리러 갔더니, "당장은 무리입니다만, 꼭 스케줄을 비우겠습니다. 합시다." 하고 그 작가분은 말씀해주셨습니다.

네. 산다 마코토 씨입니다. 눈이 하도 진지해서 좀 무섭더라고요.

그로부터 4년 정도의 시간이 지나 『로드 엘멜로이 2세의 사건부』는 스타트했습니다.

준비 기간에는 산다 씨로부터 몇 가지 작품 후보가 올라

왔는데, 최종적으로는 맨 처음 예정대로 『마술+미스터리』
로 결정이 났죠.

그때 결정된 사항은 심플해서,

1. 작품 무대는 『Fate/stay night』 메인의 형월 전기 세계
다.

2. 『월희』 메인의 세계가 아니므로 사도의 취급은 다르다.

3. 무대는 시계탑. 주역은 엘멜로이 2세.

4. 엘멜로이 2세는 교수이지 초인이 아니다. 그는 이류 마
술사에 불과하다.

5. 이야기 중심에는 『한 가지 신비(마술)』가 꼭 있어야 한
다.

6. 게스트로 한 명 TYPE-MOON 기존 캐릭터를 출연시킨
다. (이것은 산다 씨의 리퀘스트)

이런 내용이었습니다. 이것을 바탕으로 창조되어 구축된
것이 『로드 엘멜로이 2세의 사건부 박리성 아드라』였습니다.

『박리성 아드라』의 초고를 읽었을 때의 기쁨은 지금도 잊
지 못합니다.

마술이 메인이니까 분위기는 어덜트하게.

괴기담의 감촉과 음산함도 희망한다.

매력적인 주인공과 히로인도 희망한다.

클로즈드 서클에서 마술사가 픽픽 죽기를 희망한다.

거기에다 마지막은 애틋한, 마술에 인생을 바친 누군가의 '결말'을 희망한다.

그야말로 되는 소리를 하란 소리가 나오는 요망이었습니다만 산다 마코토는 이 생떼 같은 주문을 기대 이상의 내용으로 부응해주었습니다.

초고를 다 읽은 후, 바로 산다 씨에게 『시리즈화 합시다. 1년에 한 권, 이것을 읽고 싶어요.』하고 타진했고, 그 결과 『사건부』는 산다 씨 안에서 전 5편으로 이루어진 장편으로 재구성되었습니다.

『사건부』가 시작된 2014년에 Fate의 스핀아웃 작품은 몇 가지 있었습니다만, 그 중 어느 것과도 특색이 다른 유일무이한 시리즈가 태어난 것입니다.

다른 스핀아웃 작품……『아포크리파』『창은』『Fake』 같은 것과는 달리 『사건부』의 집필 과정은 이 또한 독특했습니다. 구체적으로 말하면 나스 키노코와 산다 마코토의 백일 대련이었습니다.

"엘멜로이 2세를 할 거니까 단념하고 시계탑의 구조를 자세히 가르쳐주세요."

"다음 이야기는 이런 소재를 하고 싶은데 나스 씨의 마술론과 충돌하지 않나요? 안 한다? 그럼 이 형태로 플롯을 구축하겠습니다."

"옳지, 슬슬 내뺄 구석이 없을걸. 다른 로드들의 자세한 정보를. 각 가문의 관위지정도 똑바로 가르쳐주세요. 자료로 만들어두지 않았으면 오늘 밤새워서 완성하시고요. 안심하시길, 호텔은 잡아놨습니다. 그래—— 너네 집 말이야. 괜찮아, 나도 거들게. 자, 즐거운 시계탑으로 만들어보자고…… 후후후."

"봉인지정이란 요컨대 어떤 부서지요? 종루? 아~…… 마밤에서 쓰는…… 과연. 그건 사건부에서 다룰 일이 없겠네요."

"어, 거짓말…… 학원장이란 게 그런…… 음~? 이 솔로몬 왕의 취급이 독특한데요. 왜 이런 설정이…… 허어, 다음 게임의 핵심이 되는 이야기니까 72위 마신은 소재로 쓰지 마라……? 상관없는데요, 뭘 하려고요?"

"최종권 무대는 시계탑의 지하로 하고 싶은데요, 지하는 어떻게 되어 있나요? 역시 위저드리 같은 지하미궁? 청춘이니 말이죠, 저희에게 위저드리는. 엉? 다른 세계? 영묘 알비온? 키노코 씨 뭔 소리해요?"

등등, 설정에 모순이 드러나면 가차 없이 칼질하는 산다 마코토와의, 참 치열한 질의응답들.

그렇습니다. 다른 스핀아웃은 어디까지나 『만약의 Fate』입니다만, 『사건부』는 『Fate/stay night 정사 세계관에서의 마술 작품』입니다. 기본 설정이『그 스핀아웃 작품 특유의 것』이 아니지요.

본래라면 작가가 자신의 재량으로 만들 수 있는 세계관, 법칙이,『사건부』에서는 이미 규정되어 있었습니다.

마술협회의 정체성. 마술과 마법의 관계. 마술사의 생태, 전통, 능력.

Fate 인류사에서 마술의 역사와 월희 인류사에서 성당교회의 역사.

그런 설정에 준거하면서 작가인 산다 마코토는 각각의 사건을 일으켜 나갔습니다.

'이 세계의『천사』를 테마로.'

'이 사회의『미』를 테마로.'

'이 가치의『마안』을 테마로.'

'그리고 이 시대의『마술』을 테마로.'

이것들은 전부『사건부』에서 태어난 것.

이미 굳어져 변화가 없던『마술세계』를 넓힌 것은 작가분의 역량에 의한 것입니다.

이미 존재하는 캐릭터와 설정은 이쪽에서 공개한 것입니다만, 각 사건을 꾸미는 매력적인 마술 기믹과 등장인물들 그리고 '어디까지나 설정에 불과하던' 시계탑의 분위기와 생활감에 생명을 준 것은 틀림없이 산다 마코토 작가님입니다.

그 결과,『사건부』는 오리지널 작품임에도 여태까지의, 그리고 앞으로의 『Fate』의 룰을 바르게 전도하는 내용이 되었습니다. 소설로서의 재미만이 아니라 『TYPE-MOON 세계의 가이드북』으로도 기능하는, 그야말로 장인이 지은 한 권.

그것이 『로드 엘멜로이 2세의 사건부』라는 작품입니다.

◆

또한 본 작품의 탐정역인 『엘멜로이 2세』라는 캐릭터는 복잡한 탄생 경력을 가진 캐릭터입니다.

2006년, TYPE-MOON에서 발행된 자료집 『캐릭터 머테리얼』에서 시계탑의 로드 중 한 명으로 소개된 것이 그 남자의 첫 출전입니다.

그 단계에서는 '검은 장발, 코트와 시가, 마술사로서의 재능은 없지만 교육자로서 초일류, 괴팍, 비굴, 그리고 왠지 일본의 게임을 애호함'이라는 설정밖에 설명되지 않았었습니다.

사실 같은 시기에 집필이 시작된 「Fate/Zero」의 등장인물 중 한 명이 그의 젊은 시절 모습이며, 『한 캐릭터를 청년기와 소년기, 동시에 스타트시킨』 것이었지요.

그렇다고는 해도 『엘멜로이 2세』의 출연은 설정만 나오고 동결. 언젠가 할지도 모를 『후유키의 성배를 마지막에 해체하는 이야기』가 실현될 때에는 움직일 것이다, 라는 속

셈이었습니다.

　그러던 것이 이처럼 한 시리즈를 통틀어 활약하고 그가 『Fate/Zero』에서 물려받은 의무(태스크)를 넘어선 것에 신비한 감동을 느끼고 있습니다.

　자신은 맨 처음에 돌을 놓았을 뿐이고, 그것을 굴려서 키운 것이 다른 작가라면, 그다음까지 더욱 굴려서 종착점까지 도달시킨 것도 또 다른 작가였습니다.

　이미 『엘멜로이 2세』는 저의 자식이 아니지만, 그것 이상으로 별난 운명(글쓴이로서의 연결고리, 많은 행운)을 느끼게 해주는, 아주 소중한 캐릭터입니다. 부디 독자 제형에게도 그러하기를.

　그의 인생에서 큰 전환점이 된 『사건』은 끝을 맺었습니다만, 이야기는 그것으로 끝나지 않습니다.

　우리가 성장하듯이 캐릭터들도 성장해 나가지요.

　그 탄생에서도, 작중의 인생에서도 별난 운명에 희롱당한 이 남자가 이걸로 퇴장할 리 없는바.

　언젠가 또 (작가 산다 마코토 씨와 함께) 커다란 『생트집』을 떠맡고 찌푸린 낯으로 뛰어다니는 마술 탐정을 만날 수 있기를 기대하면서, 무대 뒤를 설명하는 해설을 마무리 지으려 합니다.

후기

산다 마코토

——밀담은 끝나고 미궁의 문은 닫혔다.

신령의 꿈은 훨훨 날아가고 영웅의 공훈은 파도 소리와 함께 사라진다.

그러나 우리는 안다.

별의 조각은 여기에 있으니.

사라지지 않는 꿈은 분명히 이 손 안에.

오래 기다리셨습니다. 『로드 엘멜로이 2세의 사건부』10권 『관위결의(하)_{그랜드롤}』를 보내드립니다.

완성하고 보니 이 10권은 시리즈 중에서도 최대급 볼륨이 되었습니다.

솔직히 말하면 이 『관위결의』를 상하권으로 끝맺을 예정이었을 때는 이만큼 두꺼워지리라 상정하지 않았습니다. 왜 이 지경까지 이르렀느냐면, 역시 영묘 알비온이라는 시계탑 최대급의 신비를 정면으로 적을 결의를 했기 때문입니다.

지금까지의 사건부도 그랬습니다만 관위결의든 영묘 알^{그 랜 드 롤}비온이든, 세계관상 이만큼 중요한 소재를 (심지어 제가 처음으로 쓰게 되는데!) 쾌히 맡겨주신 나스 키노코 씨 및 TYPE-MOON 여러분께는 감사를 금할 길 없습니다. 일독해주신 당신께 그만한 가치가 있는 작품으로 완성되기를.

　많은 이야기들은 끝에 한 가지 엔딩을 맞이합니다.
　이 『로드 엘멜로이 2세의 사건부』도 예외가 아닙니다. 그런 이야기는 현대어 문장 문제처럼 '누군가가 무엇을 했다' 하고 한 문장으로 요약할 수 있겠지요. 대부분의 이야기는 현실의 잡다한 요소를 한 가지 테마에 압축해 넣는 작업이기도 하므로 이것은 당연한 일입니다.
　그러나 동시에 그때까지의 과정을 두루 읽어온 분이기 때문에 전해지는 것도 있습니다. 5장 클라이맥스에서 2세가 외친 말 등은 그런 것 중 하나일 겁니다. 그 두 글자에 담긴 2세만의 감정을, 당신이 당신만의 혼으로 받아내 주셨다면 정말로 기쁘겠습니다.

　뒤돌아보면 이 열 권은 제가 지은 소설들 중에서도 특별한 빛을 내는 시리즈가 된 것처럼 느껴집니다.
　집필하던 5년 사이에 제 일거리도 무척 변화해서, 예를 들면 만화 원작의 비율이 많이 늘었습니다. 9권의 후기에서 언급한 런던 환수담『Bestia』나 크리에이터 청춘극『요스가 시나리오 팔레트』외, 이번 4월부터는『마법사의 신부』의 스핀오프 작품『마술사의 청』도 연재를 개시했을 것입니다.

아즈마 토우 씨와 TENGEN 씨가 만드는 만화판은『쌍모탑 이젤마』에피소드에 들어섰으며, 7월부터는 드디어 애니메이션도 개시합니다.

이『로드 엘멜로이 2세의 사건부』본편도 마침내 카도카와 문고에서 상업 출판됩니다(전자서적으로 사건부를 구독하시는 분은 이대로 변함없으니 염려 마시길. 혼란을 부르지 않도록 한동안 전자서적 쪽에서는 TYPE-MOON BOOKS판만 간행할 예정입니다).

아주 정신없고 바쁘던 나날입니다.

그럼에도 변하지 않는 것도 있습니다.

예를 들면 이야기에 대한 정열.

예를 들면 배경세계에 대한 동경.

예를 들면 사랑스러운 캐릭터들에 대한 마음.

소설의 집필이란 누가 받아줄지도 모르는 공을 어두운 밤을 향해 연거푸 던지는 짓과 같습니다. 그런 행위가 왜 고통스럽지 않느냐면, 변하지 않는 것도 있기 때문일 테지요. 2세를 비롯한 그들과 함께 한 여행을 끝낸 것은 분명히 그 증명이라 생각합니다.

마지막이 되겠습니다만, 힘든 스케줄 와중에 늘 멋진 일러스트를 장식해주신 사카모토 미네지 씨, 애니메이션의 고증뿐만 아니라 각본도 일부 부탁드린 미와 키요무네 씨, 플랫의 대사 등을 감수해주신 나리타 료고 씨, 이 세계와 캐릭터들을 맡겨주신 나스 키노코 씨를 비롯한 TYPE-MOON 여러분께 감사를.

그리고 물론 독자인 당신께.

가능하면 다음 이야기도 당신의 손이 집어주실 수 있기를.

아마도 겨울철에 『로드 엘멜로이 2세의 사건부 머티리얼』로 한 번 더 만나 뵐 수 있지 않을까 합니다.

2019년 3월
『킹덤 하츠 III』를 플레이하면서

PS. 마지막이니 하나만 개인적인 이야기를. ——이젠 어느 계절인지 기억도 흐릿하지만, 신주쿠에서 돌아오는 길에 TYPE-MOON BOOKS를 권해줘서 고마워. 키노코.

로드 엘멜로이 2세의 사건부 10
「case.관위결의(하)」

2023년 02월 15일 제1판 인쇄
2023년 02월 20일 제1판 발행

지음 산다 마코토
일러스트 사카모토 미네지
옮김 정홍식

발행 영상출판미디어(주)
등록번호 제 2002-000003호
주소 21315 인천광역시 부평구 부평대로 283 A동 702호
전화 032-505-2973(代)

ISBN 979-11-380-2362-7
ISBN 979-11-319-5925-1 (세트)

LORD EL-MELLOI II CASE FILES Vol.10
ⓒTYPE-MOON
First published in Japan in 2019 by KADOKAWA CORPORATION, Tokyo.
Korean translation rights arranged with KADOKAWA CORPORATION, Tokyo.

구매 시 파손된 도서는 구매처에서 교환하실 수 있습니다.
기타 불편사항, 문의사항이 있으신 독자님께서는 노블엔진 홈페이지
[http://novelengine.com] 에서 Q&A 게시판을 이용해 주시기 바랍니다.